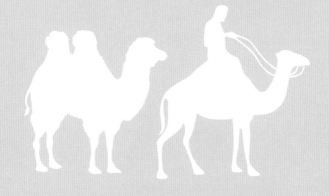

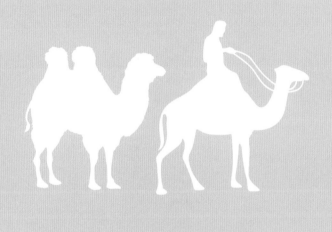

独行天下
旅行文学系列

新丝路之旅

——重走玄奘西游路

厦门山羊 / 著

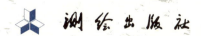

测绘出版社

图书在版编目 (CIP) 数据

新丝路之旅：重走玄奘西游路 / 厦门山羊著 . –– 北京：测绘出版社，2016.7
（独行天下旅行文学系列）
ISBN 978-7-5030-3945-4

Ⅰ . ①新… Ⅱ . ①厦… Ⅲ . ①游记 – 作品集 – 中国 – 当代 Ⅳ . ① I267.4

中国版本图书馆 CIP 数据核字 (2016) 第 109961 号

策　　划：赵　强
责任编辑：赵　强
执行编辑：徐以达
责任印制：陈　超
装帧设计：水长流文化发展有限公司

出版发行	测绘出版社	电　话	010-83543956(发行部)
地　　址	北京市西城区三里河路 50 号		010-68531609(门市部)
邮政编码	100045		010-68531363(编辑部)
电子信箱	smp@sinomaps.com	网　址	www.chinasmp.com
印　　刷	北京新华印刷有限公司	经　销	各地新华书店
成品规格	170mm×230mm	印　张	15
字　　数	200 千字	版　次	2016 年 7 月第 1 版
印　　次	2016 年 7 月第 1 次印刷	定　价	48.00 元
书　　号	ISBN 978-7-5030-3945-4		

本书如有印装质量问题，请与我社门市部联系调换。

自序
丝路漫漫，梦里几回

公元前138年，一个叫张骞的探险家，怀揣着建功立业的梦想，肩负着大汉帝国联络大月氏夹击匈奴的外交使命穿越河西走廊，走在漫漫西域的路上。张骞的出使与其说是一次外交重任，不如说是一次具有国家使命的探险活动，因为当时的大汉帝国对河西走廊以西的中亚地区几乎是一无所知，还因为张骞访问的大月氏国早已西迁至遥远的中亚地区后，不知所终，须一路寻找过去，且途经地区又多为死敌匈奴牢牢控制，风险极大。

张骞虽饱经磨难，但九死一生后不辱使命，并极大地开阔了中原王朝的视野，得以知晓穿越河西走廊后，西域地区别有洞天。从此，汉武帝的国家战略由原来纯粹的抗击匈奴侵袭转变为向西域扩展广阔的空间。

公元前121年，张骞率领庞大的外交使团再次出使西域，足迹遍及中亚广大地区，最远到达伊朗高原上的波斯帝国，表达了大汉帝国友好往来的愿望和诚意，各国也纷纷派使者回访。

史学家司马迁高度评价了张骞的探险之旅，称之为"凿空"——"开凿通道也"。张骞两次西行探险之后，一条从中原出发连接中亚、西亚乃至欧洲的东西方陆上军事、外交和商业通道开通了。公元前60年，西汉政府在轮台建立西域都护府，开始经营帕米尔高原以东的西域地区。

公元73年，一个叫班超的小书吏发出"大丈夫无他志略，犹当效傅介子、张骞立功异域，以取封侯，安能久事笔研间乎"的呐喊，不甘心一生碌碌无为的他愤然弃笔从戎，随汉军走上西域之路，并屡立战功。后来，班超以喀什和库车为中心，经营西域近30年，中原和西域地区的联系越来越密切了。

公元627年，一个名叫玄奘的僧人一心求佛，冲破唐朝政府的重重阻拦，毅然决然地穿过河西走廊，走在西行印度的路上。他的故事离奇但又真实，他的意志坚韧执着而又感人。走过长达18年的求学之路，历经无数坎坷后，玄奘满载硕果归来，成为具有传奇色彩的一代佛学宗师，并留下《大唐西域记》一书，介绍自己卓绝的求佛之路和旅行之路的所闻所见，给后世留下巨大的精神财富。

公元1271年，一个叫马可·波罗的意大利人和他的商队从南欧意大利半岛上的威尼斯出发，翻过险峻的山脉，越过漫漫戈壁、草原与森林，来到欧亚大陆东端的大都（现北京），自称得到元朝皇帝忽必烈的信任和重用，游历中国大江南北十几年后，于公元1295年自海道满载财宝回到故乡，并以自己的亲身经历留下一本轰动整个欧洲的《马可·波罗游记》。书中对东方财富极尽夸张地渲染后，勾起欧洲人的垂涎，成为后来哥伦布、麦哲伦开辟新航路的社会动力。

黄沙漫漫，驼铃声声，两千年来，形形色色怀有不同目的和梦想的人们熙熙攘攘地往来穿梭于这

条欧亚大通道，有使节，有官吏；有旅行家，也有亡命者；有商人，还有僧侣传教士……

"回乐峰前沙似雪，受降城外月如霜。不知何处吹芦管，一夜征人尽望乡"，"陇头流水，鸣声幽咽。遥望秦川，心肝断绝"。这些脍炙人口的诗句道出了多少西行路上的离愁与悲歌，因此，这条欧亚大通道又成了人们生离死别之路。

曾经在东亚激越回旋的舞台上扮演过重要角色的匈奴人、鲜卑人、回鹘人、党项人、蒙古人等，在"舞台竞技"失败后不断地往西迁徙，西迁路上还有许许多多诸如乌

孙人、大月氏人这样在历史的风沙中淹没的族群，他们梦想着拥抱更为广阔自在的欧亚大地。与此同时，欧亚大陆的西端又有许多民族，诸如高加索人、波斯人、阿拉伯人、粟特人、罗马人、希腊人源源不断地东来，还有南来的古印度人……这些西去东来的族群在这条民族大通道上交流、碰撞、融合。这又是一条民族迁徙和融合之路。

这条贯穿欧亚大陆的通道上，有着数不清的新奇商品，如丝绸、茶叶、香料、瓷器、玻璃制品、金银器、玉石、乐器，乃至于各种动植物贩运于东西方之间，宗教、思想、艺术和各种新鲜技术也源源不断地在传递交流，中国的"四大发明"不经意间传遍欧亚大陆广大地区。这条欧亚大通道极大地丰富和改变了人们的生活，促进了不同文化交流和社会的进步，成为联结起东西方文明的纽带。所以，它又是一条商业贸易之路、文明传递和交流之路。

1877年，德国著名地理学家斐迪南·冯·里希特霍芬[1]给这条穿越欧亚大陆的商路取名为"丝绸之路"，并得到广泛的认同。

本书是以追随唐代著名旅行家玄奘西行印度的脚步为线索，行走于"丝绸之路"上的旅行书。笔者从西安出发，不断紧随玄奘西行的影踪，横穿河西走廊，走过哈密、吐鲁番和乌鲁木齐后，行进在南疆广袤的土地上，登临号称"世界屋脊"的帕米尔高原，走访了"云彩上的民族"塔吉克族，穿越"死亡之海"塔克拉玛干大沙漠后，还深入到"生命禁区"罗布泊湖心寻找神秘的楼兰古城，以自己的亲身经历感受到自然之美、人文之美，整个行程超过1万公里。笔者试图用历史的严谨与鲜活的文学语言和不断拓展视野的镜头介绍丝绸之路上的风土人情和自然、历史、宗教等极致风景；文中还渗透了许多笔者在身临其境后对历史文化乃至生活的理解和感悟，希望得到广大读者的指正。

厦门山羊

2016年6月

---

① 斐迪南·冯·里希特霍芬：1833-1905，德国著名地理学家、地质学家，近代罗布泊实际位置的发现者，也是第一次世界大战期间有"红男爵"之称的德国王牌飞行员曼弗雷德·冯·里希特霍芬的叔父。

目录

《 第一章 》

长安怀古——游古城西安

时间 ⊙ 7月15日、16日、17日

行程 ⊙ 西安及周围地区

主要景观 ⊙ 昭陵、茂陵、乾陵、秦始皇兵马俑、陕西历史博物馆、大雁塔、钟楼

　　带着女儿，怀揣着崇敬和惶恐之情第一次来到这座世界最伟大而又陌生的城市——西安。作为世界三大古都之一，同时也是中国西部最大的城市，西安拥有太多的历史名胜深深吸引着人们前来，当然，你必须支付太多的门票钱——仅乾陵的门票就高达120元，如果把西安周边的著名景点都参观一遍，你会发现花费的门票钱远超1500元，世界著名的美国黄石公园门票不过13美元哪！欣赏老祖宗留下来的这些壮丽人文、自然景观，其中的一个目的是培养人们胸怀祖国、热爱民族的伟大情怀，可为什么我们这些祖国美好情怀的培养对象最后留下的是被宰割

的伤感和骂骂咧咧？

门票对于囊中并不是怎么宽裕的我们来说确实是一笔不小的负担，所以也只能在这有限的三天时间里很不情愿地做选择题：哪些景点必去，哪些必须放弃。陕西历史博物馆（免费）、秦始皇兵马俑、汉长安未央宫遗址、碑林、唐大明宫含元殿、大雁塔、钟楼、昭陵、茂陵都应该去走走，有空再去乾陵看看。杨贵妃与唐明皇洗鸳鸯浴的华清池也不羡慕了，更远的华山就算了。

来到一个陌生城市旅游观光，找旅行社吗？绝对不！费钱又伤心，还经常会被蛮横地扔在前不着村后不着店的购物点，浪费大量时间！这是有惨痛历史教训的。现在我已经养成在旅游目的地租车的习惯了！西安作为中国旅游发达的城市，旅游配套设施非常齐全，在赶集网上随便一搜索，电脑里就会冒出数百条西安市旅游租车信息供你选择。出门前早已经联系好的轿车司机孙师傅，每天连车带司机的租车费为200元（7座小中巴的行情为280元），客人负责加油和过路费，一辆车3人平分，人均费用不会超过150元，不贵呀。更关键的是能轻松迅捷地把我们送达想要去的地方，不耽搁时间，热情且真诚。这种"专车"可能没有营运许可证，被称作黑车，但司机大多为当地人，并通晓各处风景名胜。选择他们，是一种双赢。当然，如果您是一个单身女子或者放心不下，可以先用手机给司机

和车牌拍照，传送给朋友。其实，司机一样有防备之心的，这不，孙师傅要求我出示身份证并拍照传给他的家人。但例行完公事，双方之间的距离立即缩小很多。我们很快就和健谈开朗的孙师傅成了朋友。

信任是有过程的，有时也须履行必要的手续。

这几天，孙师傅将载着我们前往昭陵、茂陵、乾陵、秦始皇陵和兵马俑博物馆等景点，希望能在西安附近好好转转。

"以史为镜，可以知兴替；以人为镜，可以明得失"，是以善于纳谏和自省闻名于世的唐太宗的至理名言，他或许是中国历史上最贤明的君主吧！唐太宗死后被安葬在距离西安市70公里的礼泉县九嵕（zōng）山的昭陵。被誉为"天下名陵"的昭陵是中国帝王陵园中面积最大、陪葬墓最多（共有180余座）的一座；也是唐代最具有代表性的一座帝王陵墓。

行程的第一站选择昭陵，我想不仅仅是为了缅怀这位中国历史上最开明的皇帝，也想去瞧瞧"昭陵六骏"劫后剩下的四块唐代石雕；还想去感悟从"堆土为陵"到"依山为陵"的皇帝墓葬新特点。当然还有一个心结，寻找从唐蕃古道到尼蕃古道上的那个动人故事……

从西安城出发，我们在广袤的关中平原上驰骋，因为司机也没去过，我们只得根据手机导航向礼泉县一路摸索着前行。抵达礼泉县境内时，又幸得公路路牌的提示，让我们省心不少，一个多小时后终于来到一座雄伟的高山脚下。这难道就是传说中的九嵕山？在路牌的提示下，我们沿着盘山公路蜿蜒向上行驶约半个小时后，终于到达一座直通山顶的高大山梁底部的开阔平台上，我们终于来到昭陵的大门口。昭陵的门票15元，和其他景点相比较，其实不算贵，但因为不是热门景点，所以前来瞻仰的人不多。一进陵园大门，一尊双手叉腰的唐太宗石雕高大威武地伫立在我们眼前，虽然有一种威严肃穆的感觉，但并不让人觉得惶恐，这可是中国历史上难得"好说话"的明君哪！顺着石阶一路缓缓向上，两旁栽种了大量的青松翠柏和花卉，还树立着许多石碑，正楷碑文介绍了大量唐代的历史人物故事。登高远望，辽阔的关中平原尽收眼底，秦岭也依稀可见。

这座著名的山陵其实可以勾起人们太多的记忆。

昭陵，首先开创了"依山为陵"的皇帝墓葬新模式。唐代以前的皇帝都是"封土为陵"，也就是在地底下挖掘墓室，安葬后在墓室上方堆垒起一座小山

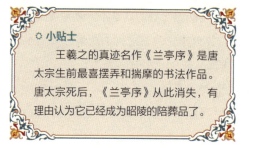

包，如秦始皇陵、汉武帝的茂陵。唐太宗为什么要改变传统习俗，"依山为陵"修建自己的墓室呢？他的解释是"王者以天下为家，何必物在陵中，乃为己有。今因九嵕山为陵，不藏金玉、人马、器皿，用土木形具而已，庶几好盗息心，存没无累"。难道他真的是为了达到"不藏金玉"的节俭目的吗？我认为"好盗息心"更能说明问题，唐太宗"依山为陵"的真正目的应该是想利用山岳雄伟的气势显示帝王的威严和防止盗掘罢了。据记载，昭陵的建设从公元636年—743年，共持续107年之久，陵园奢侈、豪华，除了在山腹中挖掘地宫，还陪葬了大量珍贵物品。另外，又在地面修建华丽的宫殿和亭台楼阁。昭陵耗费无数人力物力，完全违背了当时所谓"节俭"的初衷，连王羲之的真迹《兰亭序》也成了唐太宗的陪葬品呢。为了防盗，又在墓室到墓口的通道上，砌三千块大石，每块重达两吨，石与石之间相互铆住。

　　面对如此坚固的陵墓，即使是专业盗墓贼，即使动用现代大型挖掘工具，也不易得逞。唐太宗可谓用心良苦呀！

　　"家天下"时代，节俭只不过是食肉者骗人的鬼把戏。五代时期的盗墓贼温韬在盗掘昭陵时就记有"宫室制度，宏丽不异人间"。

　　九嵕山地势高峻、雄伟，尽显帝王至高无上的地位，昭陵被认为是中国历代帝陵风水最好的地方。

　　石刻艺术也是昭陵的重要组成部分。"昭陵六骏"是李世民在唐朝建立前先后骑过的战马，分别名为"拳毛𬴐（guā）""什伐赤""白蹄乌""特勒骠""青骓""飒露紫"。为纪念这六匹战马，李世民令工艺家阎立德和画家阎立本（阎立德弟弟），以浮雕的形式描绘六匹战马置列于陵前。经一代宗师制作的六骏浮雕造型优美，线条流畅，刀工精细、圆润，为中国古代石刻艺术的珍品。但它们在近代遭遇不测，其中飒露紫和拳毛𬴐两骏于1914年被盗运美国，现陈列在费城宾夕法尼亚大学博物馆。另外的特勒骠、青骓、白蹄乌、什伐赤四骏，偷运出境未遂，修复后现存于西安市碑林博物馆。

　　为体现皇权的至高无上，昭陵还列有功臣、藩王的石雕环伺陵前。据《唐

书》记载，当中还有一尊来自古印度的国王婆罗门帝那优帝阿那顺的石像。唐太宗年间，中国使臣王玄策奉命经"尼蕃古道"前往印度访问，行至中天竺（属古印度的一部分）遭遇这位印度国王的洗劫。王玄策侥幸逃脱后搬来尼泊尔和唐太宗女婿松赞干布的吐蕃救兵，一番厮杀后，那优帝阿那顺国王成为俘虏，被擒拿到长安，并老死中国。这应该是中印最早的战争记录吧。历史把"第一次中印战争"往前推了1350年。

这尊石像让人想起历史上的唐蕃古道和尼蕃古道，这说明在唐朝初年，中国就已经开通了一条经唐蕃古道到拉萨，转尼蕃古道往古印度的丝绸之路和外交通道。

如果当年的唐僧玄奘不是急忙出走，大可沿尼蕃古道前往印度，照样能取得真经，还可省却许多时间、金钱和身心劳顿，也除去偷渡出国的罪名呀。

1400年后的今天，昭陵已经面貌全非了，地面奢华的宫殿和亭台楼阁早就灰飞烟灭，"昭陵六骏"和大量的石雕也早已不见影踪，摆放在眼前的都是现代的艺术仿制品。据陵园管理员介绍，一部分的石雕和其他一些发掘的文物已经存放在县博物馆。

站在这座高峻宏伟的大山上，我们只能感怀当年伟人的事迹和寻找一些历史的点滴记忆罢了。

我们的第二站是茂陵。茂陵为素以文韬武略著称的汉武帝的陵墓。在关中平

▌知识锦囊

尼蕃古道

特指从拉萨出发，经日喀则前往吉隆县，从一条贯穿喜马拉雅山脉的幽深裂缝——吉隆沟到达尼泊尔的古代通道，古人也将这条天然通道称为"天赐之路"。

吐蕃时期，尼泊尔的尺尊公主远嫁松赞干布就是走这条通道前往拉萨的。尼蕃古道开通了西藏和尼泊尔之间的外交往来，很快成为佛教传播和文化交流的一条要道。僧侣们通过尼蕃古道到吐蕃传法，佛教在吐蕃境内得到快速发展。

古代不但有尼泊尔和古印度僧侣经尼蕃古道入藏传法，也有唐朝僧人前往古印度求法。据《大唐西域求法高僧传》记载，唐朝年间，先后有玄照、玄太、道方、道生、玄会等高僧通过尼蕃古道前往尼泊尔，再转道去往印度求法……后人计算，尼蕃古道比玄奘走了19年的"西行之路"近了许多。尼蕃古道上求法或传法的高僧，最著名的为莲花生大师。

原上转悠一个多小时后，我们终于找到一个用铸铁栅栏圈起的近50米高的小山包。这个绿树成荫的小山包安葬了中国历史上最伟大的人物之一———汉武帝。顶着烈日拾阶而上，一块高大的石碑威严地竖立在小山包前，它用深邃的目光打量着远道而来的我们父女俩。碑前堆放着好几束祭拜者留下还没干枯的鲜花，看来这里虽然访问者不多，但不乏崇敬者吧？这里除了几块高大的石碑和若干文字，并没有其他热闹和显眼的建筑，它给人一种寂静、安详的感觉。或许是因为汉武帝撬动起中国历史上最热闹的时代后，累了！他想好好地安静安静吧。

茂陵，让我想起了逝去的父亲，追忆远古时代的祖先……

茂陵在风雨中沉寂2000多年了，但埋葬在这里的那位帝王给他的后人们留下太多东西：开疆拓土、驱逐匈奴；夺河西走廊，列四郡据两关；进军西域、开拓丝绸之路；"罢黜百家，独尊儒术"，实现思想文化的统一。汉武帝统治时期才实现中国高度繁荣和稳定的大一统，标志着汉民族开始真正形成。他对中华民族的形成和发展有着不可磨灭的贡献。当然也因为好大喜功，连年征战，导致国库亏空、人口下降、民怨不断。在他统治的暮年，被迫下"轮台罪己诏"，恢复汉初的"与民休息"政策，重视经济发展。

一起前来的黄同学说汉武帝陵墓的土堆"平凡""不起眼"，其实这个不起

新丝路之旅

重走玄奘西游路

眼的土堆开创了好几个陵墓建筑纪录：营陵工期最长——历时53年；陵园规模最大，从葬坑400余处；随葬品最多，陵内"不复容物"；耗费资金最巨——每年国税的1/3；陵邑最为繁华，住户人口277277；陵区最为宏阔，陪葬墓60余座；陵体最为雄伟，据西汉帝陵之冠。

汉武帝在世时的很多名臣、大将、爱侣就陪葬在附近，继续听任其使唤。看来汉武帝并不寂寞呀！

汉之骄子霍去病的墓地就在距离茂陵不远处那小桥流水、鸟语花香的公园里，公园的中心为一座据称以祁连山为原型，石头堆垒而成的小山包，山上松柏遮天蔽日。墓前的"马踏匈奴"的骏马石雕昭显其短暂一生的盖世功绩。骁勇善战、立功无数的霍去病深受汉武帝宠爱，他那句"匈奴不灭，何以为家"的豪言壮志，又让多少立志报国的青年热血沸腾哪！霍去病24岁就病死了，有人说是因为他杀孽太重，折了阳寿。

苍松翠柏，昭烈士铁血丹心；一代风流，却终被雨打风吹去！

国家危难时刻呼唤英雄，需要霍去病们驰骋疆场；一个民族需要英雄，以引领时代进步。

来到西安，怎能不带女儿去看看作为"世界八大奇迹之一"的秦始皇兵马俑呢？我们雇的司机孙师傅竟然还是秦俑村人！他家就住在秦始皇兵马俑展馆近旁，健谈的他还给我们讲了很多小时候的故事：童稚无知的他竟然把地里捡来的国宝竹简削成筷子来玩耍，真是玩得奢侈呀！更让我们惊奇的是，他们几个顽童还从考古队工地里偷过两个兵马俑的"人头"回家玩耍，以致招来了派出所警察的追查，曾给他爹娘惹尽了麻烦！他还热邀我们去拜访当年打井时第一个发现兵马俑的老人杨志发……我们的福气太大了，所以上天给我们安排了一个好向导。

秦始皇兵马俑博物馆位于西安市东35公里处，距离秦始皇陵1500米，为秦始皇陵的众多陪葬坑之一。自1974年发现并发掘至今，共出土8000多件陶俑。兵马俑分为将军俑、骑兵俑、武士俑、陶马等，它们个个形态逼真、神情各异、排列成阵、气势壮观，真实再现了大秦帝国昔日的辉煌，被誉为"世界第八大奇迹"。

秦始皇为什么要建造如此大规模的军事陪葬坑？陶俑是怎样烧制成的？据称，秦始皇曾下令用4000名童男童女为其殉葬，并降旨令李斯承办此事。李斯心中惧怕，未敢马上执行，因为大量征调民力已惹得民怨沸腾，再让如此众多的童男童女殉葬，岂不是火上浇油？于是，李斯向秦始皇建议：制作与真人真马一样大小的兵马陶俑，守护其亡灵，以壮声威。闻听此言，始皇帝大喜，于是重新降旨，命李斯征集全国的能工巧匠，以他的8060名御林军将士为原型，制作陶俑，但这些俑必须手握实战兵器按实战队形排列，展示帝国军威。于是，工匠们开始了大规模的制俑工程。

秦兵马俑其实就是一支象征着守卫秦始皇灵魂的卫戍部队，看来秦始皇依然希望有一支强大的地下大军来保护自己不灭的灵魂。

来西安旅行，肯定要到秦始皇兵马俑博物馆看看的，不管它的门票有多贵！

现在的不少旅游景区，为了坑游客的钱财，往往把大门设在距离景点遥远的数公里以外，并沿途开设大量的旅游类店铺，还美其名曰景区保护。游客想轻松抵达，还得再破费坐电瓶车！想省钱？那就请走路吧。为了省钱，我们父女俩只得跟随着人流，一边躲闪着关中平原的炎炎烈日，徒步行走两公里以上才到达博物馆的大门。可是从大门到最近的1号展馆还有好几百米距离呢！

博物馆目前出土并开放展览的分别有1、2、3号坑。每个俑坑特点各不相同，参观的顺序一般以1号、3号、2号为佳。

1号坑是一个长方形的步兵、战车军阵，以战车、步兵混合编组，由前锋、后卫、侧翼和主力组成。古代打仗以地面作战为主，为了保持强大的杀伤力，他们主要排成有利于自己的作战队形，正前方是三排手持弩的武士俑，他们先万箭齐发，压制敌人的攻击力量，其后面紧跟着38路纵队的主力部队，在战车的推动和掩护下，直扑敌军。俑坑的两侧和后方，各有一排向南、北、西的武士俑，他们手持兵器担任警戒，防止敌军从侧翼或后面发起攻击，以保证主力部队的安全。

3号坑距离1号坑仅20米之遥，从1号坑右边的一个小门轻轻闪出就到了。3号坑出土的兵马俑最少，武士俑基本上以面对面的警卫队形排列为特征，给人三步一岗、五步一哨的感觉，充分说明3号坑为秦军指挥部，古称"军幕"所在地。

2号坑的军阵由四个方阵组成。第一方阵为弩兵阵，是弓弩箭手的阵营，位于俑坑北部的东端，由174个立射弓箭手和160个身披铠甲的跪射弩兵组成。第二方阵是战车方阵，位于俑坑的南半部，共八列战车，每列八乘，这是一个四马战车的军阵。第三方阵为混合军阵，位于俑坑的中部，由车兵、步兵、骑兵三个方阵组成。第四方阵是作战灵活的骑兵阵，位于俑坑的北半部，共有骑兵108乘，是我

国目前发现最早的骑兵俑群。四个方阵形成"大阵包小阵，大营套小营，阵中有阵，营中有营"的作战特点。各个兵种既可以单独作战，又可以相互配合，遥相呼应，这充分体现了秦代多兵种联合作战的战术特征，展示了古代兵书上"易则多其车，险则多其骑，厄则多其弩"的作战原则。

兵马俑展示了秦军的强大军阵和运筹于帷幄之中的领导机关，布局合理，科学严谨。连学识渊博的美国基辛格博士看过秦兵马俑之后都佩服得五体投地："中国秦代的军事水平比古罗马先进300年。"

那么，数以千计栩栩如生的兵马俑是如何制作而成的呢？

兵马俑是以泥土为原料，采用了塑模相结合的制作方式，其中以塑为主，并辅以堆、捏、帖、刻、画等多种技法，精雕细刻，入窑火烧，出窑施彩，像陶俑的头部、双手以及陶马的头部都采用各种模子进行制作，而陶俑和陶马的躯干则是先用泥堆塑出脚底板，再塑腿，到了腰部用泥条盘筑法一圈一圈地盘结而上，塑出身体的上半部，因而陶俑上半部都为空心，下半部则为实心。从力学角度上讲，上轻下重，站立平稳。制作好大样后，再用刻刀精心雕刻出衣纹、铠甲甲片、缕缕发丝等细部结构，然后放入火窑烧制，窑内的温度为950~1050摄氏度，出窑后采用各种鲜艳的矿物颜料进行彩绘，其色彩以朱红、粉红、粉绿等色调为主，服色绚丽，色调热烈。

为确保陶俑制作的质量，当时建立了"物勒工名，以考其诚"的品质管理制度，每一件陶俑在暗处都刻有工匠名字的印记，以杜绝"豆腐渣工程"出现，因为依据苛严的秦律，没有人能承受得起偷工减料、弄虚作假的严重后果，那可是"连坐""族诛"之类的肉刑呢。因此，陶俑制作的质量得到空前保障，基本上每个烧

制出来的陶俑接近石头的硬度，更难能可贵的是每个制作出来的陶俑形态各异、个性鲜活，神情自然而富有生气，让我们不能不叹服秦人烧陶的工艺水平。

我们在批判秦朝严刑酷法的同时，是否应该好好反思，没有商鞅创导的依法治国理念，怎能结束数百年战乱，一统中国？我想：如果用大秦帝国依法治国的理念来整顿当前普遍存在的建筑质量问题，"豆腐渣工程"会不会立马销声匿迹、"官不聊生"呢？

将军俑与武士俑相比，更显威风。他们身材魁梧，头戴高冠、身披战袍，神态刚毅，气度非凡，真实再现了昔日威镇四海的秦军身经百战、临危不惧的大将风度。

骑兵俑更具特色，头戴圆形小帽，足蹬短靴，身披短小的铠甲，神态威严地或立于马前，或骑在马上。除此之外，还有威风凛凛的弩兵俑、铜车马、陶俑等。俑坑内武士俑最多，他们身高170厘米左右，与真人相当。他们的表情、神态各不相同，有的面带微笑，有的神智机警，有的眉宇舒展性格爽朗，有的则神情严肃老练深沉，显露出一副足智多谋的神态。而且他们嘴角的胡须也多种多样，有的是络腮大胡，有的是三滴水式的小须，有的留着犄角大小的八字胡……

因为曾遭受过项羽的大火焚烧，加上地下两千多年的水土侵蚀，我们今天所能看到的陶兵、陶马已经比原来黯然逊色了许多，很多陶俑、陶马身上原有的颜色已经脱落。

秦俑的出土，不仅为我们研究秦代的政治、经济、文化、军事、工艺、科技等方面提供了大量的实物研究资料，而且从制陶、冶炼、雕塑等方面来看，它也不愧为世界奇迹。

秦始皇兵马俑不仅仅是世界最大的地下军事博物馆，更是古代世界雕塑艺术的最高殿堂，也令现代艺术家们叹为观止。

新丝路之旅

重走玄奘西游路

然而，被评定为"世界第八大奇迹"的秦始皇兵马俑只不过是方圆56平方公里内秦始皇陵众多陪葬坑中的一小部分。秦陵周围还有铜车马坑、石质铠甲坑、百戏俑坑、文官俑坑以及陪葬墓等600余处。真正最神秘的要数秦始皇陵最核心的地下宫殿，据称这里是安放秦始皇棺椁之地。宏大地宫一旦发掘，相信它带来的震撼会远超兵马俑。据《史记》对地宫的记载："穿三泉，下铜而致椁，宫观百官，奇器异怪徙藏满之。以水银为百川江河大海，机相灌输。上具天文，下具地理，以人鱼膏为烛，度不灭者久之。"地宫规模宏大，奇珍异宝多多，满足始皇帝不灭灵魂的需要。

每位关注秦始皇陵地宫的人都对它是否被盗掘十分关切。从整个中国古代史来看，每个朝代的末年都是最混乱时期，群雄争霸，盗匪横行，整个社会处于无政府状态，而这正是盗墓者掘坟挖墓的大好时机，历代王朝的陵墓几乎都是在这个时期被盗掘的。秦始皇陵有没有被盗掘？秦始皇是被安葬在地宫里，还是在距离不远的骊山地底下？地宫和骊山之间是否有一条传说中的地下通道？既然连后来的史学家司马迁都知道秦始皇安葬在地宫，又何必活埋所有工匠灭口？想守住什么秘密？秦始皇死在南巡的路上，他死后秘而不宣，直到两个月后才入葬秦陵。当年秦始皇的遗体防腐处理如何？发掘之时人们能否一睹其真面目？

秦始皇陵留给后人太多难解的谜团，或许只有等到发掘的那一天才能真正揭开。到那时或许有更多惊天奇迹呈现在世人面前。

大雁塔，坐落在西安市大慈恩寺内，建于公元652年，为唐代长安留存至今的两大建筑之一（另外为小雁塔），是玄奘法师为保存天竺带回长安的经卷、佛像而修建。大雁塔仿西域佛塔的形制，砖面土心，不可攀登，每层皆存佛祖舍利若干。因风雨剥蚀，50年后塔身损坏，武则天长安年间在原址上重新建造七层青砖塔。公元931年，大雁塔再次修葺。后来慈恩寺院屡遭兵火，唯大雁塔独存。大雁塔是现存最早、最壮观的唐代四方楼阁式砖塔。

由于地震和人为破坏，大雁塔的塔顶震落，塔身震裂倾斜，建国后又因周边过度开采地下水，引起地面大范围的不均匀沉降，加速古塔倾斜下沉，一座千年宝塔就要倒塌了！

为保护大雁塔，西安市政府采取封井、回灌地下水等措施，并在全市先后建成6处地下水回灌示范点，逐渐"扶正"大雁塔。十几年艰苦努力后，大雁塔的倾斜状况已明显趋缓并逐渐回正！

大雁塔是中华民族的共同财富，西安人民为拯救大雁塔付出了巨大的努力。

大雁塔分7层。塔底皆有石门，门楣门框上均有精美的线刻佛像及砖雕对联，南门东西两侧的碑龛内镶嵌着唐太宗李世民撰《大唐三藏圣教序》碑和唐高宗李治撰《述三藏圣教序记》碑，均为唐代著名书法家褚遂良书写，碑文高度赞扬玄奘法师西天取经，弘扬佛法的历史功绩和非凡精神。碑文为传世珍贵书法碑刻，唐代碑刻中的精品，是研究唐代书法、绘画、雕刻艺术的重要文物。第1层从南门进去，洞壁两侧镶嵌有多通明代题名碑，"名题雁塔，天地间第一流人第一等事也"，唐代的新进士及第后，大唐天子赐宴于杏园，并有曲江聚会饮酒、慈恩塔下题名等风俗活动，这就是人们常说的"曲江流饮"和"雁塔题名"。新科进士刘沧喜出望外地写下"及第新春选胜游，杏园初宴曲江头。紫豪粉壁题仙籍，柳色箫声拂玉楼"的诗句，他把雁塔题名与登仙相提并论。27岁的白居易更是得意扬扬地写下"慈恩塔下题名处，十七人中最少年"的诗句。第2层供奉着一尊铜质鎏金的佛祖释迦牟尼像，为明初珍贵文物，被游客和信徒们视为"定塔之宝"，争先礼拜和瞻仰。第3层的塔室正中安置一木座，存有印度玄奘寺住持悟谦法师赠送的珍贵佛祖舍利及大雁塔模型。第5层陈列着一块释迦牟尼足迹碑，为玄奘法师晚年于铜川玉华寺请石匠李天诏复制佛足造像而成，据称"见足如见佛，拜足如拜佛"。第6层悬挂有唐代五位诗人诗会佳作，公元752年晚秋，诗圣杜甫与岑参、高适、薛据、储光羲相约同登大雁塔，凭栏远眺，每人赋五言长诗一首，流传千古。第7层为大雁塔的最高处，四周古城尽收眼底。

作为当年玄奘译经、藏经的地方，现代人可能最好奇的是，大雁塔是否与法门寺的宝塔一样建有千年地宫？玄奘自印度取经归来所带回的珍宝是否藏于大雁塔下的地宫内？据史料记载，唐贞观十九年（公元645年），玄奘从印度取经归来后，带回大量佛舍利、上百部贝叶梵文真经及八尊金银佛像，其中《法师传》中记载有150枚肉舍利和一函（盒）骨舍利，具体数量没有说明，但在书中描述修塔的细节时，说明"层层中心皆有舍利，或一千、二千，凡一万余粒"。后来，武则天重修宝塔时，原有舍利如何处置，又未见翔实的史料记载。玄奘法师历经千辛万苦所取佛之舍利是另行存放，还是散失民间？是收藏在大雁塔的地宫内，还是在宝塔的哪个部位存放？后人不得而知，实为千古之谜！

　　2007年，有关部门曾用探地雷达检测出大雁塔地下有空洞，这空洞应该就是大雁塔的地宫吧。由此推测，大雁塔下的地宫里极可能藏有玄奘当初带回的佛教珍宝。

　　法门寺因为一枚佛指舍利名扬四海，等到大雁塔出土成千上万颗佛舍利时，不知道会是怎样的盛况？是不是享誉地球以外呀……呵呵！

　　难怪有人说："不到大雁塔，不算来西安。"大雁塔记载的不仅仅是唐朝玄奘法师"西天取经"和译经的不凡经历，不仅仅诉说着一个个脍炙人口的动人故事，更铭刻了中国历史上的一段浮华和大唐帝国盛极一时的美好回忆。

　　如今，这座丰碑仍然高大笔直地伫立在这片古老土地上，记载了这座城市千百年的历史传承，见证了它的喜怒哀乐。

　　大雁塔和小雁塔被视为古都西安和陕西省的象征。2014年6月入选世界文化遗产名录。

　　西安古城墙一般特指西安的明代城墙，位于西安市中心区，于公元1374年—1378年在唐代皇城基础上修建。古城墙高12米，顶宽12～14米，底宽15～18米，呈封闭的长方形，周长13.94公里。城墙的厚度大于高度，稳如泰山，墙顶可以跑车和操练。西安古城墙如从隋唐的皇城算起，已经有1400多年历史；如果只是从明初算起也有600多年历史，它是中国保存最完整的古代城垣建筑之一。古城墙内人们习惯称为古城区，面积11.61平方公里，著名的西安钟楼就位于古城区的中心位置。古城墙原有主城门四座：长乐门（东门）、永宁门（南门）、安定门（西

▌知识锦囊

小雁塔

　　唐代名僧义净追随玄奘的脚步，于公元671年从广州取海道抵达印度，游历30余国，归国时带回梵文经书400多部。为存放这些珍贵经卷、佛图，于公元707年建造小雁塔。

　　小雁塔位于西安市南门外的荐福寺内，是一座典型的密檐式砖塔。小雁塔塔形秀丽，被誉为唐代精美佛教建筑艺术遗产，是佛教传入中原地区并融入汉族文化的标志性建筑之一。因规模小于大雁塔，故称小雁塔。小雁塔是唐代长安城保留至今的两处标志性建筑之一。塔寺内还保存有一口重达1万多公斤的金代明昌三年（1192年）铸造的巨大铁钟，钟声洪亮。如今，"雁塔晨钟"被誉为关中八大景之一。

门）、安远门（北门）。从民国开始，为方便出入，先后新辟许多座城门，至今西安古城墙已有城门18座。

西安古城墙曾经是明、清以来一个庞大而且严密的防御体系，是我国现存最完整的城堡建筑之一。

有人笑称，古城西安历史久远，文物遍地，随便一镐下去，都可能挖到古董。作为世界三大古都之一，它承载着太多历史的沉淀，留给我们太多的回忆，这里曾经是13朝古都呀！3100年前的西周都城镐京（现西安）的具体情况我们不得而知，但汉代长安的宏伟气势，却真不是吹的，它有史可据；数百年后的唐代长安城不管在规模上还是建筑艺术上又更上一层楼。据资料记载，唐长安城由外郭城、宫城和皇城三部分组成，面积约为83平方公里，约为现在西安古城区的7.5倍。唐长安城雄伟壮丽，全城108坊，街道方正，道路宽敞，人口超过100万，为当时世界上最伟大最繁荣的国际大都市。

由于唐朝实行对外开放政策，带来经济繁荣，文化发达。同时，又因实施怀柔的民族政策，吸引了来自四面八方形形色色的人们，西域人、回纥人、波斯人、阿拉伯人、高丽人和日本人等纷至沓来，当时有5万名外国人长期居住在唐都长安。

公元904年，唐末黄巢农民起义的降将朱温（归降唐朝后改名"全忠"）逼迫末代唐皇迁都洛阳，并下令拆毁长安城，最终这座世界最伟大的都城毁于朱温之手。

朱温哪，你先是出卖了农民起义领袖黄巢，接着投靠了唐王朝，并改名为"朱全忠"，后来又背叛了唐王朝，还毁了长安这座千年古城。

现在的西安并不是历史上的长安，而是以唐朝的皇城为基石模仿古长安的建筑布局，并经历600多年的不断改造后逐步形成的。汉长安早已淹没在黄沙和泥土中，唐代长安留给我们后人的东西也已不多，我们能明眼看到的只剩下大雁塔和

> ◎ 小贴士
>
> 古城墙开放时间为早上8点，设有8个登城点，分别是东门、南门、西门、北门、和平门、文昌门、含光门、尚德门。南门有仿古开城仪式和军阵表演；因为城墙长达14公里，建议普通游客在城墙上租赁自行车骑行游览。脚力不凡的驴友，徒步漫游一圈是个不错选择——又可居高临下饱览古城全貌。

小雁塔。宏伟的大明宫含元殿也只是运用现代
建筑技术打造的复制品罢了。

　　短短的三天能在这座举世闻名的古城领略
几多风景？我们父女俩只能走马观花般浏览
了陕西历史博物馆、昭陵、茂陵、乾陵、秦始
皇陵、兵马俑、大雁塔、大明宫、钟楼等几处
胜景，文化底蕴深厚的碑林、小雁塔、汉宫
遗址都没能够去看看。我们在古城墙下的汉
庭酒店住了三天竟来不及上去转转，更不用

　☼ 小贴士
　　　游览西安古城这类历史底蕴深厚的
　人文景观与游山玩水完全不一样，出发
　前最好先查找相关资料，做足功课，这
　样你才会有更深的体会，也有助于你了
　解其厚重的历史。

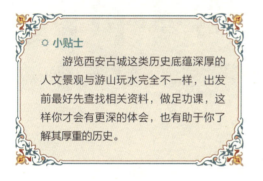

说稍远一些的华山、黄河壶口瀑布等壮丽的
自然景观。西安城里像回民街这样的美食天地
一样有着强烈的吸引力，值得我们停留……
古城西安其实是一个有心人好好静心品味的
地方。

　　偌大的一座古城，也应该多留下些遗憾，
才会有再次向往的冲动。

　　还有，西安城区风驰电掣、横冲直撞、惊
心动魄的电动载客三轮车也给我留下深刻印
象，这种惊险刺激的交通工具带来了很多便
利，但也加速我的心跳。下一次来西安，我再
也不玩这东西了……

第二章

"梦见周公"——访岐山周公庙

时间 ☼ 7月18日

行程 ☼ 西安—扶风县—岐山县—天水市，共380公里

沿途景观 ☼ 马嵬坡杨贵妃墓、法门寺、周公庙、钓鱼台、金台观、诸葛亮庙等

　　"老虎"一家和黄同学早早抵达西安，我们聘请的司机王师傅提前从新疆赶来，"泉州"和他的两个朋友在昨天傍晚到了，妻子也坐飞机在凌晨时分赶来了，我们的队伍终于到齐了。昨晚简单商议后，我们决定今天早早出发。

　　本来我们今天第一个要拜访的名胜是杨贵妃墓，但我临时决定取消。为什么不去近距离瞻仰一番中国历史上的大美女呢？理由是杨贵妃当年生死未卜，那里未必是她的葬身之地。坊间宣称马嵬坡兵变时贵妃假死，后东渡日本去了。白居易《长恨歌》里也说唐玄宗回朝后要为杨贵妃改葬，结果发现"马嵬坡下泥土

中，不见玉颜空死处"，连尸骨都未找到，证实贵妃并未死于当地。日本影星山口百惠2002年接受采访时称："我是杨贵妃的后人。"虽然诡异，但山口百惠身上流淌着中国人的血脉是确切无疑的。连日本学术界和民间都有这样一种看法：禁军将领陈玄礼惜贵妃貌美，不忍杀之，遂以侍女代死。后杨贵妃南逃至现在上海附近扬帆出海，漂泊至日本油谷町久津，并在当地终老天年。据称，现在日本山口县"杨贵妃之乡"还建有贵妃墓……更为玄虚的是，日本皇室竟也声称："我们是徐福的后人。"我自思量，这世界真的乱了套……日本人像啥都可以，就是不能像中国人哪！

更重要的原因，出远门的第一天还是不去邪门的墓地吧，不吉利！倒不如去哪个寺庙拜拜，讨个欢喜，我想大家会同意的。于是，法门寺成为我们前行的第一站。

8点钟我们准时出发，汽车终于开出西安城，沿着当年唐僧玄奘西逃的丝绸之路缓缓龟行，速度之慢令人切齿，过每一个小小的路坎，汽车还减速缓缓地爬过去。以这种龟速，何时才能够爬到乌鲁木齐啊？司机解释说是为了安全，难道这样慢吞吞地往前爬就一定安全吗？急性子的警察小卢气得哇哇叫。我坐在副驾座上，心里也有些冒火……从西安城区到达法门寺的行程120公里，我们竟然耗费了4个小时！

法门寺，位于炎帝故里宝鸡市扶风县法门镇，始建于东汉末年恒灵年间，原名阿育王寺，隋代改称"成实道场"，唐初改名"法门寺"，至今约有1800年历史，因存有释迦牟尼佛指骨舍利而成为举国仰望的佛教圣地。法门寺佛塔被誉为"护国真身宝塔"。据称，2004年被联合国教科文组织评为"世界第九大奇迹"。

唐代，法门寺被誉为皇家寺庙，先后有八位皇帝送供养佛指舍利。每次迎送都声势浩大，轰动朝野，其中最盛大的莫过于唐懿宗咸通十四年（873年）的那一次。为迎请佛骨，从长安到法门寺120公里间车马昼夜不绝，沿途旌旗蔽日、鼓乐喧天，站满虔诚膜拜的善男信女，长安城内各街巷用绸缎结扎各种彩楼，懿宗皇帝也御驾亲巡福门城楼顶礼迎拜，百官士众则沿街礼拜迎候。佛骨先迎请至皇宫内供奉三天，再迎送到京城各大寺院轮流供养，四方百姓扶老携幼竞相前来

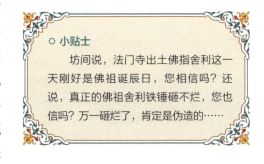

❀ 小贴士

坊间说，法门寺出土佛指舍利这一天刚好是佛祖诞辰日，您相信吗？还说，真正的佛祖舍利铁锤锤砸不烂，您也信吗？万一砸烂了，肯定是伪造的……

瞻仰，甚至有人断臂截指以示虔诚。自本次迎请佛骨后，法门寺地宫从此关闭，与世隔绝1113年之久。佛指舍利给法门寺带来空前的声誉。

佛教势力的盛行，也招来世俗统治集团的忌讳，法门寺在唐代一度遭遇厄运，公元845年，唐武宗下诏灭佛，毁坏佛指骨舍利。幸得寺僧们事先准备几件佛指骨舍利的"影骨"（仿制品）搪塞君王，而把真品密藏起来，才因此躲过一劫。

宋金元之际，法门寺仍是关中名刹，"藏经碑"中有寺僧抄写大藏经5000卷之记载。明清以后，法门寺逐渐衰落。公元1569年，建于唐代的四级木塔崩塌，地方绅士杨禹臣、党万良等捐资重建塔身。公元1654年因地震塔体发生倾斜开裂，1939年国民党将领朱子桥等捐资进行大规模的修缮。

十年动乱期间，丧尽天良的造反派欲挖地毁塔，后来良卿法师点火自焚把他们吓跑，用自己的生命保护了塔下珍宝。

1987年地宫终于被人们发现，并出土佛指骨舍利4枚。经鉴定，其中两枚为白玉所制，另一枚为后世高僧的舍利，它们都属于"影骨"（仿制品），颜色发黄且有似骨质的颗粒分泌物才是真正的"灵骨"。另外，又出土铜浮屠、八重宝函、银花双轮十二环锡杖等佛教至尊宝物和大唐国宝重器2499件。据称，法门寺地宫是世界上发现时代最久远、规模最大、等级最高的佛塔地宫。它所保存的大批文物，不仅等级高、品种多，而且为研究唐代政治、经济、文化、宗教等多种学科提供了实物证据，对中国文化史和世界文化史都具有重要意义。

"秘色瓷"在法门寺地宫未开启之前一直是个谜，人们只是从历史记载中知道它是皇家专用之物，由"越窑"特别烧制，从配方、制坯、上釉到烧造整个工艺都秘不外传。地宫发掘后，根据地宫物账碑的记载，以及13件秘色瓷器珍品的出土揭开了这个谜团。法门寺地宫中珍藏的金银器多达120多件（组），多为皇帝迎送佛骨专门打制的礼器，做工极为考究，多有錾铭，价值极高。另外，还出土

> **知识锦囊**
>
> 古代中国对日本历史的两次深刻影响。
>
> 第一次：秦朝徐福东渡，带去了水稻种子、铁器、先进的耕种技术和丝织业，直接把日本从蒙昧时代带入到文明时代。
>
> 第二次：唐代，日本全面学习中华文化，使日本从奴隶社会过渡到封建社会。

许多茶具，比如茶碾、茶碗，等等，与今天日本茶道的器具几乎完全相同，证明了日本人得意扬扬声称"自创"的茶道"窃"自中国唐代。

如今大量地宫宝物珍藏在法门寺博物馆（又称珍宝馆）里，供人们瞻仰。陈列大厅设在珍宝阁二、三层内，展出文物160余件，全部是地宫出土的文物精品，也是唐皇室文物精华的集群性陈列。法门寺珍宝馆已成为大西北独具特色的大唐文化和佛教文化旅游热点和国内颇具影响的学术文化交流中心。

如今的法门寺依然保持了"塔前殿后"风格，以真身宝塔为寺院中轴，塔前是山门、前殿，塔后是大雄宝殿，这是中国佛教寺院的典型格局。或许来到法门寺，人们最感兴趣的莫过于真身宝塔，佛指舍利就是在这里发现的，这里还出土了2499件唐代精美绝伦的金银珠宝。

法门寺左侧长长的连廊里，展示出大量的文字和图片，告诉人们它1000多年来的悲和喜、哀和乐。

合十舍利塔始建于2004年，由台湾著名建筑设计师李祖原策划设计，塔高148米，呈双手合十状，中间有安放佛指舍利的宝塔型建筑，塔内供奉着举世闻名的佛祖舍利。据称，舍利塔总投资超过50亿人民币，总建筑面积为76690平方米，外观宏伟，内部奢华。耗资如此巨大，佛祖不会责怪吗？如能用于资助西部教育，功德更是无量呀！

合十舍利塔前的广场叫佛光大道，长1230米，宽108米。这些看起来微不足道的数据其实都有其特殊含义："1"代表这里供奉着世界上唯独仅有的释迦牟尼指骨舍利，"2"代表新旧两座宝塔，"3"代表佛法僧"三宝"的设计规划，"0"代指万物一切所有的众生，"108"则代表法师手持的108颗念珠，每拨过一颗就象征着放下一种烦恼。

看来法师们的烦恼还真不少，以至于需要常年不断地拨动手里的佛珠。

佛光大道直通合十舍利塔，代表有情众生不断攀登、不断升华的过程。佛光大道分为主道和辅道，主道两旁仁立着十尊菩萨和经幢，黄色柱状体就是佛教的圣物经幢，佛经置于其上，象征着佛法的智慧能够降服一切烦恼。经幢也是按照佛教的五个时期来排列的，分别为华严时、阿含时、方等时、般若时和法华时，所以佛光大道是一条成佛大道。

走在佛光大道上，我好像没有听到界外梵音，只有被正午毒辣的太阳热情炙烤后天旋地转的感觉，这时候如果有谁能送来一杯冰镇饮料，那就得道升天了！

法门寺大门口附近有家酒店，那里的老板可算是个"有心人"。中午12点，当我们的车刚刚驶过法门镇的交通要道，正要拐入前往法门寺的小巷时，他就骑着一辆摩托车匆忙地拦在我们车前，殷勤地为我们引路，并为我们提供停车服务后，热邀我们午后进他酒店用餐。

参观完法门寺已经是下午3点多了，饥肠辘辘的我们冲入大门口附近的那家酒店，没来得及询问价格，就每人点了一碗臊子面狼吞虎咽。海碗太大，分量太少，面条稀稀疏疏地漂浮在汤汁上，害得我把碗里的面汤也喝光后，感觉肚子还很空。回头看看两头"兔子"，正贪婪地打捞着大碗里可能沉底的漏网面条，看来这两个孩子也没吃饱。人高马大的小邱吃了两碗竟然还叫饿。本想再添上一碗，一问价钱，才知道一碗臊子面竟然要价30元哪，看来我们今天被坑了。

可恶的酒店，坑人的臊（音"哨"）子面，难吃又昂贵，一小碗凉皮也要30元，伤透了来自远方游客的心，也丢尽了陕西人民的颜面。要知道，两天前我们刚吃过著名景点大雁塔附近的凉皮，分量足，味道好，才6元钱！

佛祖呀，管管你门前的凡俗事情吧！管管这个漫天要价的商人吧！

这个世界上有时最可怕的不是真坏人，而是假好人！您说，华山派的君子剑岳不群更可怕，还是嵩山派的左冷禅更凶煞？

幸好，我们损失的只是钱财，增长的却是见识。

周公庙是我们今天的第二站，它坐落在距离扶风县法门寺30公里外的岐山县凤凰山南麓，其地势三面环山，《诗经》中描述为"有卷者阿，飘风自南"，故称卷阿。早在西周初年，凤凰山便是著名游览胜地。周公庙，建始于唐武德元年（公元618年），距今已1390多年，是后人为专门祭祀周公修建的。庙区占地约7公顷，现存古建筑30余座，整体建筑对称布局，殿宇雄伟，亭阁玲珑。庙内现存碑刻众多，并有汉、唐、宋、元、明古木多株。

原以为是周文王庙，进门后才知，鸟语花香、风景迷人的周公庙纪念的竟然是文王的儿子、武王的弟弟周公姬旦。小卢说50元的门票非常不值，老山羊倒觉得很荣幸路过中国历史上著名的周王朝发祥地和周公故里岐山县，值得前来一探。

我觉得喜好历史和热爱人文的文化人士，路过岐山绝不能错过周公庙，必须到这个地方来参拜一番，就像中国人经过山东曲阜一定会到孔庙瞻仰孔子这般，因为周公旦太值得后人崇敬了。您可知道，中国人的宗族、祭祖观念都和周公旦有千丝万缕的关系呢。

周公姬旦（大约生于公元前1100年）是周文王姬昌的第四子、周武王姬发的同母弟，因封地在周(今陕西省宝鸡市)，故称周公或周公旦，西周初期杰出的政治家、军事家、思想家和教育家，更被尊称为儒学奠基人。

他的功绩被《尚书大传》概括为"一年救乱，二年克殷，三年践奄，四年建侯卫，五年营成周，六年制礼乐，七年致政成王"。

后人对周文王父子三人的评价："文王有大德而功未就，武王有大功而治未成，周公集大德大功大治于一身。"看来，周公旦的历史贡献远超其父兄了。

一些有识之士对周公旦一生的评价更高："孔子之前，黄帝之后，于中国有大关系者，周公一人而已。"也就是说，他的贤德和地位甚至高于孔圣人。很值得来吧！

西周建立后，因成王年幼，周公旦受命辅政。正是在他的努力下，开创分封制度后，又建立起中国社会较为完善的宗法制度和礼乐制度，奠定了中华民族家庭关

系、社会伦理、政治制度的基础，影响至今。而孔子只是将其思想进一步人伦化、世俗化，转化为传承2000多年的儒学思想，成为中国社会最基本的文化传统。

另外，周公旦还以忠贞辅佐幼王而闻名于中国古代，其赤胆忠心丝毫不逊色于后来为辅佐蜀后主鞠躬尽瘁、死而后已的贤相诸葛亮。

周公旦死后，周成王以天子礼仪国葬周公。周公旦的历史贡献值得大书特书。

可惜，世人大多只知孔圣人，而不知先圣周公旦！

走吧，一起到这座拥有1400年历史的周公庙里转转。两棵巨大的古树就伫立在门前，一棵年近古稀，已经秃顶了；另一棵为古老的汉槐，虽有1700的树龄，但依然高大粗壮浑圆，生机盎然。进入大门，只见里面绿树成荫，偶尔能听到小鸟欢快的鸣叫，空气里还能闻到淡淡的古树花香，一条长长的高大松柏掩映的清幽甬道往里延伸，引领着我们前行。走到尽头，一座雕琢精美的山门迎面而来，正门上方书写《诗经》里的名句"飘风自南"。走进山门内，是一尊白衣白发白眉手握经卷的长者塑像，应该是此间的主人周公旦吧。据称因操劳过度，周公连胡子眉毛都白了。塑像后面是一座古色古香的八卦亭，想当年，周公经常在这里占卦日月星辰，谋划国家大事吧。穿过八卦亭，步入周公庙正殿。殿里的塑像、文字、地图等丰富史实生动形象地讴歌了周公一生的历史功绩：克殷、救乱、封建诸侯、制宗法、定礼乐、还政周王……

女儿轻轻地敲击着屋角的青铜编钟，顿时，清脆悦耳的钟声弥漫在空气里，

新丝路之旅

重走玄奘西游路

散发出一股悠长浓重而又令人回味的气息……

召公殿、姜尚殿和后稷殿就在附近，相互连接。殿内历史与神话交融，小说《封神演义》里的各路神仙，如二郎神杨戬、哪吒等手持神器，威风凛凛地纷纷登场亮相。出殿转至东侧，拾阶而上约10米高的狭长平台，沿壁一排窑洞，洞中有药王、老君、元始天尊等神仙泥塑像，或坐或立，形象各异。走在里面有点阴森，有点搞笑，也是有趣，也终于让人想起历史和神话之间的联系。其实，古往今来多数人就是通过神话传说、街头故事来阅读了解历史的，对于广大的普通劳动者来说，能给他们带来愉悦的传奇故事才是最真实最重要的，就像古希腊文明如果没有脍炙人口的神话传说，必定黯然失色。只可惜，幼小时喜读的《封神演义》好像并没有塑造周公这一人物形象。

周公庙正殿东边有一清泉名"润德泉"，因泉水具间歇性喷吐特性，每朝每代都把泉中有水看成风调雨顺、国泰民安的吉兆。泉底有通道，一股清澈的泉水，向南流去，许多人用杯子俯身取水，细细品尝。据称，泉水甘甜如醴，能使人忘乎所以呢！润德泉西边有一碑亭，竖立着唐代以来的石碑多座，记述了修建周公庙的历史。

北宋诗人苏东坡游历过这古树参天、鸟语花香的周公庙后有诗云："吾今那复梦周公，尚喜秋来过故宫。翠凤旧依山突兀，清泉长与世穷通。"

您，"梦见周公"了吗？

/ 知识锦囊

宝鸡

宝鸡古称陈仓、雍城，地处关中平原西部，为华夏始祖炎帝的诞生地，也是西周和秦王朝的发祥地，还是中国传统文化的精髓——阴阳八卦文化最早的起源地。这里是一个佛、儒、道三家文化的汇集地，以出土佛骨舍利闻名于世的法门寺在盛唐时期已成为皇家寺院和世界佛教文化中心。宝鸡被誉为"青铜器之乡"，因为这里曾是中国青铜时代的文化中心，现境内出土青铜器五万余件。宝鸡的名胜古迹有：佛教圣地法门寺、道人张三丰修道的金台观、五丈原诸葛亮庙、姜子牙隐居垂钓的钓鱼台、雄伟壮观的周公庙、隋唐皇家温泉——汤峪温泉、一代名士苏东坡主持修建的凤翔东湖等。

当年被项羽赶到距离咸阳200公里外汉中平原的刘邦，就在现在的汉中市北上宝鸡，"明修栈道，暗度陈仓"，出奇兵进攻楚霸王项羽，最后建立帝业。

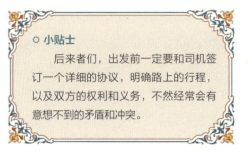

✿ 小贴士

后来者们，出发前一定要和司机签订一个详细的协议，明确路上的行程，以及双方的权利和义务，不然经常会有意想不到的矛盾和冲突。

参观完周公庙，已经是下午5点半，我们又得赶路了，距离今天的终点兰州市还有300公里，而且，今天计划中的天水麦积山石窟我们还没去呢！为了参观麦积山石窟，行程计划必须更改，今晚只能夜宿天水了。

在宽阔的国道和高速公路上开行了一天，才走300公里，真的太慢了！难道缓慢龟行就一定能够确保王师傅嘴里"大家的绝对安全"？王师傅呀，你是想慢慢磨蹭着开到乌鲁木齐吗？

晚上近9点钟，我们才到达天水市麦积区，匆忙找好酒店，匆忙吃完晚饭后，已经近12点了，简单洗刷后又匆忙睡觉。明天大家必须早起，早饭自理（已经打听好，酒店侧门附近就有一个很大的早餐市场），7点钟准时出发前往麦积山石窟；10点半之后，从麦积山出发，赶往200多公里外的兰州吃"拉条子"，那可是"老虎"父女俩的最爱；之后赶往张掖，那里又是"泉州"向往的地方，似乎有一个美女在恭候他的到来呢，难怪"泉州"出发前执意要求把张掖定为我们路上的一个落脚点，而且"泉州"承诺说他的朋友会好好招待我们一番作为回报。当然，那里更值得期待的是，世界闻名的张掖丹霞地貌在殷勤地守候着我们的到来呢。

因为今天司机的耽搁，明天开始我们必须精打细算，掐算好时间和行程才有可能到达目的地。但是不是每个人都有很强的时间观念呢？我们还有两只年幼的"兔子"（小孩）呀！万一路上遇到什么意外情况怎么办？这是一个多达10人的旅行团哪！我们还是一支临时拼凑的"乌合之众"！我真的没有把握……

新丝路之旅

重走玄奘西游路

第三章

"东方雕塑艺术馆"——麦积山石窟

时间 ☼ 7月19日

行程 ☼ 天水—兰州，约400公里

沿途景观 ☼ 麦积山石窟、兰州中山铁桥、白塔山公园、水车园

　　天水古称秦州，意为秦的发祥地，是华夏文明的重要发源地，享有羲皇故里、娲皇故里和轩辕故里的美誉，又因羲皇始创八卦，所以天水被誉为"易学之都"。天水也是中国县制的初始地，所辖甘谷县被称为"华夏第一县"，三国著名人物姜维就诞生于此。唐代秦州为中国西去长安的一大重镇。据记载，唐僧玄奘西行，曾"过秦州，停一宿"；安史之乱时，杜甫携家带口，弃官逃难至秦州，并写下《秦州杂诗二十首》等诗句。

　　还因为天水大小石窟多达六处，享有"石窟艺术之都"的美誉，其中又以号

称"东方雕塑馆"的麦积山石窟最为出名。天水境内名胜古迹太多，但我们时间太紧，所以行程计划中我只选择了麦积山石窟。

有人说："走过路过，不能绕过麦积山。"据说麦积山是一座神奇的石山，又是神奇的佛教圣地，一个月前刚入选世界文化遗产名录。它到底神奇在哪里呢？我们打算去开开眼界。

今天我们7点钟早早出发，争取在景区8点开放的第一时间冲进去。汽车沿着平坦开阔的柏油路直奔麦积山石窟，不到半个小时就到达山脚下，一打听才知道景区开放时间推迟到9点，这时距离石窟开门还有1个多小时呢。

麦积山是个茂密的森林公园，四周层峦叠嶂，密布着青松翠柏、古藤野蔓。深深地吮吸着清晨沁人心脾的新鲜空气，我们顺着遮天蔽日的小路大步往山上走去。这时的麦积山开始热闹起来了，早起的小鸟们叽叽喳喳地欢唱着小曲儿，飞起飞落，捉虫喂仔；小贩们已在沿路摆好货摊，吆喝声此起彼伏；勤快的画家摆好画架，非常专注地挥动着手中的画笔；硕大的马蜂到处飞舞，不时就会落到人们的草帽或鞋子上，引来人们一阵阵的骚动和驱赶。它们顽皮地转起圈圈，戏弄来自远方的客人，又引来一声声女子受惊的尖叫后，便得意扬扬地飞到别处去了。走到半山腰，路旁树立着一块巨石，上面深深地嵌刻着"麦积山石窟"篆文大字。抬头仰望，一座高耸的赭色石山就矗立在山路左侧的丛林深处。远远望去，模模糊糊地看到光秃直立的石壁上嵌刻有许多巨大的人像和洞窟，一条绶带般的栈道在竖直的石壁危崖上蜿蜒曲折而上，几乎通达山顶，山顶一片葱绿。这就是传说中神奇的麦积山石窟吗？我们终于见面了。

顺着石阶往上爬，我们终于来到麦积山石窟的山门口，只见正门上方写有"应寺"两字，不知为何意。进入山门后还要爬上一条长长的石阶才能到达麦积山石窟的脚下。

麦积山石窟始建于公元384年，后经十几个朝代的不断开凿、重修，遂成为我国著名的大型石窟之一，也是闻名世界的艺术宝库。据统计，石窟现存洞窟194

新丝路之旅

重走玄奘西游路

个，内有泥塑、石雕7200余件，壁画1300多平方米。

麦积山石窟艺术，以其精美的泥塑艺术闻名中外，它最值得人们前来瞻仰的是石壁内一尊尊雕琢得神态迥异、惟妙惟肖的彩色泥塑和一段段耐人寻味的历史故事。历史学家范文澜曾誉麦积山为"陈列塑像的大展览馆"。如果说敦煌是一个大壁画馆，那么麦积山则是一座大雕塑馆。这里的雕像，大的高达15米，小的仅10多厘米，展示了北魏以来千余年里各个时代塑像的特点，系统地反映了我国泥塑艺术发展和演变过程。这里的泥塑大致可以分为突出墙面的高浮塑、完全离开墙面的圆塑、粘贴在墙面上的模制影塑和壁塑四类，其中数以千计和真人大小相仿的圆塑，极富生活情趣，被视为珍品。

山脚下伫立着三座高大的佛像石雕，保存较为完好，表情丰富，我们称之为"迎客佛"吧。中间高大的佛祖造像，正额首低眉噘嘴，注视着我们的到来，表情稍有些忧郁，是否担心景区被市侩的俗人收入到《世界文化遗产名录》后引来过多游客，打扰他的静修？倒是他身旁的两尊菩萨造像看起来表情欢快阳光。

麦积山石窟的另一个显著特征是洞窟所处位置极其惊险，大都开凿在高高的悬崖峭壁之上，洞窟之间全靠架设在崖面上的凌空栈道通达。游人攀爬这些蜿蜒曲折的凌空栈道，不免惊心动魄。古时游人稀少，技术条件有限，架设的是木栈道。如今为满足每天成千上万的现代人近距离安全观赏的需要，管理者将一根根粗大的钢条深深扎入石壁后，紧贴着悬崖架设起钢筋混凝土的凌空栈道来了。走在上面应该是安全的吧，但越往上攀登在这些垂直悬挂于岩壁上的"鬼谷栈道"，恐高的眩晕感就越强烈。栈道上的阶梯经常是"镂空"的，低头小心翼翼往上爬行时不可避免地会往下瞄，悬崖下的一切清清楚楚，只唬得人心惊胆战；偶尔有水泥板铺垫在栈道上，却发现好几块已有不小的裂隙，其中一条缝隙特别大，心里不由得骇然。这可怕的栈道能同时承受数以千计游客的重量和踩踏吗？一旦坍塌，我们只能"梦见周公"了！恐高的妻子和女儿已经勇敢地爬到前面去了，"老虎"一家子也上来了，我也只能硬着头皮往上攀。

沿途经过许多洞窟，里面的大小彩色泥塑造像大多保存完好，它们或立或坐，或喜或嗔，或哀或乐，神态迥异，表情极为丰富；形态绝无相同，极富生活情趣。

半山崖壁上的"西方三圣"彩色泥塑应该是麦积山石窟中最大的造像吧。左边的菩萨造像不知为何事羞红了脸；右边的造像被岁月的风霜雪雨损毁得面目全非；中间的佛陀造像有十几米高，保存较为完好，只见他抬头远望，表情严肃"。是为自身安全忧虑，还是在思量着如何普度有情众生？

一直不断地往上爬，终于攀上山崖右侧栈道的最高处，居高临下，极目四望，只看见浮云、轻雾和朝霞笼罩下，千山万壑间松海涛涛，全是郁郁葱葱的青山翠色，好一幅壮丽的风景画。据称，这幅仙气逼人的图画就是被称作天水八景之首的"麦积烟霞（雨）"。

可以说，在我国四大名窟中，麦积山的自然景观最美。

我觉得敦煌莫高窟的绝世壁画，或许更适合专业人士的欣赏、揣摩和学习；而麦积山石窟更适合我们这些普通好奇者和"好事者"吧，它也更亲民，能让我们零距离在这"鬼谷栈道"上战战兢兢地爬上爬下，一睹人间奇迹，虽然有些洞窟我们只能隔着铁丝网或从门缝里往里观看。

可怕的栈道是爬上来了，登高远望虽是一种极高的境界，但对于恐高者来说下去的路才是真正的考验，游人必须非常专注地扶着梯子，步步惊心地往下爬，还得直面脚底"镂空"的栈道下恐怖的悬崖。身后一个穿着红衣的妇女不知道是如何爬上来的，恐高的她不敢往下看，这时一边哭一边笑地紧抓着扶梯往下爬。但这哪是像在爬呀，仰望着天、紧闭着双眸的她一屁股坐在栈道的阶梯上一级一级地往下挪！很滑稽，很恐怖，但也很感人呢！我们赶紧让出道来，并大声鼓励她慢慢往下

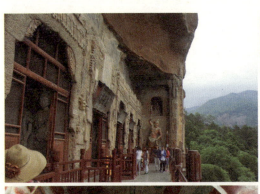

羊皮筏子制作过程

羊皮筏子，需要很高的宰剥技巧。从羊颈部开口，慢慢地将整张皮圈圆个儿退下来，不能划破一点毛皮。羊皮脱毛后，吹气使之膨胀，再灌入少量清油、食盐和水，最后把羊皮的头尾和四肢扎紧，晾晒一个月。晾晒后的羊皮颜色黄褐透明，像个鼓鼓的圆筒。

用麻绳将坚硬的水曲柳木条捆扎成一个方形的木框子，再将皮囊以4—5—4的排列形式扎在上面，一条羊皮筏子就制作成了。羊皮筏子具有小而轻、吃水浅的特点，十分适宜在黄河航行，而且所有的部件都能拆开，便于携带。

爬。滑坐在阶梯上的她颤颤巍巍地向下一点点移动，不知道要费多少时间。

无限亲近麦积山石窟精美的壁画和传神的彩色泥塑像使我们有幸一睹老祖宗留下的精彩文化遗产，但在"鬼谷栈道"上的行走经历对很多人来说或许更是一种难以忘怀的记忆吧。

从山上下来，同伴说麦积山石窟非常值得前来。"泉州"在麦积山大门口的货摊上买了十几串菩提子佛珠，每串10元，说回去送与有缘人。

接近中午了，我们必须抓紧时间赶路，今天的计划是过200公里外的兰州，品尝兰州拉面的美好滋味后，直奔张掖。

奔驰在西行的高速公路上，我们逐渐远离渭河流域和物产丰富的关中平原，西去的路上草木渐渐稀少，看到越来越多裸露的山丘和黄土地，距离黄河流域的兰州越来越近了。下午5点左右，我们的车终于驶入兰州市区。

如果按照今天的行程，品尝完"拉条子"后估计已经天黑，之后我们还得从兰州出发，赶赴300公里外的张掖市。计划已经变得不可能完成了，还不如在兰州这座历史名城里走走看看，明天再出发吧。

兰州依黄河而建，是中国唯一一个黄河穿越市区的省会，坐落在黄河著名的"几"字形的左侧底部。

汉代霍去病率军西征匈奴，在兰州西设令居塞驻军，为开辟河西四郡打通了道路。"列四郡据两关"后，汉武帝为开拓西域疆土、加强统治，用十年时间修筑了一条以兰州（金城）为起点，贯通河西走廊到阳关、玉门关的汉代长城。

市区名胜古迹众多，且大都分布在沿河两岸，南岸已经建设起一条东西走向数十公里长的滨河路。因路面宽阔笔直，花坛苗圃星罗棋布，被誉为"绿色长廊"。人们游览滨河路，可以欣赏黄河风情，参观沿途点缀的平沙落雁、搏浪、丝绸古道、黄河母亲、西游记等众多雕塑；并观赏中山铁桥、白塔山公园、水车园等景点。

沿着河岸一直寻找着2006年那个记忆里的水车园，里面大小水车多座，其中一座为世界最大的水车，想带着大伙儿去瞻仰一番。

河滩上还摆放了好几只羊皮筏子。羊皮筏子是一种古老的水运工具，一般由13个气鼓鼓的山羊皮皮囊扎成，据称世界最大的羊皮筏子有600多只皮囊。羊皮筏子适于短途运输，特别是满足郊区往市区运送瓜果蔬菜，过渡两岸行人的需要。羊皮筏子曾是黄河文化的重要组成部分，已有300多年历史，也是兰州汉族民俗文化的非物质遗产。

曾作为古代西部人过河重要工具的羊皮筏子，进入机器时代后已经被先进的渡轮取代了，但因为它外形奇特且有传奇色彩，吸引了众多好奇的眼光，如今成为人们纯粹旅游体验的工具。一只用多个羊皮皮囊鼓气扎起的渡筏能在黄河的激流中安全摆渡吗？同伴们为第一次见到这种古老渡船而惊奇得纷纷拍照留念，就是没人敢于尝试一番。女儿双脚浸泡在清凉的黄河水里，惊奇地发现两脚洗得清清爽爽、干干净净。原来作为黄河上游的兰州段，虽然河水已经变得赤黄，含沙量还不算大，故"跳进黄河，洗得清"！

船工见我们只顾嬉戏、拍照，却没有摆渡的意愿，生气得把羊皮筏子架起摆往它处去了。这人忒小气，拍照又不会给他带来任何损失，而且也是一种免费的广告

宣传呀！这种人只能看到眼前利益，想不到我们回去以后的宣传效益。

站在高高的河岸上往河里远远望去，湍急的河中心正漂流着一条羊皮筏子，上面正坐着妇女儿童6人。看来坐羊皮筏子应该是一种很刺激但是

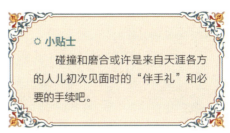

小贴士

碰撞和磨合或许是来自天涯各方的人儿初次见面时的"伴手礼"和必要的手续吧。

安全的玩法吧，不然当地政府肯定也会不允许这种经营方式的。

沿黄河上行不远，我们来到中山桥，它是兰州历史最悠久的古桥，也是5000多公里黄河上第一座真正意义上的桥梁，因而有"天下黄河第一桥"之美誉，1907年由德国人督造。中山铁桥长234米，宽7.5米，6墩5孔，桥上飞架5座弧形钢架拱梁。桥的两端建有牌坊，上面横匾分别题有"三边利济""九曲安澜"的字样。1942年，为纪念孙中山先生而改名为"中山桥"。

中山桥自建成至今已有100多年，经历无数次洪水冲击、地震摇撼、车船碰撞，以及抗日战争和解放战争的洗礼后，它仍顽强地挺直着自己的钢铁脊梁横亘在黄河上，担负起通达两岸的重任。相比国人建造的现代化"豆腐渣工程"，不由得佩服德国人严谨、认真和负责的精神。

有人说，中山桥像一个强健而长寿的老人，记录着这座城市的点点滴滴，见证着这座城市的沧桑巨变。如今这个"老人"已经成为兰州这座城市的标志和象征。

2004年10月，兰州市政府决定将中山桥改为步行桥，老人终于卸下了连接两岸交通的重担。

桥上来来往往的，满是前来瞻仰的游人，大家纷纷拍照留念。走过这座大桥来到北岸，正对面是兰州名胜白石山，因山头有一座元代藏传佛教萨迦派所建的白塔而得名。爬上白石山顶，整个兰州城尽在眼底，一览无遗。

沿河雕塑众多，其中最有名的是黄河母亲雕塑，长6米，宽2.2米，高2.6米，总重40余吨，由"母亲"和"男婴"组成，凸显兰州作为中华民族母亲河之都的重要地位。

有人说，兰州是一碗热腾腾的拉面，因为兰州拉面声名在外。对很多人来说，欣赏兰州拉面"拉"的过程就是一种享受：面团在师傅手里左右开弓、上下翻飞，一会儿工夫就变成了各种不同形状的面条。这种手工面条韧性强、筋道

好，看得也开心。但兰州拉面最关键还是它的汤料，只有好汤才能做出味浓、香辣、鲜美的好吃面条。

我们的晚饭是在黄河边上的"兰州马子碌拉面馆"里吃的，每人一碗，"老虎"父女俩终于在兰州吃上正宗的兰州"拉条子"了。其实这家的拉面味道很一般，我们觉得缺点有三：口感一般，汤汁很淡，真正的好汤有一种没放味精的沁人心脾的甘甜；老板娘服务态度差，连凉开水都不舍得提供一杯；煮面的厨师是一个不到20岁的毛头小伙子，估计刚出道不久，双手能拉出多好吃的面条？我们大失所望，真的徒有虚名呀！竟然上了央视《舌尖上的中国》栏目，砸招牌呀！

入夜，在酒店里，同伴间一场近乎争吵的沟通最终风平浪静，每个人的愿望基本上得到满足，希望这是第一次也是最后一次争吵，不要影响到大家旅行的心情，也希望每个人都有主人翁的责任心，而不是袖手旁观，看别人在做事，自己坐享其成，还意见多多。

我也把同伴们的不满和抗议告诉了司机，一场不客气的交锋后，让他知道了我们的底线。不改变现状，还是缓慢龟行，我就不会再维护他了。

昨天司机还建议我们放弃麦积山石窟这个伟大景点继续赶路，而且诡称麦积山景区道路崎岖难行，被我一口回绝。今天早上我们顺着平坦宽阔的柏油路面不到30分钟就抵达麦积山景区，我问他："你不是说路很难走吗？"他自己没来过也敢瞎忽悠，真的很不厚道！这个司机终于闭嘴了。

如果是青年时代的我，一定会让他难堪的。哎，年纪大了，批评别人也逐渐地学会拿捏分寸了。更重要的是，我们10个人的命运操控在他的方向盘上。

明天开始大家分工协作，各担己职，"泉州"负责找旅馆，美食家小卢的责任是解决吃喝，老虎照样管账，老山羊我负责每天行程的规划落实，并代表大家和司机沟通一切矛盾和冲突。这或许是我们接下来一路遇事顺畅的重要原因。

新丝路之旅

重走玄奘西游路

❰第四章❱

梦幻河西走廊——张掖七彩丹霞地貌

时间 ☼ 7月20日

行程 ☼ 兰州—天祝—武威—张掖　约510公里

沿途景观 ☼ 天祝白牦牛，武威汉明长城、鸠摩罗什寺塔和雷台汉墓，张掖大佛寺和丹霞地貌

　　看来昨天的抗议和争吵真的起作用了，虽然从王师傅的强笑里可以看出他对无法控制我们的不快，但他今天开车的速度明显提升了许多，看来他已经彻底明白，是谁在做主——出钱的雇主！高速公路上100码不过分吧？前两天这位老兄在高速上竟然只开70~80码！

　　因为已经被他耽搁了1天，所以要在7天内赶到乌鲁木齐，以后只能每天早早起床了。但要一路好好地玩过去，看来还得增加一天行程，不然疲于奔命呐。

又是赶路！又是天刚蒙蒙亮就早早起床，简单地在路边买了一些早点后就匆忙出发了。经修正，我们今天的计划是过永登县到140公里外的天祝县观赏藏传佛教的圣物——白牦牛，之后走在河西走廊上过酒泉市，直奔张掖。

今天我们并没有按原计划走国道，而是直接行进在连霍高速上，目的是迅捷到达目的地。兰州过后，我们逐渐离开黄河流域，海拔一路上升，沿途看到更加荒芜和干旱的土地，满眼尽是草木稀疏的荒山野壑和贫瘠的石砾滩。但翻过山岭后，随着海拔的降低，地势逐渐开阔起来，突然我们又因眼前出现了一片片绿地和草原而惊喜不已。原来黄河以西虽然降水稀少，气候干旱，但因为南边平均海拔超过4000米，祁连山冰雪的融化，在河西走廊的低洼处形成许多河流，其中较大的有石羊河、黑河、疏勒河。在河水的冲积和灌溉下，形成许多平原、绿洲，在许多人眼里荒凉寂寞的河西走廊还被誉为"西北粮仓"呢！

今天我们访问的第一站天祝县就在眼前这片开阔的草原绿洲上。为什么要来天祝藏族自治县看看呢？

天祝是新中国第一个实行民族区域自治的地区，也是我们丝路上走过的唯一藏族聚居区。天祝藏族的历史可以溯源到1300年前的安史之乱后，青藏高原上野心勃勃的吐蕃王朝趁中原王朝内乱之机，占领了从河西走廊一直到南疆丝路上的广大地区。10世纪吐蕃王朝解体后，滞留在丝路上的吐蕃将士后裔便聚集在此地繁衍生息。现在天祝县的藏族人口并不多，县城里大多为汉人，藏族还是在天祝草原上以游牧为主。

"天下白牦牛，唯独天祝有"，白牦牛被誉为"高原明珠"，浑身毛色纯白，皮肤为粉红色，是牦牛中的极品，主产于天祝县西大滩、永丰滩和阿崐沿沟草原。白牦牛全身都是宝，其肉质细嫩味道鲜美，具有高蛋白、低脂肪、矿物质丰富的特点，是纯天然保健食品；其毛绒经济价值高，甚至连牛尾巴都是重要的出口物资。

白牦牛还是古代藏人崇拜的圣物呢，莲花生大师初到藏地，降伏白牦牛神，使其成为藏传佛教的护法神。

今天我们途经白牦牛的故乡和唯一产地，不来长长见识是不是太可惜呀？

一下高速，我们直奔县城而去。在县城里一番打听后，才得知白牦牛放养在距离县城较远的草原上，还得往前开行一段路呢，这对于急忙赶路的我们来说

新丝路之旅

重走玄奘西游路

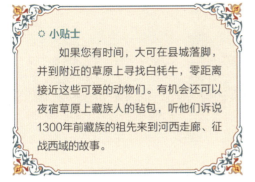

　　已经可想不可即了。肉铺老板告诉我，砧板上的鲜牛肉就是刚宰杀不久的白牦牛肉，于是我打定主意，在他的肉铺里买上4公斤确认无疑的白牦牛肉后，急忙送进隔壁一家川菜馆里，督促四川老板快快加工成两大盘青椒炒牛肉，再配上一大盆西红柿蛋花汤和每人一碗蛋炒饭，好让我们吃完赶路。

　　这顿鲜嫩味美、营养价值高的白牦牛肉大餐，大家应该吃得很饱很撑吧，也当成今天的早饭和午饭了。再在白牦牛的故乡给远方的朋友寄上两张明信片，也买上好几大包独具地方特色的牛肉干，准备带回家乡馈赠亲友。

　　今天我们虽然没能亲眼见到藏传佛教神物的模样，但也算没有遗憾了。

　　10点钟，离开天祝县又急忙往前赶路，不久我们爬上西行路上的一个重要隘口——乌鞘岭。乌鞘岭位于巍巍祁连山东端天祝县境中部，据称它是我国自然地理中的一座重要界山，为我国地形地势第一阶梯与第二级阶梯的边界，同时也是季风区和非季风、内流区域和外流区域的分界线。

　　乌鞘岭又是东西部的交通要道，历来是经营河西的屏障，其中岭南的安门村和岭北的安远镇是历代戍守要地，当年唐僧玄奘西天取经，必须翻越乌鞘岭。岭上还曾有过一座建于明代的韩湘子庙，香火旺盛，"过往者皆驻足礼拜，并求签语，祈求一路平安"。

　　如今，山脚下已经挖掘出一条长达20公里的乌鞘岭特长铁路隧道，人们过往西域不复当年之难了。

　　越过乌鞘岭，我们才真正进入中国著名的河西走廊。河西走廊是中国内地前往新疆的重要通道，它东起乌鞘岭，西至古玉门关（也有人说到星星峡），南北介于南山（祁连山、阿尔金山）和北山（马鬃山、合黎山、龙首山）间，长约900

知识锦囊

河西走廊

河西走廊自西向东分三个独立内流盆地：玉门、瓜州、敦煌平原，属疏勒河水系；张掖、高台、酒泉平原，大部分属黑河水系，小部分属北大河水系；武威、民勤、永昌平原，属石羊河水系。整个走廊地区，以祁连山冰雪融水所灌溉的绿洲农业较盛。因为这里水草丰美，物产丰富，被誉为"西北粮仓"。

公里，宽数公里至近百公里，为西北—东南走向的狭长平地，形如走廊，故称甘肃走廊，又因其位于黄河以西，史称河西走廊。

河西走廊早期是乌孙人和月氏人的家园，后来月氏人赶走乌孙人，独霸河西走廊。但好景不长，西汉初年，月氏人又被匈奴人赶往中亚，就连他们首领的头颅也被匈奴人残忍地割下来当酒器使。从此，河西走廊成了匈奴人的牧场。

公元前138年，汉武帝派张骞第一次出使西域联络大月氏共同打击匈奴，经过河西走廊时被匈奴人截住，软禁了十年。为消磨张骞不屈的爱国意志，匈奴人竟为他娶妻生子，但张骞壮志未酬誓不休，最终利用内乱逃离匈奴继续西行大月氏，完成国家使命。归返中原途中，张骞又在新疆喀什附近被匈奴人截留，一年多后逃回到长安。太史公司马迁称张骞出使西域为"凿空"，它使汉武帝终于知道遥远的西域竟然有如此广阔的地域和空间，也使他由原来单纯反击匈奴的策略向开疆拓土的战略转变。

公元前121年，雄才大略的汉武帝派霍去病率领汉军夺取河西走廊后，设立凉州郡（今武威）、甘州郡（今张掖）、肃州郡（今酒泉）、沙州郡（今敦煌），以及玉门关和阳关，这就是历史上著名的"列四郡据两关"。汉武帝又从关东地区移民数十万，促进了河西走廊的开发；汉武帝还用十年时间修筑了一道以兰州（金城）为起点，贯穿河西走廊直抵阳关、玉门关的汉代长城，以巩固边防。从此，河西走廊长期为中原政权控制，成为中原王朝往西开拓疆土的咽喉和必经之地，也成为著名丝绸之路的重要组成部分。

如今的河西走廊已经成为汉、蒙、藏、回、满、裕固、哈萨克等民族的共同家园，其中汉族主要从事农业，蒙、藏、裕固、哈萨克族则从事畜牧业。

两千多年来，作为丝绸之路要道的河西走廊留下太多民族的印记和无数脸炙

新丝路之旅

重走玄奘西游路

人口的故事，也给后人留下众多的自然历史名胜，如汉明长城遗址、阳关遗址、玉门关遗址、嘉峪关、敦煌莫高窟、榆林石窟、张掖丹霞地貌、雅丹魔鬼城、山丹军马场，等等，张骞、班超、傅介子、霍去病、法显、鸠摩罗什、玄奘、马可·波罗等传奇人物也曾在这里走过，并留下他们深深的足迹。河西走廊是一个值得后人瞻仰和珍惜的地方。

武威古称凉州，坐落在石羊河流域中心，是一个典型的绿洲城市。历史上这里曾是匈奴休屠王的都城，汉朝夺取河西走廊后，凉州列据河西四郡之一，并成为丝绸之路要道。从此，这里成为源源不断的僧人、使节、官吏、士兵和商人们来往西域路上的停驻之地。唐代诗人王翰路过此地，有感于此写下了"葡萄美酒夜光杯，欲饮琵琶马上催。醉卧沙场君莫笑，古来征战几人回"这一千古名篇。

岁月虽然抹去他们深深的脚印，但不可避免地留下了许多记忆的痕迹，武威最著名的莫过于鸠摩罗什寺塔、雷台汉墓。

鸠摩罗什寺已有1600年历史，是我国古代著名的西域高僧、佛经翻译家鸠摩罗什初入内地弘法演教之处。寺内高大的宝塔是为纪念鸠摩罗什修建的，塔内供奉有鸠摩罗什的舌舍利。公元383年，前秦大将吕光奉命出兵西域，攻打龟兹（现在新疆的库车），掠得鸠摩罗什和大量的财物并带回到武威后，建立后凉政权。鸠摩罗什被安顿在当地讲经说法长达十七八年之久，并专研汉语，达到十分精通的程度。后凉灭国后，鸠摩罗什移居长安，在陕西草堂寺译经讲法，并先后翻译经书70多部，300余卷。因为他翻译的佛经表达准确、文字流畅，"意义与原文不悖"，被后人誉为中国四大佛经翻译家（玄奘、鸠摩罗什、真谛、不空）之一。鸠摩罗什临终前曾自负地说过："所翻译的经典，要是没有违背原意的地方，死后焚身舌头不烂。"相传，鸠摩罗什塔就是根据他的遗愿，安放"三寸不烂之舌"的地方。如今，鸠摩罗什寺塔已成为这座历史文化名城的一大奇观。我只是有个疑惑，过去1600年了，鸠摩罗什不烂的三寸之舌今安在？他的舌头果真火烧

鸠摩罗什

鸠摩罗什出生于龟兹，母亲是龟兹王的妹妹。鸠摩罗什7岁出家，9岁跟随母亲前往北天竺向当地名僧学习佛经。12岁随母亲一起返回龟兹。龟兹王听说他回来了，亲自远迎，并专门为他打造金狮子座，以大秦锦褥铺之，并请他升座说法。西域各国国王一见他升座，都在他的座侧听讲。

公元383年，前秦大将吕光攻破龟兹，掳鸠摩罗什至武威；公元401年，鸠摩罗什来到长安，后秦王以国师之礼款待。从此鸠摩罗什就在长安国立译场逍遥园专注于佛经的翻译，他和弟子共译出佛经74部，384卷，对我国佛教文化传播做出不可磨灭的贡献。鸠摩罗什成为我国佛教四大翻译家之一。

不烂吗？或许是后人为了纪念这个传奇人物编撰的美好故事吧。也或许是他死后真的成佛了，像释迦牟尼佛的舍利般"锤砸不烂"，为的是给释家弟子们留下不灭的纪念。

雷台汉墓为"守张掖长张君"之墓，距今1800年，发现于1969年。雷台汉墓出土大量文物珍宝，其中以铜奔马艺术价值最高。铜奔马又称"马超龙雀"，呈发绿古铜色，马高34.5厘米，长45厘米，重7.15公斤，呈飞奔状，三足腾空，昂首扬尾，右后足下踏一展翅奋飞回首惊视的"风神鸟"龙雀。"马超龙雀"改变了传统天马的造型手法，又符合力学的平衡原理，蕴含丰富的天马文化内涵，铸造技术精湛，堪称青铜艺术之极品。

因为铜奔马又具有东西方文化交流的形象特征，被中国国家旅游局确定为中国旅游标志，并赋予新名词："马踏飞燕"。

一个城市的中心如立有"马踏飞燕"标志，意味着被官方颁发了"中国旅游城市"称号。如今，铜奔马收藏于甘肃省历史博物馆供世人瞻仰，我们昨天夜宿兰州，却没有缘分一睹风采，实为遗憾！佛早就说过，这是一个婆娑的世界，婆娑代表遗憾。我等凡夫俗子，不可能都物物亲历，梦想每每成真！

不要过度留恋，还是赶路吧。

傍晚时分，我们终于赶到河西走廊上的另外一个美丽城市——张掖。

张掖以"张国臂掖（通'腋'），以通西域"得名，古称甘州，它曾是匈奴浑邪王的都城，后来成为古丝绸之路重镇。张掖有着悠久的历史、灿烂的文化、

新丝路之旅
重走玄奘西游路

优美的自然风光和独特的人文景观。由于中国第二大内陆河——黑河贯穿全境，滋润了张掖大地，所以张掖自古就有"塞上江南""金张掖、银武威"之美誉，古人有诗曰"不望祁连山顶雪，错把张掖当江南"。难怪匈奴人失去河西走廊后，哀号着"失我祁连山，使我六畜不蕃息；失我焉支山，使我嫁妇无颜色"。或许匈奴人很健忘，河西走廊也不过是他们几十年前强夺来的原本属于乌孙人和月氏人的家园。

1500多年前，这里还举办过人类历史上第一次万国博览会。好大喜功的隋炀帝御驾亲临，穷奢极欲，"倾隋帝国之物力，结与国之欢心"！

张掖有大佛寺、木塔寺、土塔寺、西来寺、马蹄寺、镇远楼、山西会馆、民勤会馆、黑水国遗址等众多名胜古迹，以及被评为"世界十大地理奇观"的张掖国家地质公园。另外，它还拥有亚洲最大的军马场呢。

对于匆忙赶来的我们，又只能无奈地做"选择题"了，张掖大佛寺和闻名世界的丹霞地貌成为我们的首选。这时天逐渐下起雨来，等我们赶到地质公园景区门口时，已经下得淅淅沥沥了。

张掖下雨其实是对不远万里前来旅人的一种非常奢华的犒赏，特别是对那些热爱自然之美的有心人来说，是无上的荣幸。一场大雨冲刷之后，弥漫在空中、掩盖在丹霞地貌上的沙尘一扫而空，丹霞仙子魔幻般艳丽无比的七彩霓裳便神奇地展示在我们清澈的心眼里、镜头里。要知道，在这极其干旱少雨的河西走廊里，有几个匆匆旅人能在张掖等来这场突如其来的雨露"浥轻尘"呢？

下雨，是张掖丹霞地貌最美时刻！下雨，竟又被我们这些幸运儿遇上了！

▌知识锦囊

汉明长城

武威境内存有大量汉明长城，对好奇者来说也是一大看点。汉武帝派霍去病夺取河西走廊后，为了切断匈奴和青海羌族的联系，防止他们联合抗汉，开始经营河西走廊。除"列四郡据两关"外，又用十年时间修筑一条以兰州（金城）为起点，贯通河西走廊到阳关、玉门关的汉代长城。明王朝为了防范蒙古残余势力南下侵扰边境，又在河西走廊重修一条直达嘉峪关的规模宏大的长城。如今在武威境内我们还经常可以看到一个个土墩和一段段土墙，据说它们就是汉明长城，其中武威长城乡的明代长城大部分保存完好，各位有机会可以去看看哦。

张掖丹霞地貌形成原因

丹霞地貌主要发育于侏罗纪至第三纪的水平或缓倾的红色地层中，是巨厚红色砂砾岩层中沿垂直节理发育的各种丹霞奇峰的总称。它的形成是漫长历史时期地壳运动的产物，红色砂岩经长期风化剥离和流水侵蚀，加之特殊的地质结构、气候变化以及风力等自然环境的影响，形成孤立的山峰和陡峭的奇岩怪石。其中，如诗如画的张掖丹霞主要由红色砾石、砂岩和泥岩组成，有明显的干旱、半干旱气候的印迹，以交错层理、四壁陡峭、垂直节理、色彩斑斓而示奇。它是一个以自然风光为主的自然风景区，集广东丹霞山的雄、奇、险、幽、美，以及新疆五彩城的色彩斑斓于一身。

张掖丹霞地貌群，坐落于祁连山北麓，以肃南裕固族自治县白银乡为中心，分布面积在300平方公里以上，2009年被《中国国家地理》杂志评为"奇险灵秀美如画中国最美的6处奇异地貌之一"，2011年又被美国《国家地理》评选为"世界十大神奇地理奇观"。中国地理学权威人士称：张掖彩色丘陵中国第一。

张掖丹霞地貌是我国干旱地区最典型和面积最大的丹霞地貌景观，它是中国丹霞地貌发育最大最好、造型最丰富的地区之一，其中最精致的要数窗棂式、宫殿式丹霞地貌。

资料介绍，张掖丹霞地貌也是国内唯一的丹霞地貌与彩色丘陵景观复合区。张掖丹霞地貌层次错落交替、岩壁陡峭、形态丰富、气势磅礴。数以千计的彩色丘陵全部呈现出鲜艳的丹红色和红褐色，相互映衬，各显其神，展示出"色如渥丹、灿若明霞"的奇妙风采，把祁连山渲染得奇峰突起、峻岭横生、五彩斑斓。当地少数民族把这种奇特的山景称为"阿兰拉格达"，意为红色的山。

张掖丹霞地貌色彩之缤纷、面积之大，冠绝全国。

张掖国家地质公园有一南一北两个出入口，它们之间的距离蜿蜒20余公里。从南台入口进入是游览的最佳路线，距离各景点较近，区间车也多。但由于不识路，我们只得盲从于GPS导航来到大磁窑北入口，这里距离景区中心有点远，但据区间车司机介绍，我们因此能够多游览到"敖河观景台"作为回报。当区间车抵达敖河观景台时，司机便把我们放下后开车走了，等我们从山头的观景台下来时，又一台区间车可能就到了，载着我们前往另一个观景台。

沿途观景台很多，但几乎每个观景台都设在地势较高的山顶上，因为只有登高远望，美轮美奂的景致才能一览无遗。有些山头的垂直高度有数百米而且非常陡峭，所以游览地质公园其实又是一次次艰苦的雨中爬山运动，当我们艰难地爬上每一座山顶时，都会有意外的惊喜作为回报，被雨水冲刷过后难能仅见的极致美景毫无保留地暴露在你惊喜的视野和镜头里。在迷宫般的地质公园里转悠，一次次不知疲倦地爬上不同的山头，眼前展现的都是不同的艳丽色彩和线条，不一样生动传神的地貌造型。我们远道而来，老天爷特地下一场雨把美丽丹霞冲刷得香艳动人，让我们一睹为快，我们还能抱怨什么呢？只有大汗淋漓地爬上山头后满眼的喜出望外，只有不停地按动惊喜的快门。

下雨，是张掖丹霞地貌最靓丽、最撩人的时刻！当然，此时此刻老天爷如能再来点金灿灿的雨后霞光，洒在这美丽的七彩霓裳上，再张挂起一道绮丽的彩虹，那就真的完美了。望见西边天际露出一丝丝闪亮的云彩，我和妻子站在山顶上守候良久，等待最完美时刻的到来，可惜老天爷不让我们尽心如意哟！

整个景区有七彩屏、七彩飞霞、众僧拜佛、灵猴观海、睡美人、西晖归帆、麻子面馆和刀山火海等12处色彩斑斓、造型奇特的美妙景点。当然，我们得不停地爬山，不停地按动忙碌的快门。

一个多月前入选《世界自然遗产名录》的张掖丹霞地貌作为一道极致风景，门票仅仅40元，相对于其他一些动辄百元的景点，真的很超值！但随着旅游设施的不断完善，不久的将来肯定是要涨价的。要抓紧时机前来哟！

来到张掖，能在雨中雨后饱览丹霞地貌的宏大和惊艳，真的是太幸运了，虽然"泉州"的朋友因事没法请我们好好吃一顿大餐（我们垂涎欲滴地盼望很久了），虽然没有时间去大佛寺与世界上最大的卧佛结缘。无需遗憾，前行路上敦煌莫高窟的卧佛也很大哦。

张掖也是中国裕固族唯一的聚居地。说起裕固族，或许也能勾起不少读者的

> ✿ 小贴士
>
> 　　从南台入口到大磁窑北入口的距离蜿蜒20余公里，所以坐景区区间车一定要留意它的编号，它们分别代表游客进入景区的不同线路，坐错车会付出代价的。两个从南台入口进来的游客，竟然跟我们编号的车坐到大磁窑北入口，那时已经到了晚上8点30分的下班时间，区间车停运了，急得俩人直跳脚，摸黑徒步回南台需要三四个小时呢。

　　兴趣，它和维吾尔族有共同的祖先，都曾是历史上一统蒙古高原的回鹘民族后裔。9世纪，回鹘王朝解体后，一部分回鹘人西迁吐鲁番乃至中亚地区，和当地民族融合成现在的维吾尔族；一部分南迁到河西走廊地区形成现在的裕固族。不同的历史轨迹决定了他们不同的命运，也决定了他们最终在语言、文字、生活方式和宗教信仰等方面的千差万别。维吾尔族在极具排他性的伊斯兰文化熏陶下，完全失去了自己原有的民族特色，全盘伊斯兰化，这个曾经的马背上民族终于失忆于9世纪以前的本民族传统。而裕固族生活在河西走廊，虽然受到中原文化的深刻影响，但仍然保留了自己传统的生活方式、民族语言和宗教信仰等原有特色。这里不能不钦佩佛教的包容性，佛家寺院不仅是信徒们的心灵家园，它对异教徒也是宽容大度的。到新疆看看，古老的佛家寺院都只剩下断壁残垣和所谓的"世界文化遗产"，这些都是民族压迫和宗教迫害的有力证据。

　　古老印度佛教的毁灭、英国人的轻易征服和敲骨吸髓式的殖民统治，乃至最终一分为三（印度、巴基斯坦、孟加拉国），都与伊斯兰文明有极大关系。

　　夜宿张掖火车站附近的青年旅社，客房很干净，我们很满足。美食家小卢点了一桌子菜，好吃不贵，我们都很满意。今天虽然很累，但玩得开心，吃得惬意。

　　大家各司其职，吃饭、住宿、财务都有专人负责，我只须确定每天的路上行程。有时你即使做得再好也会有闲人提出不满意见，现在也终于让不管事的人知道做事不容易了。

新丝路之旅

重走玄奘西游路

第五章

过雄关，奔瓜州——游嘉峪关

时间 ◎ 7月21日

行程 ◎ 张掖—嘉峪关—瓜州，约480公里

沿途景观 ◎ 山丹军马场、嘉峪关、悬壁长城、长城第一墩、瓜州榆林石窟和锁阳城

　　昨晚做了一个好梦，一位七彩仙子引领我们巡游色彩斑斓的天堂……可6点钟的闹钟硬生生地把我的黄粱美梦打碎，醒来后又是一个疲惫不堪、苦不堪言的早起。一番匆忙洗刷后，7点又得出发了。都是第一天耽搁惹的祸，必须做出一些调整，否则这样的旅行虽然很充实，但真的太累呀，更何况我们的旅行团还有四位妇女儿童呢。

　　我们今天的计划，是直奔嘉峪关市，观赏天下第一雄关——嘉峪关古城、悬壁长城和长城第一墩后，向瓜州进军。

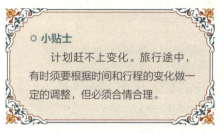

◇ **小贴士**

　　计划赶不上变化。旅行途中，有时须要根据时间和行程的变化做一定的调整，但必须合情合理。

　　河西走廊本是极其干旱少雨的地方，依靠祁连山的雪水灌溉，成就了一个个绿洲长廊。张掖地处黑河流域的中心，被誉为"西北粮仓"。但在我们逐渐远离黑河流域时，草原绿洲的温情又换成戈壁的荒凉，没有雪水滋润的海拔稍高之地又是满眼的土岭荒山，偶尔有些稀稀疏疏长得低矮的干旱植物。据称，戈壁荒漠地区主要生长着三种极其耐旱植物："沙漠王子"胡杨、"沙漠卫士"梭梭和"沙漠之花"红（柽）柳，人称"沙漠三剑客"，它们都是非常有名的防风固沙能手。河西走廊上居民的房前屋后还生长有一种叫沙枣的植物，它的生命力也很强，抗旱、抗风沙、耐盐碱、耐贫瘠，花儿有一种特别的香味，果子酸酸甜甜。据称，乾隆皇帝宠爱的"香妃"小时候就经常用沙枣花沐浴，才成就她一生的"香"名。

　　不久，我们进入酒泉市境内。酒泉为汉代河西四郡之一，自古是中原通往西域重镇的要道。隋唐时期，酒泉改名为肃州。

　　据称，酒泉因"城下有泉，其水若酒"得名。但还有一种很浪漫的说法：霍去病打败匈奴后在此驻兵，并把汉武帝赏赐给他个人的美酒倒入泉水中，与三军将士一同分享，因此得名酒泉。但我倒觉得，霍去病与豁达、大度和爱兵如子的母舅卫青相比，实在是心胸狭窄，性情刻薄。长期征战中，霍去病经常自己在喝酒吃肉，完全不顾部下忍饥挨饿，且为报复名将李广之子李敢对母舅卫青的羞辱，寻得机会将其射杀。所以，第二种说法值得怀疑。

　　酒泉还以盛产祁连墨玉闻名于神州大地，所以河西走廊上除了"金张掖、银武威"以外，还有"玉酒泉"的说法。

　　当然，酒泉吸引我们前来并规划为重要旅行目的地，是想带孩子到酒泉卫星发射中心看看，这里是我国航天事业的发源地，各种型号运载火箭的综合发射场。后来我们才得知，酒泉卫星发射中心并不在酒泉市，而在距离酒泉市250公里之遥的内蒙古巴丹吉林沙漠深处阿拉善盟的额济纳旗境内。因为距离遥远，我们只好放弃。

　　上午11点，终于抵达大家仰慕已久的嘉峪关城楼下。嘉峪关位于河西走廊东西结合部，关城始建于1372年，比山海关还早建9年。明初，征虏大将军冯胜班师

凯旋途中，选址在河西走廊中部，东连酒泉、西接玉门、北靠黑山、南临祁连的咽喉要地——嘉峪塬西麓建关。嘉峪关关城依山傍水，扼守南北宽约15公里的峡谷地带，与该峡谷南部的讨赖河谷，又构成关防的天然屏障。嘉峪关附近烽燧、墩台纵横交错，关城东、西、南、北、东北各路共有墩台66座，与附近的长城、城台、城壕、烽燧等设施构成了严密的军事防御体系。嘉峪关规模大于最东边的山海关，为万里长城的最大关隘，是真正的"天下第一雄关"。

现在的嘉峪关是在原址上还原重建的，关城由外城、内城和瓮城组合而成，其中内城周长640米。嘉峪关关城的面积、结构、功能等与原址相当。

第二次游览嘉峪关，轻车熟路。从游客中心大门往里走，路过小湖畔一排排直立挺拔的"左公柳"，据说它们都是左宗棠一百多年前率领湘军西征阿古柏时栽种的，并留下"大将筹边尚未还，湖湘子弟满天山。新栽杨柳三千里，引得春风度玉关"的壮丽诗句。

徒步十多分钟后，我领着大伙儿径直来到东闸门，这里是嘉峪关的入口。城门正上方题有"天下雄关"四个金色大字。穿过城门，我们进入嘉峪关的外城。外城呈西宽东窄形状，爬上缓坡，抬眼就望见右手边长长的碑廊，碑廊里展示了大量的照片和文字，介绍了嘉峪关城古往今来的历史。细细浏览之后，一个叫威廉·艾德加·盖尔的美国传教士给我留下深刻印象，盖尔1865年出生于美国宾夕法尼亚州，接受过严格系统的地理学专业教育，并对中国历史文化抱有浓厚兴趣。1903年开始，他数次来到中国考察，走遍大江南北、长城内外、三山五岳后，连续出版了《扬子江上的美国人》《中国十八个省府》《中国五岳》等一系列著作，深受西方读者欢迎。特别是1907年3月到1908年8月间，他费时18个月，

从渤海之滨的山海关一直走到最西端的嘉峪关，全面考察明代长城，细致入微地记录了有关长城的传说和沿线的风土人情，向世人真实地展示了当年中国长城的原始风貌，留下很多珍贵的照片和文字资料，并撰写权威著作《中国长城》。盖尔不像英国文物贩子斯坦因大量盗窃敦煌莫高窟的佛家经卷，他没有拿走长城一块砖、一

钵土，很专业很执着地把古老中国介绍给世界各国人民。如果您对中国古长城有兴趣，这是一本不可多得的好书。

随着蜿蜒小道西行，终于到达高大的城墙下。附近有多处建筑，分别是戏楼、文昌阁、关帝庙。戏楼，是古代守城官兵、城内居民及过往商旅的娱乐场所，其形制为典型的中国传统戏台，其中最吸引人的当属戏台两侧的对联："离合悲欢演往事，愚贤忠佞认当场。"文昌阁，始建于明代，早期为文人骚客会友、吟诗作画、读书的场所，到了清末成为文官办公的地方。关帝庙，供奉着中国古代战神关羽的塑像。藏传佛教的中心拉萨市区也建有一座，为乾隆年间清朝大将福康安率军攻打尼泊尔胜利班师拉萨后修建。不懂得古代军人为什么如此崇拜战神关公，可能是因为关公代表忠诚、爱国、勇敢和至死不渝的精神和力量吧，鼓励他们勇往直前、战无不胜。

穿过高大的城墙门洞往里走就是内城了。内城西宽东窄，略呈梯形，城高9米，东西开有"光化"和"柔远"两门。门外各筑有瓮城，城楼对称，为三层三檐五间式样，周围有廊，单檐歇山顶，高17米。城四隅有角楼，南北墙中段有敌楼，一层三间式带前廊。两门内北侧有马道达城墙顶部。西门外套筑一道凸形城墙，构成一个罗城，也就是外城。外城比内城高2.7米。外城正中大门额刻"嘉峪关"三个大字。门顶原有城楼，与东西两楼形制相同，三楼东西成一线，1924年城楼被毁。西面罗城砖砌，东、南、北有土筑围墙，连接长城。城外有城，迭门重城，成并守之势。

内城里有演武场和游击将军府。游击将军府，为两院三厅四合院式建筑，初建于明隆庆年间，后来成为明清两代镇守嘉峪关的游击将军处理军机政务的场

新丝路之旅
重走玄奘西游路

所。里面以写实主义雕塑为主要形式，活灵活现地还原了古代游击将军的工作、生活情景。

曲折往西出了嘉峪关门后，眼前是一片灰蒙蒙的清冷孤寂的戈壁荒漠，从这里开始就是古代人们所称的"西域"了。不远处一座古旧的亭子一如既往地伫立在"关外"，有近200年历史。这座亭子是古人送别亲人好友的地方，"劝君更尽一杯酒，西出阳关无故人"。它见证了多少人的喜怒哀乐、悲欢离合呀！

嘉峪关给后人留下了太多的故事、太多的传说，有些真的没法用文字描述，须要旅行者亲历现场，用内心去感受。

"通关文牒"本是古人办理出国留洋的证件，相当于现在的出国护照和签证。当年唐僧玄奘原想走正规渠道办一本"护照"远赴印度留学，被拒绝后只得偷偷出走，结果遭来大唐政府的缉拿。妻子也想买上一本"通关文牒"以资纪念，换来生意冷落艺人的笑脸相迎和殷勤服务，在嘉峪关办理一本精致的"出国护照"价格为50元，但妻子在付款时才发现身上仅余区区20元钱，落单的她等候多时竟然在熙熙攘攘的人群中找不到一个借钱的同伴，手机又没电了，总不至于扣人吧，最后只得以20元的价格成交，后悔不迭的艺人直呼亏本。妻子回来告诉我们这个故事后，大家都笑翻了。

长城第一墩，即讨赖河墩，位于嘉峪关城以南7.5公里处，墩台矗立在讨赖河边近80米高的悬崖之上，可谓"天下第一险墩"，1539年由肃州兵备道李涵监筑。长城第一墩是明代万里长城由西向东的第一座墩台，为明代长城的西端起点，连接嘉峪关城和黑山脚下的悬壁长城，是嘉峪关长城防御体系的重要组成部分。

如今的长城第一墩早已成为嘉峪关市著名景区，景区内有长城第一墩、讨赖河滑索、讨赖客栈、天险吊桥、"醉卧沙场"雕塑群、"中华龙林"、地下谷等古今结合的景点，其中下沉式的地下谷里有贵宾接待室、饮吧、观景平台、滑索、旅游纪念品商店等设施。这里是旅行者寻幽、探奇、休闲、娱乐、怀古的好去处。有闲情雅致又有时间的人士，在祁连山脚下讨赖河岸边的客栈小住两日，定是一种别样的体验。据称，讨赖河里的石头很特别，不知道您是否有捡到珍贵的祁连山墨玉的好运气？

闯入地下谷，我压根没注意到凸出于悬崖的脚下观景平台竟然是一块透明的

强化玻璃，就冲了上去，陶醉于讨赖河大峡谷的宏阔壮观，惊奇于茫茫戈壁和荒漠地带竟然有这么一条由祁连山雪水冲刷、下沉的开阔河谷，仿佛是用大刀阔斧齐刷刷切割而成，大自然鬼斧神工的伟大杰作呀！观赏良久，当同伴神色凝重、小心翼翼地走上观景台并无限赞赏我的胆大时，才发现竟然长时间地站在近百米高的讨赖河大峡谷悬空的峭壁上而不自知，唬得我赶紧从观景台上窜下来，后怕不已。原来我也是很胆小的。

　　悬壁长城位于嘉峪关关城北8公里处石关峡口北侧的黑山北坡。1539年，为了加强嘉峪关的防御，肃州兵备道李涵在暗壁以外，峡谷南侧的山头上监筑了一条15公里长的片石夹土墙，使关城防御更加为严密，古称"断壁长城"。因城墙自山上陡跌而下，在山脊上似长城倒挂、铁壁悬空，封锁了石关峡口，俗称"悬壁长城"。悬壁长城原墙现只余下一截，底阔4米，上宽2米，高0.5～6米不等。

　　现在的悬壁长城大都是1987年重修的，长750米，高达6米，其中有231米城墙悬挂于高150米，倾斜度为45度的山脊上，片石、土层厚度如旧，又在墙头增筑垛墙和宇墙，首尾各添筑一墩台。游人拾级而上，平坦处如履平地，险峻处如攀绝壁，故有"西部八达岭"之称。

　　现在景区内除了悬壁长城，还有"丝绸古道"雕塑群、嘉峪关古代兵器展等景点，其中雕塑群主要由中国古代在嘉峪关地区有过行踪的张骞、霍去病、班超、玄奘、马可·波罗、林则徐、左宗棠七位历史人物造像组成，展示了石关峡悠久的历史和厚重的人文内涵。

　　不少人参观完悬壁长城后大失所望，认为五百年前的明长城早已淹没，现在的悬臂长城只不过是仿制品，性价比超低，完全不值得前来。

　　老山羊倒认为悬壁长城更重要的是一种象征意义，它是丝绸之路的必经之地，法显、玄奘都曾从此走过，值得来看个究竟。

新丝路之旅

重走玄奘西游路

出来游山玩水，长时间坐车后爬爬山，出出汗，舒活舒活筋骨，是一种不错的活动，权当锻炼身体吧。不过，攀上这座陡峭的长城也挺不容易，直爬得气喘吁吁！当然，爬上长城最顶端时有一种云淡风轻、君临天下的神气。

雨中，我们再来一场射箭比赛吧。老虎有力气，箭箭射中标靶……

继续赶路，玉门市就在路边，是否要到市区逛逛，瞻仰铁人王进喜的故乡？这里还是新中国最早的玉门油田所在地呢！黄同学昨天看过新闻后告诉大家前几天玉门市发生鼠疫，整个玉门市都被封锁了，为了大家的安全，还是不要进市区为好！在高速公路服务区，气定神闲的玉门人告诉我们，鼠疫发生在山区，只因某个人接触到病死的土拨鼠被传染。玉门市区的进出根本没有被封锁，旅行者大可放心参观访问……

河西走廊其实就是一条包夹在南北大山之间连接中原和西域的狭小通道，很容易形成风洞效应，所以风力资源非常丰富，大风还曾经推倒过庞大的火车。随着现代科技的发展，令人谈虎色变的狂风逐渐能为人类所用，人们开始在戈壁滩上架设起巨大的"风车"般的风力发电机组；特别是进入瓜州境内以后，公路两旁矗立着数不清的巨大"风车"和电力铁塔。远远望去，渺小"风车"顶部的发电机其实有一辆吉普车大。一部分没有转动的风车，不是因为风力不足停止工作，而是因为电力太多又没法外送而被电力公司暂时"刹车"停运。

迎着璀璨炫目的草原日落，我们终于赶到瓜州县城。瓜州，也是河西走廊上一个充满传奇色彩和动人故事的历史名城。这里留下太多古代遗迹，如锁阳城、双塔湖、唐代玉门关、榆林石窟、塔尔寺、布隆吉雅丹地貌等名胜，都值得好奇者驻足停留。

瓜州的塔尔寺，位于锁阳城遗址以东一公里处，当年玄奘途径瓜州，在此讲经说法一个月有余。还必须特别提到的是唐代玉门关，它和汉代玉门关的地址完全不同，已经从敦煌迁移到200公里外的瓜州双塔湖附近。当年唐僧玄奘得到瓜州刺史的暗中帮助，并在当地商人石磐陀的指引下，在距离唐代玉门关十几里外的疏勒河

畔半夜偷渡过去，前往哈密地区，玄奘终于摆脱了围追堵截，胜利大逃亡。但如今的唐代玉门关已经在几十年前淹没于双塔湖中。

经过一天的辛苦奔波后，我们以一顿丰硕热辣的大盘鸡来慰劳自己。这是第二次吃西北大盘鸡了，记得第一次是2012年和老虎在前往珠峰途中的日喀则吃的，记忆犹新。可能北方的读者会觉得笔者大惊小怪，但对于吃相清淡的闽粤人士，实属不易呀，就相当于厦门味道鲜美的土笋冻，我们当地人吃得开心，北方人看了恶心害怕。

因为行程被耽搁一天，如果继续按原计划执行，那么我们每一天都疲于奔命，哪来旅行乐趣？也为了照顾妇女儿童，我决定增加一天的行程。大家一致同意。

瓜州内涵是丰富的，它深深吸引着前来的人们，却留不住匆匆而来的我们一行，借住一宿后，明天又得匆匆赶路了。

╱ 知识锦囊
瓜州两大历史名胜

瓜州锁阳城：

位于瓜州锁阳镇，始建于汉代，原名为瓜州，明代才改名锁阳城，随着明王朝放弃对西域的经营，退守嘉峪关，锁阳城走向没落。据资料介绍，锁阳城是我国集古代城址、古河道、古寺院、古墓葬、古垦区为一体的古文化遗址。这里的古代军事防御体系和烽燧信息传递系统是我国保存最为完好的范本；这里的古垦区及古代水利灌溉系统也保存得相当完好。锁阳城按结构可以分为内外两城，外城面积80万平方米，墙体高大；内城呈正方形，面积28万平方米，有瓮城3座；城内留有大量土台、房屋及其他建筑物遗迹，陶片、铜币到处可见。

据称，大唐名将薛仁贵西征，被哈密国大元帅苏宝同层层包围在瓜州的苦峪城，粮草短缺。薛仁贵发现城内外遍地生长着一种叫锁阳的植物，根茎饱满，既能解渴，又能充饥，便命令士兵挖掘食用，解决粮食短缺的危机，等来了救兵。后来，为纪念锁阳解救三军将士性命，就把苦峪城改名为锁阳城。

榆林石窟：

又称万佛峡，现存壁画总面积5650平方米，彩绘佛像10826幅，彩塑272身，并保存有位居全国第三大的泥塑佛。榆林石窟与敦煌石窟开凿年代相近、风格相同，互为姐妹窟。它最有名的壁画莫过于《西方净土变》和《观无量寿佛经变》，被誉为旷世精品，其临摹品现悬挂于人民大会堂。

与其锦上添花挤破脑袋瞻仰莫高窟高高在上的"姐姐"，不如前往榆林石窟，细细品味孤寂落寞但热情好客的"妹妹"，相信你会不虚此行。

新丝路之旅

重走玄奘西游路

⟪ 第六章 ⟫
历史和艺术的殿堂——敦煌

时间 ⊙ 7月22日

行程 ⊙ 瓜州—敦煌市，约120公里

沿途景观 ⊙ 莫高窟、三危山、鸣沙山、月牙泉

　　经过调整后，我们今天的旅行计划行程是宽松的：上午出发奔赴120公里外的敦煌，安排好住宿后，参观莫高窟千佛洞；中午好好休息，躲避西域毒辣太阳的烤晒，下午5点后直奔鸣沙山和月牙泉，晚上9点前赶回酒店。

　　瓜州自古以蜜瓜出名，当地农民在公路旁搭了许多木架，堆放着他们辛勤栽种成熟的香甜蜜瓜，恭候游人光临。这时如能稍作停留，品尝一番，是一种不错的体验，心满意足后再捎上几个，也会是一种不错的心情，然后在刚铺设好的黑色笔直的柏油路上一路狂奔，通向敦煌。一路有戈壁荒山做伴，还有一段段汉长城的断壁残垣和一座座烽燧相随。

旅游旺季的敦煌，每天吸引数以万计来自远方的游客，所以房价有时虚高得令人吃惊，想找便宜一点的旅馆，只能去比较偏僻路段寻。不要以为在网上订好房就可高枕无忧了，被"放鸽子"是常有的事情，房东往往会把客房卖给先到先付款的客人，落袋为安！负责订房的"泉州"昨晚就订好房，上午10点钟，我们从瓜州赶到敦煌的酒店时，被告知已转卖他人，害得他领着我们找遍大街小巷，最后才在接近郊区的城北找到一家旅馆落脚，浪费了大量时间。今天如果不是早到，且赶紧找房，晚上可能就得露宿街头了。

敦煌举世闻名，可能是因为这里有著名的阳关和玉门关，因为王道士和斯坦因们的故事，还因为莫高窟让人如醉如痴的壁画和雕像。8年前我是跟旅游团前来走马观花，这次带来了家人和朋友。不管你喜不喜欢这个地方，不管你懂不懂得敦煌艺术，我觉得都应该来看看，可能有些人带着心满意足的喜悦离开，有些人满脸的茫然，有些人是满怀的沉重。

前来的旅行者，大多为知识文化人士；敦煌，是中国历史和艺术的殿堂。

汉武帝夺取河西走廊后，敦煌位列河西四郡之一，从此奠定了它在东西交通要道上的重要地位，成为汉代丝绸之路南线和北线的必经之地。南线过敦煌的阳关之后，翻越阿尔金山到若羌，顺着昆仑山北麓、塔克拉玛干沙漠南沿，经且末、和田到达喀什；北线出敦煌的玉门关，穿越白龙堆、罗布泊到尉犁，沿塔克拉玛干沙漠北沿、天山南麓，到库尔勒、轮台、龟兹（库车），在喀什与南线会合后，翻越葱岭（帕米尔高原）前往中亚、西亚和欧洲。

唐代又开辟了一条通往西域的新通道——新北线：瓜州的唐代玉门关（隶属敦煌郡）——白龙堆——哈密——吐鲁番——吉木萨尔——乌鲁木齐——昌吉回族自治州，一直沿天山北麓、准噶尔盆地

新丝路之旅

重走玄奘西游路

052

南沿西行到中亚、西亚地区。

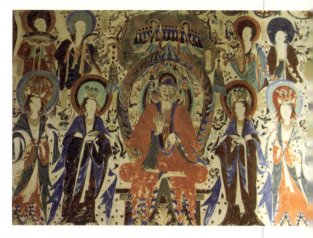

敦煌作为通往西域的中转站，张骞、班超、法显从这里走过，唐僧玄奘从印度归国也途经此地。敦煌还是中西文化的交汇之地，历史在这里有丰厚的沉淀。

敦煌的名胜古迹众多：莫高窟、鸣沙山、月牙泉、阳关、玉门关、三危山、汉长城等等。每到旅游旺季，这里热浪滚滚，游人如织。

敦煌最有名的当然是莫高窟啦。莫高窟，俗称千佛洞，始建于十六国时代的前秦时期，历经十六国、北朝、隋、唐、五代、西夏、元等朝代的不断扩建，形成规模宏大的石窟艺术群。莫高窟现存洞窟735个，壁画4.5万平方米、泥质彩塑2415尊，是现存世界上规模最大、内容最丰富的佛教艺术之都。

作为东西文化的交汇地，敦煌石窟的历史价值非常之高。本生、佛传、福田经变、弥勒经变、宝雨经变、楞伽经变及供养人题记，可帮助人们了解古代经济生活的状况。法华经变、涅槃经变提供了古代军队操练、征伐的具体形态及武器装备的宝贵资料。敦煌壁画中还保存有古代体育的精彩画面，如骑射、相扑、角力、举重、弈棋、投壶、游泳、马球、蹴鞠等运动，是古代人们娱乐生活的真实写照。敦煌石窟的彩塑和壁画，大都为佛教内容：彩塑和壁画的尊像，释迦牟尼的本生、因缘、佛传故事画，各类经变画，众多的佛教东传故事画，神话人物画等，每一类都有丰富、系统的材料。敦煌壁画还涉及印度、中亚、西亚、新疆等地区的内容，有利于后人了解古代敦煌以及河西走廊佛教的思想、宗派、信仰、传播，佛教与中国传统文化融合的过程，等等。

一卷印刷于868年的《金刚经》曾被人从敦煌藏经洞里掠走，后收藏在外国历史博物馆里，它证明了中国是世界上最早发明印刷术的国家。

至于莫高窟的艺术价值，则更为人们称道。敦煌石窟壁画中的人物画、山水画、动物画和装饰图案都有千年历史，数量众多，可以成为独立的人物画史、山水画史、动物画史、装饰图案画史，这些都是世界上独一无二的。

敦煌壁画中涉及音乐题材的洞窟达200多个，据统计绘有乐器4500余件。藏经洞

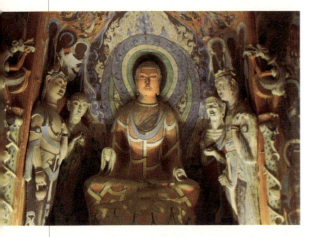

文献中也有曲谱和其他音乐资料，为研究中国音乐史、中西音乐交流提供了珍贵资料。

敦煌石窟又堪称舞蹈艺术的博物馆，保存了无数高超的舞蹈技巧和完美的舞蹈艺术形象，充分反映了各时代舞蹈发展的面貌。

难怪，敦煌莫高窟如此吸引世人的目光。敦煌，中国历史和艺术之都！

古人为什么会在敦煌挖掘出如此大规模的石窟呢？据唐代史书记载，公元366年，僧人乐尊路经鸣沙山，忽见金光闪耀，如现万佛。老和尚眼花了，误把该地区司空见惯的海市蜃楼现象当成佛祖显灵，便在岩壁上开凿出敦煌第一个洞窟，佛家认为世上再没有比修建佛窟更高的功德了，因此取名"莫高窟"。北魏、西魏和北周时，统治者崇信佛教，因此石窟的建造得到王公贵族们支持，发展较快。隋唐时期，随着丝绸之路的繁荣，莫高窟更为兴盛，武则天时竟开凿千余个洞窟。元代以后敦煌停止开窟，莫高窟逐渐冷落荒废。明代固守嘉峪关，被放弃的敦煌成为吐鲁番少数民族政权的游牧之地。清朝恢复对西域管辖后，于乾隆年间重设敦煌县，莫高窟又开始为世人关注。

清末，由于国家贫弱，敦煌丰富的文物引来许多西方窃贼的觊觎之心，最早前来的是英国人斯坦因，他来到当地就听说了王圆箓道士发现石窟秘密的消息，在以"唐僧玄奘追随者"美化自己的一番哄骗和200两白晃晃银子的引诱之后，王道士失去了底线，引斯坦因进入藏经洞肆意窃取了上万卷经书。这个曾在英国阿富汗殖民地谋生的文物贩子从此在欧洲声名鹊起，敦煌也开始闻名海外。1914年，斯坦因再次来到莫高窟，以500两银子又向王圆箓购得570卷敦煌文献。当然，因为斯坦因不懂得汉语，他在窃取敦煌文物时是囫囵吞枣的。

闻得消息后，接踵而来精通中文的法国人伯希和又用600两白银窃取了9000多件文物，经21天时间精心筛选，伯希和获得敦煌莫高窟最有价值的文物。回国后伯希和得意扬扬地吹嘘："洞中卷本未经余目而弃置者，余敢说绝其无有……不单接触了每一份文稿，而且还翻阅了每一张纸片。"他还不忘在洞中给自己拍上一张盗窃

新丝路之旅

重走玄奘西游路

藏经洞遗书时的照片：蹲在洞窟里，面对堆积如山的经卷，正在蜡烛下一件件、一页页地翻检……在藏经洞里"辛勤工作"了3周的伯希和，以他纯熟的汉语言基础和中国历史知识，挑走了藏经洞里的全部精华，伯希和也因此在欧洲出名了。

闻讯而来的还有日本人橘瑞超和吉川小一郎，他们从王道士处掠走约600件经卷；俄国人奥尔登堡又从敦煌拿走一批经卷写本，还盗走第263窟的壁画；美国人华尔纳用特制的化学胶液，粘揭盗走莫高窟壁画26块。

中国人最不能忘记的，是这个叫"吉川小一郎"的日本强盗，他在西域地区掠得大量中国文物后，雇用了145头骆驼驮运86个大箱子，于1914年1月从乌鲁木齐出发，行李插上"大日本帝国"太阳旗做护身符，在中国大地上招摇过市，畅行无阻，最后抵达张家港装船运往日本。中华民族历史上的奇耻大辱呀！

为何敦煌藏有如此海量之佛教艺术珍品？后人研究颇多，其中一种比较流行的观点是西夏人为了躲避蒙古人的追杀携来此地密藏。笔者认为不管是西夏的党项族人还是蒙古人，他们都信仰佛教，对佛门三宝素来都很景仰，西夏人没必要为躲避蒙古人而携带埋藏佛宝，所以此事从动机上看是不成立的，笔者认为11世纪南疆地区喀喇汗王朝发动的伊斯兰教排佛运动才是真正原因所在。由于排佛，使得新疆地区（特别是南疆）的佛教徒如丧家之犬狼狈东逃，而敦煌郡长期以来由信仰佛教的中原王朝把持，也是当时抵御伊斯兰势力东进的最前线。那时南疆通往中原的捷径就是穿越罗布泊，过阳关或玉门关后来到敦煌，因而敦煌成为距离他们最近的避难所。因为害怕伊斯兰势力继续东来，所以他们把大量佛经集中存放在不为人知的第16号洞窟夹壁内，以防不测。

13世纪的马可·波罗就是经由罗布泊来到中国的。那时罗布泊的交通条件没

▌知识锦囊

莫高窟藏经洞

藏经洞是中国考古史上的一次非常重大发现，其出土文书多为写本，少量为刻本，汉文书写约占5/6，其余则为古代藏文、梵文、佉卢文、粟特文、和阗文、回鹘文、龟兹文、希伯来文等。文书内容主要是佛经，此外还有道经、儒家经典、小说、诗赋、史籍、地图、账册、契据、信札、状牒等，其中不少是孤本和绝本。这些文物对研究中国和中亚地区的历史，都具有重要的史料和学术价值，并由此形成一门以研究藏经洞文书和敦煌石窟艺术为主的学科——敦煌学。

有现在这么恶劣，罗布人还在罗布泊里荡舟捕鱼呢！穿越罗布泊到敦煌是历史上丝绸之路南道、中道必经之地呀！笔者的分析在理吧？

关于王道士的故事，许多人认为他作为敦煌的守护者，盗卖"国有资产"为严重的失职，犯有不可饶恕的罪过。我倒觉得目不识丁的王道士只不过是个普通看门人，在那个国难深重时代，一个人最关心的是自身生存问题，王道士通过出卖故纸、经文，"化缘"得来的银两却没有落入私人腰包，而是用于莫高窟的修缮，已经相当无私了！我们还能过多怪罪这个可怜的王道士吗？唯一诧异的是，王道士死后竟然被安葬在景区门口的白色灵塔内，真是咄咄怪事！灵塔可是佛教徒安葬他们活佛（得道高僧）的圣冢，佛和道还是有区别的，就像男女有别一样！盗卖文物的王道士真有这么崇高吗？这个灵塔是谁为他修建的？什么时候修建的？

也经常听到有人由衷地赞叹愚惷的王道士和狡猾的斯坦因这些文物强盗，认为如果不是他们盗卖莫高窟里的国宝，敦煌就没有今天的知名度了。但人们是否深思过，为什么他们能肆无忌惮地盗走这些中国国宝？那是因为近代中国的贫弱，是因为西方列强侵入了我们的家园哪！所以，如果根据有些人的逻辑，我们是不是更应该追根溯源地感谢祖国母亲曾经的羸弱、动荡和任人宰割？

想想这些，每每黯然神伤，难道中华民族真的需要这样的知名度吗？

敦煌博物馆修建在距离莫高窟售票处不远的地方，或许这里能带给您更多的敦煌知识和感受。它是一幢由日本人捐资修建的建筑物，或许是因为部分日本人良心发现，为其强盗行为赎罪吧，或许他们想借此增加中国人民的好感？不知道他们盗窃的600余件经卷有没有归还。

也让我们记住两个重要的名字吧：常书鸿、张大千。他们是民国时期敦煌艺术的捍卫者，有人称之为"民族脊梁"。

敦煌太有名了，敦煌带给中国人太多太复杂的情感纠结。或许附近的鸣沙山

新丝路之旅

重走玄奘西游路

/ **知识锦囊**

月牙泉的"四奇"与"三宝"

四奇：月牙之形千古如旧、恶境之地清流成泉、沙山之中不掩于沙、古潭老鱼食之不老。

三宝：铁背鱼、五色沙、七星草。

和月牙泉能暂时让您放下难以释怀的人文情感，回归到对大自然的热爱和自在之中。去鸣沙山、月牙泉转转吧！

鸣沙山位于城南五公里处，为流沙堆积而成，汉代称神沙山，晋代始称鸣沙山，因细沙下滑时发出声响而得名。鸣沙山的流沙分红、黄、绿、白、黑五色。令人惊奇的是，白天被数以千计的游人从沙山上踩塌的大量流沙，第二天早上又神秘地飞回到山头。地处鸣沙山环抱之中的月牙泉，古称沙井，又名药泉，因其形酷似一弯新月得名。月牙泉平均水深4.2米，泉水清澈甘甜，早在汉代它就是当地出名的游览胜地，唐代泉里有游船，泉边有庙宇。前人还有诗称赞"山以灵而故鸣，水以神而益秀""鸣沙山怡性，月牙泉洗心"。

有人说，鸣沙山和月牙泉是大漠戈壁中的一对孪生姐妹，流沙与泉水之间仅数十米之遥。虽有风沙而泉未被沙所掩，地处戈壁而泉水不浊不涸。这种沙泉共生共存的独特地貌，实为天下奇观。所以，鸣沙山和月牙泉成为敦煌的又一大景观，吸引了许多好奇者。来敦煌旅行，几乎没有人不前来一探究竟的。当然，蜂拥而至的游客给附近的村庄带来不菲的收入，出租骆驼成为村民重要的经济来源。虽然价格不菲，但骑骆驼游鸣沙山仍为大多数游客的最爱，给人一种丝路漫漫、驼铃声声的穿越感。这不，数百头辛勤的骆驼正驮着兴高采烈的游人，顶着烈日往山上大步迈去。

记得2006年第一次来敦煌骑骆驼时，行走的路线是直奔月牙泉，路程短费用

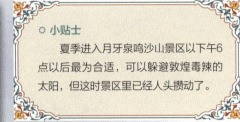
低。这次陪妻女和朋友们重游故地，发现行程长了许多，长长的驼队载着游客们沿鸣沙山的外围缓坡绕上高高的沙山，如果有兴趣，可以停下脚步，徒步爬上另一座更高的沙山，在另一侧高耸的沙丘上坐着滑板滑溜而下，体验高山速降的快感和刺激（另外收费）。兴尽后，再次骑上等候的骆驼从陡坡上冲下，直奔月牙泉。在距离月牙泉不到一公里处，骆驼就把我们扔下，扬长而去。我们只得徒步前往了。

　　当我们爬上月牙泉近前的小沙坡时，虽然已经是傍晚7点多了，但炙热的太阳还是毒辣辣的，感觉快要被烤焦了，赶忙大口大口地喝水，防止中暑。第一次前来的妻子和女儿却笑靥如花，欢乐跳跃，摆弄起各种姿势拍照留念，只是有些可惜，这时以月牙泉为背景拍出来的都是些逆光照，效果极其不好。光天化日之下，可怜的山羊被母女俩幸福地拉着、拽着、掐着、压着来表达她们快乐的心情。在热辣太阳下好一阵折腾后，我们终于冲入月牙泉边的树荫下、寺庙长廊里买来冰镇饮料，浇灭浑身的热浪，喝得好生痛快！

　　已过傍晚的8点钟了，太阳逐渐西撤，向远方的山脚下慢慢滑落，天气开始变得凉快，这时正是攀登鸣沙山的好时机。为观赏到鸣沙山日落时的壮丽景色，我们得抓紧时间爬上头顶的这座沙山。

　　本想学习强驴，踩踏着柔软陡峭的沙丘往上爬，但步履艰难，因为每往上踩出一步，都有一种踏空感，细沙会不断地往下滑溜，我们向上爬一步，往往会滑退半步。所以为了往上爬，必须调整步伐，费劲地加快频率和节奏，尝试着爬了一小段之后，感觉体力不支了。眼看太阳不断地往下坠落，我们只得再次调整策略，跟随着一长溜的登山大军顺着固定在沙丘里的防滑梯缓缓上行。因为有了柔软沙丘的温暖怀抱，攀登陡峭的鸣沙山根本不用害怕摔落受伤，一些从山顶下来的游客还特地尝试着蜷曲身体往山下翻滚取乐呢。

沙地里爬坡实在不容易呀，终于非常艰难地爬上鸣沙山顶，累得气喘不已。

居高回望，清清楚楚地看到月牙泉地处鸣沙山三面包围中地势最低的洼地，而不远处地势或许更高的葱葱绿意的敦煌市区也在我们清晰的视野里。所以，关于月牙泉的成因，相对于所谓的"古河道残留湖说"或"风蚀湖说"，我觉得"断层渗泉说"更靠谱。

不过，由于近年来敦煌地下水位的不断下降，月牙泉的现状不容乐观。据称：如果不是依靠外面来水补充，月牙泉或许已经干涸了。

小小的月牙泉为什么在沙漠包围中不被沙丘淹没呢？有人说由于环绕月牙泉的沙山南北高、中间低，自东吹进环山洼地的风向会往上方流走，风力作用下的沙子总是沿山梁和沙面向上卷，因而沙子不会刮到泉里，沙山也总保持似脊似刃的形状，这才形成沙泉共存的奇景。笔者认为，口袋状的地形地势起了决定作用，因为月牙泉三面环山，从景区门口一直到月牙泉为一条长长的口袋状通道，很容易形成风洞效应。大风往月牙泉吹来时，都是旋转着往上翻卷，风沙不容易刮到泉里，这也是为什么大量游客白天把大量鸣沙山的细沙踩踏下来，第二天又恢复如初的原因之所在——细沙在晚上又被大风刮飞回到山顶上去了。

天渐渐变得暗淡，这时山头上坐立着太多欢乐的人们，远处一座巨大的半月形沙丘上早早挤满了等待日落的人们，期盼着一场难忘的风采盛宴。

原以为到达山顶的我们发现身旁还有一座更为陡峭的高大沙丘挡住视线，想要观赏到日落风景，必须再次往上爬。这座更陡峭的沙丘已经没有防滑梯的"友

> **▎知识锦囊**
>
> ## 关于月牙泉起源的几种看法
>
> 1. 古河道残留湖。认为月牙泉是附近党河的一段古河道，后党河改道，大部分古河道被流沙淹没，仅月牙泉一段地势较低，由于地下潜流出露，汇集成湖。湖水不断得到地下潜流补给，因而不会枯竭。
>
> 2. 断层渗泉。认为月牙泉南侧有一东西向的断层，断层上盘抬高了地下含水层，下盘降到附近潜水面时，潜流溢出成泉。
>
> 3. 风蚀湖。即原始风蚀洼地随风蚀作用的加剧达到潜水面深度时，在新月形沙丘内湾形成泉湖。

情赞助"了。为观日落，我们又是一番费力的攀登，在断气前我终于爬上去了。

拼命攀爬了上来，几乎累瘫在山头，但心中的梦想——观鸣沙山日落再次落空。我们心痛地发现眼前竟然还有一座更高更大的沙丘挡住了落日的余晖，我已经没有力气往前爬了！只能在苟延残喘中眼巴巴地望着太阳的艳丽光彩逐渐变淡变暗，最后消失殆尽。

爬上这第二座高大沙丘真的是意志品质考验。妻子和女儿也顽强地爬上来了。我疲惫地躺在沙地里深情地望着妻子和女儿忙着摆拍，倾听着逐渐暗淡的日光里她们快乐奔走的欢呼声，宛若喝过清洌甘甜的月牙泉水般心旷神怡。躺在沙地里休息良久，力气才一丝一缕地蠕动着回到身体里，感觉终于活过来了。

夜幕降临时分，一阵阵大风夹杂着鸣沙山山谷里的细沙席卷到山顶上来了，满头满脸，乃至眉毛上都是细沙，我们只得赶紧撤退，这也验证了我的判断：第二天一大早，被成千上万游人踩踏到山脚下的细沙又将飞回到山顶，被蹂躏的鸣沙山将再次恢复如初，等候着下一次疯狂的到来。恢复了部分体力的我带着妻女，带着愉悦，也滚滑着从山顶下来了，童稚的女儿说今天是她最开心的一天。

据称，有些驴友为了观赏沙漠日出，偷偷带着帐篷驻扎在鸣沙山之上。能在鸣沙山的沙漠里住上一宿，观星星赏月亮，也真的是一种相当浪漫的户外体验。当然，他们还得接受漫天飞舞的细沙亲密拥抱的考验，还得躲避景区管理处的驱赶，夜宿鸣沙山是不安全的。

✎ 知识锦囊

敦煌攻略："疯子"走马观花敦煌一日游

想一天内好好赏玩敦煌这个自然人文胜地，绝无可能！参观莫高窟，排队买门票就得费上一个多小时，等您从莫高窟出来，已经是烈日当空的大中午，哪儿都去不成了！

以下是为没有时间，但有车有体力的"疯子"规划的敦煌"走马观花一日游"行程：魔鬼城雅丹地貌—玉门关—河仓古城—阳关—莫高窟—鸣沙山月牙泉。

前面四个景点都在距离市区较远的戈壁滩上，且玉门关早上五六点钟就已经开门"接客"，所以可以早早驱车前往，这时光线轻柔，气温不高，还能拍到戈壁滩上日出的好照片呢。中午回到敦煌莫高窟时，游客已经稀少，能立即买到参观门票，莫高窟的景点主要在室内，可以利用这个时间参观浏览。下午4点钟左右从莫高窟出来吃午饭，还可以稍作休息；6点以后再前往鸣沙山、月牙泉不迟。

《第七章》

"劝君更尽一杯酒，西出阳关无故人"
——过星星峡，奔向西域

时间 ☼ 7月23日

行程 ☼ 敦煌—玉门关—敦煌市—星星峡—哈密市　700公里

沿途景观 ☼ 阳关、玉门关、汉长城、河仓城、魔鬼城、星星峡、哈密回王府

　　今天的计划，先前往90公里外的玉门关和汉长城（150公里外的魔鬼城就不打算去了），如果时间来得及，我们返回的路上再去阳关看看，争取中午前赶回敦煌市区。午饭后，过柳园、越星星峡，直奔500公里外新疆维吾尔自治区的哈密市。今天的总行程近700公里。

　　敦煌，作为我国著名的旅游城市，交通发达，通往景区的道路都是宽阔平直的柏油路面。天刚蒙蒙亮，我们就早早出发了。出市区不久便驶入广袤无边的戈壁荒滩，公路两旁长着望不到边际的红柳、梭梭等极其耐旱植被，它们以自己微薄的身躯，稀稀疏疏地包裹着一小块一小块干旱、贫瘠、风化的土地，远观是星星点点大小不一的刺猬状土堆造型，看似有些许绿意，其实很孤独，又像一个个古代征人留下的无主坟头。这些枝条短小的红柳和梭梭们在戈壁暴戾风沙的淫威下，只得委屈着趴在一个个矮小的土堆上，挣扎着牢牢抓住身下赖以生存的泥土并深深地扎根其中，希冀能在贫瘠的土壤里吸取少得可怜的营养和水分，以维系最低程度的生存要求。

8点左右，当太阳出来的时刻，我们终于到达玉门关景区大门口，突然从管理处的房屋里拥出近10个腰杆挺直、西装革履但睡眼惺忪的青年男女。我不由得一阵纳闷，一个位于戈壁深处的景区真的需要有这么多工作人员吗？玉门关自古是南疆通往中原的交通要道呀，难道他们在提防谁？是提防唐僧玄奘再次偷渡留洋，还是防范南疆某些图谋不轨的暴恐分子偷偷地从这条戈壁公路进入中原地区？如果真是这样，或许楼上茶色玻璃窗后面还有一挺机关枪的枪口随时警惕地审视瞄准包括我们在内的过往旅人。我们可能是今天最早到来的游客吧，管理人员一看我们游客的行装打扮，简单地检查过身份证并买好门票后，就给放行了。再往前不远，一条大路直通60公里外的雅丹魔鬼城，另一条小路很快就可到达我们今天第一个目的地——汉玉门关。

"黄河远上白云间，一片孤城万仞山。羌笛何须怨杨柳，春风不度玉门关。"王之涣这首朗朗上口的《凉州词》饱含多少古代征人、商旅被迫远离家乡奔走西域时的悲楚、苍凉和孤独情绪，也引来无数后人对这神秘古代边关的向往。

汉玉门关，又称小方盘城，位于敦煌市西北90公里处，始建于汉武帝开通西域道路、设置河西四郡之时，为汉代通往西域各地的门户（唐代，玉门关已经移址200公里外的瓜州县双塔湖附近）。据称，因玉门关为西域玉石输往中原的必经之地而得名。

据《汉书·地理志》记载，玉门关与另一重要关隘阳关，均位于敦煌郡龙勒县境，皆为都尉治所，屯兵重地。汉代丝绸之路的南北线分别取道两关出塞。两关过后便进入茫茫戈壁大漠。

旧《敦煌县志》把玉门关与阳关合称"两关遗迹"，名列敦煌八景。2014年6月22日，它们成功入列《世界文化遗产名录》。

往前走不久，只见前方不远处一座高大的黄色方形土堆孤零零地伫立在戈壁荒原之上，这时的土堆在早晨温暖阳光的照耀下，显得金灿灿的，特别醒目。难道这就是著名的汉代玉门关关城？

我们赶紧下车，徒步前去参拜一番。据资料介绍，汉玉门关城墙黄土夯筑，结构保存完好，南北长26.4米，东西宽24米，高近10米，关墙下宽4米，上宽3.7米，东南角内有马道可登顶，顶上有女墙，城顶过道有1.3米宽，用于瞭望士兵通行，西北各开一门。一番仔细观察后，发现登顶的马道早已坍塌，看似正方形的关城面积其实不大，真的有资料里介绍的633平方米吗？可惜没有测量工具现场准确计算。若哪位读者有机会前去好好测量一番，请告诉大家一个真相！

汉玉门曾经是中国最西部的边防前哨，从这里出关穿越可怕的白龙堆后，前行200公里左右就可抵达当年浩瀚无边、水草丰茂的罗布泊和神秘的楼兰古国，再沿着孔雀河逆流而上又可到达南疆的尉犁县，可以想象这里曾经熙熙攘攘、驼铃声声的繁荣景象。如今的玉门关空留一座衰败破旧的四方形小城堡，孤零零地立在荒凉的砂石

"劝君更尽一杯酒，西出阳关无故人。"——过星星峡，奔向西域

冈上。极目四顾，满眼是沟壑纵横、黄沙遍地的茫茫戈壁，令人感慨不已。这里曾是中国最西部边陲，这里是引得无数后人前来追缅的地方。

北行百十步，沿着木栈道爬上小山包，惊奇地发现山下的洼地里竟藏有一条浅浅的河道，在这望不到边际的极其干旱的戈壁荒滩上竟然有河流穿过，潺潺细流滋润了沿河两岸，形成一大片东西向狭长的水草茂盛的沼泽地，和周围高地上茫茫戈壁的荒凉形成强烈对比。太不可思议了！后来我们才得知这里是疏勒河故道所在。古人设立边关，驻扎军队，肯定需要考量水源问题。

玉门关附近的戈壁上长有许多低矮的耐旱植物，我居然在地里发现许多沙漠黑枸杞，黑黝黝的小果子悬挂枝头，正在早晨的阳光下清风里欢乐地跳跃闪亮着呢。据说黑枸杞还是一种天然壮阳药物，非常珍贵。去年我在西宁买过一小瓶，经常用来泡水喝，发现很提神。沙漠戈壁里红柳、梭梭发达的根系下竟然寄生了一种叫"锁阳"的植物，这是世人公认的一款壮阳补品。看似贫瘠荒凉的沙漠戈壁上，宝贝还是挺多的。

河仓城，位于小方盘城（汉玉门关）以西约10公里处，因比小方盘城大，故名大方盘城。据考证，河仓城也建于汉代，它是古代中国西北边防存留至今规模较大的、罕见的军需仓库。

河仓城建筑在东西走向疏勒河古道旁的凹地上，规模巨大，城墙为黄土夯筑，呈长方形，东西长132米，南北宽17米，残墙最高处6.7米。城内筑南北方向土墙两堵，把整个城池分隔成3部分，每部分均开南门，外围东、西、北3面加筑两

新丝路之旅

重走玄奘西游路

道围墙，第一道围墙尚存。南、北残壁上留有小洞，疑似为通风孔道。河仓城西面约50米处，有一个大湖泊，水平如镜，蔚蓝透明，岸边长满芦苇、红柳、甘草，东面是深不可测的沼泽地。河仓城建在高出湖滩3米许的土台地上，因临疏勒河，故称河仓城。因南北有高出城堡数丈的大戈壁环抱，使得河仓城极为隐蔽，不来到跟前，极难发现这座城池的存在。由此可见，古人选择这个地方修建军需仓库确实费了一番心思。据称，戈壁滩上还建有好几座护卫仓城的烽燧。

看守河仓城的是一名中年妇女，她告诫我们参观古迹不得越过已经设好的警戒线，更不得翻越断壁残垣进入古城遗址后，就忙活自己的事情去了。说实话，对于这位妇女来说，或许这些黄土堆垒的城墙毫无价值，她们只不过是为了完成一项领导交给的工作任务而已。但如此神秘巨大的古堡对于远道而来的探奇者而言却是难以言喻的深深诱惑，规矩又怎能遏制住我们探索的激情？绕着警戒线逆时针转到古城北面后，这时孤独的看守人根本无法监视到我们了，于是我悄悄地攀爬上这座有2000多年历史的古老建筑，小心翼翼地抚摸着、审视着，希冀能够谛听到或看到这里曾经发生过的一切：荒凉的戈壁上步履蹒跚的骆驼、长长马

知识锦囊

汉代烽燧特点

长城沿线，每隔十里就筑有烽燧一座，这就是"十里一大墩，五里一小墩"的烽火台。每座烽燧都有戍卒把守，遇有敌情，白天燃烟，夜晚举火，点燃报警，传递消息，所燃烟火远在30里外都能看到。烽燧还有为丝路上往来使者、商队补充给养的功能。

汉代烽燧大都建在地势较高处，呈底宽上窄的梯形状，大都高达7米以上。烽燧顶部，四边筑有不高的女墙，整个烽燧形成一间小屋，有的顶部至今仍可见到塌陷的遗迹和残木柱等。烽台下面有若干小房子，一般有"坞"（院墙）。

敦煌境内现存烽燧80余座，玉门关西湖一带保存最为完整。玉门关西面党谷燧长城的一座烽燧四周存放的积薪多达15堆，排列十分整齐，天长日久，凝结在一起，坚如化石。

两千多年前的汉代长城、烽燧遗址中，保存着许多非常珍贵的历史文物，如"玉门千秋燧"出土的西汉纸，经考证早于东汉蔡伦造纸170年，著名的"敦煌汉简"也是在长城沿线的烽燧遗址中出土。它们为研究我国汉代河西地区乃至全国政治、经济、文化、军事等提供了新的重要资料。

队、装满粮秣的大车、艰难行走的商旅和坚守长城烽燧的边关将士……

说起万里长城，或许人们立即会想到它的连绵起伏、宏伟壮丽，并赋予它太多溢美之词，但很少人能够想到"东起山海关，西到嘉峪关"的万里长城只是专指明代修筑的长城。其实我国古代几乎每个王朝都修筑过长城，在河西走廊明代长城的北侧，还有一道汉代长城呢，它东起金城（兰州），西到敦煌玉门关附近，年代比嘉峪关的明长城早1450年之久。我们从嘉峪关西行经瓜州至敦煌的路上，经常可以看到北方连绵不绝的马鬃山下保存有一段段黄土夯筑的断壁残垣，似一条若隐若现的游龙蜿蜒向西，它们就是汉代长城。仅在敦煌市境内，汉代长城遗迹就长达150公里。

据资料介绍，距离我们不远处还有一段保存完整的汉长城，我们去瞧瞧吧。

这段看起来层层叠叠的敦煌汉长城，结构中并无砖石，而是因地制宜，就地取材夯筑而成。因为附近疏勒河里生长着大片红柳、芦苇、罗布麻等植物，人们修建长城时，就用这些植物的枝条为基，上铺黄土和砂砾，再夹芦苇层层夯筑而成，并在附近的烽燧旁配有点火用的积薪垛15堆。2000年后的今天，它们都已凝

新丝路之旅

重走玄奘西游路

结得化石般坚硬无比。

　　据称，这段地基宽3米、残高3米、顶宽1米的城墙为目前汉长城保留最完好的一部分。

　　再往西60公里外是敦煌八大景之一的雅丹地貌。雅丹，维语意为"陡峭的小山"。地质学上，雅丹地貌专指经长期风蚀，由一系列平行的垄脊和沟槽构成的荒漠戈壁景观，当大风刮过时会发出各种令人恐惧的怪叫声，因而也被人们称为"魔鬼城"。这里看不到一草一木，唯见遍地沙海、黑色砾石和千万年自然风化形成的黄色黏土雕像。这些雕像造型奇特、形态万千，深深吸引前来的探奇者。据称，敦煌雅丹地貌规模宏大，最具特点，远胜北疆的"禾木魔鬼城"。汉代，"敦煌魔鬼城"是丝绸之路北线的必经之地。因为荒漠浩渺、道路凶险，唐代丝绸之路北线改道哈密和吐鲁番前往南疆。

　　如今随着旅游业的发展，公路修入到戈壁深处，从敦煌前往玉门关、魔鬼城早已化为坦途。

　　"劝君更尽一杯酒，西出阳关无故人"，幼小时读过的这一不朽诗篇，曾让我知道远离中原的西北边陲竟然有这么一个饱含生离死别情愫的地方，多么令人神往呀！阳关，位于敦煌市西南的古董滩附近，为丝绸之路南线关隘，因地处玉门关之南得名，是汉唐之际通往西域的两大门户之一。南北朝时，63岁的法显和尚西出阳关前往印度求学，后来唐僧玄奘从印度归国途中，也东入两关返回长安。宋代以后，阳关淹没在黄沙和泥土中。后人因在当地发掘出大量汉代文物，如铜箭头、古币、石磨、陶盅等，进而发现古代阳关的确切地址，也成就了"古董滩"美誉。据称，"进了古董滩，空手不回还"，能够前往阳关的有心人一般都能成为捡宝的幸运者哟！

只可惜，我们没机会成为捡宝的幸运儿。因为担心天黑前无法赶到哈密，所以我们在错过神秘骇人的魔鬼城后，也不再前往阳关了。其实在返回敦煌的半路上，只要在通往阳关的三岔路口往南行驶30公里就到了。

又得出发了，从今天开始我们也就此惜别热闹的敦煌，惜别神奇的河西走廊，惜别美好感动的甘肃，奔向更令人向往也更为辽阔的曾经被誉为"西域"的地方——新疆。

在敦煌近郊吃完午饭后，我们一路狂奔，过柳园后，又重上高速公路，直奔星星峡和哈密而去。

星星峡自古以来就很有名，它四面峰峦叠嶂，一条S形山路蜿蜒其间，两旁危岩峭壁，大有"一夫当关，万夫莫开"之势，是河西走廊进入东疆的要隘，素有新疆东大门"第一咽喉重镇"之美誉。星星峡不仅仅是新疆和甘肃的分界线，同时也是两种不同文化风格的分水岭。新疆人说，星星峡是一堵院墙，过了院墙就算是出疆了。

关于星星峡的得名，最靠谱的说法是因为山上出产洁白晶莹的石英石，每到皓月当空时刻，山上石英石闪闪烁烁，宛若满天星斗。

作为新疆门户，这里也曾是三教九流的热闹地界，1930年，兰新公路建成后，各省商贩接踵而至，连旧社会的"失足妇女"也纷纷来这里寻生活，一时间星星峡车水马龙、热闹非凡。1960年，随着兰新铁路的通车，星星峡逐渐走向衰落，商贩们也纷纷离去。

如今的星星峡对很多人来说，不过是风驰电掣时高速路旁一闪而过的默默小镇，小得让人来不及回眸。但历史曾在这里留下太多记忆，唐僧玄奘翻越星星峡到哈密；林则徐被贬后由此入疆前往流放地；后来左宗棠怀揣着当年林则徐绘制的新疆地图，率6万湖湘子弟由此入疆，并沿途栽下"引得春风度玉关"的左公柳；1937年红军西路军28000人与兵强马壮的"马家军"军阀部队一路血战，最终抵达星星峡时仅剩427人（如今峡谷两侧山崖上依然矗立着当年国民党军镇守隘口时构筑的20多座已经破败的碉堡）。

过星星峡不久，王师傅告诉我们右手边高大光秃的大山为新疆的东天山山脉，我们终于来到新疆，进入哈密境内了。但看到远方光秃秃灰蒙蒙的东天山，以金庸、梁羽生言情武打小说拌饭长大的我不禁心存纳闷：那些大侠客们是怎样生存并练就绝世武功？四处是戈壁荒山，想吃上一块甜瓜也得骑马上百公里前

新丝路之旅
重走玄奘西游路

往哈密呀！此外，大侠们还得忍受夏日的热浪和茫茫风沙，还有冬季的地冻天寒哪。龙门客栈在哪儿呢？是否早已淹没在西域的烈风和漫漫黄沙里？传说中的侠客英豪又去哪儿啦？是否早被岁月和泥土掩埋在地里？

当年唐僧玄奘好不容易翻越星星峡，偷渡到哈密境内时肯定喜出望外地撵衣庆幸终于脱险了，可是他压根儿没想到前往吐鲁番的高昌王国路上还有数百里难以逾越的戈壁荒滩，以至于玄奘在得意忘形之际失手把随身的水袋倾倒于地，差点带来灭顶之灾。侥幸的是，他那时的坐骑——一匹枣红老马识途，最终把几乎渴死的玄奘带出险境。

傍晚7点30分左右，当太阳的脸蛋变得鲜红柔和，不再耀人眼目时，长途跋涉后的我们终于幸福地进入哈密市区，并找到住处。从敦煌一路走来，虽然大多是戈壁荒漠地区，但道路都非常平坦开阔，如今中国经历这些年基础设施的"大跃进"后，除了地处青藏高原的西藏外，大都为康庄坦途，开车自驾日行千里已经成为轻而易举的事情。

哈密，古称西漠，汉称伊吾或伊吾卢，唐称伊州，元称哈密力，明以后才称哈密。

哈密位于新疆维吾尔自治区最东端，天山山脉自东向西400公里横亘其中，形成

山南山北迥然不同的两大自然环境区：山北的巴里坤、伊吾两县草原广阔，夏季凉爽宜人，冬季冰天雪地；山南的哈密盆地干燥少雨，昼夜温差大，日照时间长。哈密煤炭、石油和天然气资源非常丰富，只可惜这里的森林覆盖率仅仅为0.68%。

哈密虽是一个多民族聚居地，但作为距离中原最近的西域地区，深受汉文化影响。

"香甜甲天下"的哈密瓜，已经有800年历史。哈密夏季日照时间长以及昼夜温差大的自然特点，有利于瓜果生长，成熟的香瓜甘甜如蜜水分足，但关于"哈密瓜"的纠纷也随之而来。"哈密瓜"应准确地解释为"哈密王进贡乾隆皇帝的鄯善县香瓜"，因为乾隆年间哈密王进贡鄯善县出产的香瓜而得名。所以，现在隶属吐鲁番地区的鄯善人对新疆的香瓜统称"哈密瓜"心怀芥蒂。鄯善人称，他们的瓜才最香最甜，"鄯善瓜"才是正确的名称……

进入哈密市区，我们逐渐感受到越来越浓郁的西域气息，街上经常看到白肤金发碧眼的行人和鲜艳的民族服装，还有大量汉维双语的招牌。

趁天还没黑，我们赶紧奔赴哈密市郊的一大名胜回王府一看究竟。回王府环境清幽、华丽，还原了清代的伊斯兰建筑风格和生活情景，但感觉没有什么看头，摆放在室内的人物塑像也需"有偿拍摄"。打听之后又得知，回王府竟然都是前几年广东援建的仿古建筑。另外，回王府的出口还与玉器城连通在一起，商业气息太浓重。

本打算再去回王陵看看，但会不会又是华丽的仿古建筑呢？还是回酒店早早休息吧，放松放松长途跋涉后疲惫的身心或许更为重要。凭吊过气势如虹的昭陵、茂陵和秦陵后，回王的陵墓在我眼里已经没什么太大价值，虽然据说里面出土与埃及金字塔的木乃伊等值的干尸，但我们好像对干尸都不感兴趣！

知识锦囊

哈密

哈密曾是古丝绸之路重镇，地处中原与西域文化交汇之地，历史文化源远流长，人文自然景观星罗棋布，主要景观有：东天山风景名胜区、雅尔当风景旅游区（也称五堡魔鬼城）、哈密王陵、拉甫却克古城、大河唐城、白杨沟佛寺遗址、五堡古墓群、哈密回王府、伊水园景区等。

第八章

虔诚信仰和真挚友谊的千古佳话
——高昌故城之梦

时间 ☼ 7月24日

行程 ☼ 哈密—鄯善—吐鲁番，约430公里

沿途景观 ☼ 鄯善县库姆塔格沙漠公园、吐鲁番吐峪沟风景区、火焰山、高昌故城

今天的计划是过鄯善，到吐鲁番，玩转于沟谷和古城之间。吐鲁番的风景名胜太多，有吐峪沟、葡萄沟、坎儿井、苏公塔和郡王府、高昌故城、交河故城，等等。

在新疆土生土长且长期经营旅游载客的王师傅竟然会找不到高速公路的入口，开着车在国道上蜗牛般爬行1个多小时后，好不容易在上午10点半上了高速，当我们赶到鄯善县城时，已经是中午12点半了。

一群没有吃早饭的饿鬼终于闯入当地维吾尔族人喜爱光顾的清真"老一号拌

面馆"，一大碗地道的滋味悠长的过油肉拌面，再来5根长长的炭烤羊肉串，无限惬意呀，如能再来两瓶啤酒降降火就更痛快了。

小心黑衣人，这是出门前朋友的叮咛。正埋头大快朵颐的我不经意间抬起头，吃惊地发觉邻桌不知何时竟然坐了三个体形彪悍身穿黑色T恤的大汉，心中暗暗生惊，有意识地摸摸手边的圆凳，以防万一。女儿和妻子都在这里呀！不敢惊动身边的她们，不动声色地边吃边盯着对方的表情和动作，一旦对方动手，我立马摸起身边的凳子抵死反击……一直没有动静。直到吃完饭后，我们从黑衣人身边溜过去时，才发现他们腰间都挂着手枪，原来是保护我们安全的亲人呢！高度的紧张害得我伤了胃口，败坏了心情！

看来，穿黑衣的不一定都是坏人。

吃饱喝足后，我们决定到当地的一大胜景库姆塔格沙漠公园瞧瞧。鄯善县被誉为中国"距离沙漠最近的县城"，库姆塔格沙漠广袤的沙海就虎视眈眈地盘踞在老城区跟前，试图吞噬这片古老的绿洲，但几千年间沙漠的界线一直停留在现在的位置，不敢越雷池半步而成为人间奇迹。当地有"沙不进，人不退"的说法，很是神奇。

步入沙漠公园，首先迎接我们的是一条长长的绿色走廊，头顶上悬挂着一串串晶莹剔透的青白色葡萄，触手可及，看得让人眼馋，虽然明文禁止采摘，但还是忍不住偷偷伸手摘下一两颗尝尝。啧，啧，酸酸甜甜的，还没熟，但很开胃。走廊的尽头竟然是一片绿树繁花的小森林，一条泉水喷涌形成的小溪曲曲弯弯地在林中潺潺流过，沐足在清澈冰凉的溪水里，有一种心旷神怡的感觉。更令人惊奇的是，这冰凉的清泉和遮天蔽日的树林距离酷热的沙海仅咫尺之遥。

电瓶车载着我们沿着曲折道路前往沙漠深处，沙漠里竟别有洞天，开发了沙雕、城堡、沙漠骑行等旅游项目吸引人们前来。据称，库姆塔格的沙疗相当有名，为风湿病患者和关节病患者的福音，每天下午4点—5点钟，当细沙的温度降到40℃左右，是沙疗的最佳时间。可现在是正午时分，在西域毒辣太阳炙烤下，我们一个个眼冒金星，都恨不得躲在阴凉处永远不往外踏出一步。

不远处的太阳底下，两头被誉为"沙漠之舟"的干瘦骆驼有气无力地蜷曲着身体无助地躺在滚烫无比的沙地上，伸出长长的脖颈相顾无言，它们的鼻孔被一根长绳拴在木柱上。或许它们早已明白摆脱命运束缚的一切挣扎都是徒劳无益的，唯一能够做到的是凭借皮糙肉厚的身体去忍受、再忍受，直到最后死去。万一能苟活到天气凉爽的傍晚，等待它们的又是蜂拥而至游客的骑乘戏弄，这一切仅仅是为了换取主人一份维系生命的饮水，在我们看来这原本是多么简单的需求呀！再或许如佛家所言，这两头骆驼应是前生干尽了坏事，今生才落得如此报应吧。

快意玩转过敦煌的鸣沙山、月牙泉之后，这个沙漠公园对我们的吸引力大大减少，在沙漠的滔天热浪追逐下，我们停留片刻便急忙离去。

鄯善县隶属吐鲁番地区，是哈密瓜的真正故乡；它还自居为"彩玉之都"，可能是因为鄯善县境内有两处捡宝玉的地方：一处在鄯善县沙尔湖，鄯善工业园往东南方向80公里，雅丹地貌路口往东30公里，这里能捡到的彩玉有风凌石、葡萄干玛瑙、桑葚玛瑙、冰糖玛瑙、泥彩石等；另一处在迪坎儿村往南18公里，左拐5公里处，有玛瑙，右拐有化石。虽然我们的乌鲁木齐司机认为鄯善的彩玉根本无法与中国四大名玉相提并论，但我觉得有机会前去捡上几块色彩斑斓的玉石，也是一次不错的体验。如果没有时间，也可在县城的玉石市场买上一块价格适中的美玉留作纪念。

下一站，吐峪沟。

吐峪沟风景区主要由大峡谷、千佛洞、麻扎和古村落四部分组成。有人说它是西部最具神秘色彩的地方，曾是佛教和伊斯兰教的交汇之地，隋唐时代西域著名的文化中心。

吐峪沟大峡谷北起312国道旁的苏贝希村，南至古老的麻扎村口，全长8公里，平均宽度不足300米，由于地壳运动和水流的长期切割作用，硬生生地把火焰山自北向南纵向劈为两半，整个大峡谷以险、峻、奇、幽著称。初见吐峪沟大峡

谷，两旁山体为骇人的焦黄色，仿佛被大火烧灼过，或许这就是"火焰山"名称的来历吧。我们由北向南进入吐峪沟，刚过石碑不远处，就被路旁一个个深坑吸引，忍不住下车察看一番。经常往来于吐峪沟的司机告诉我们，这些都是古墓遗址，应该是考古发掘后来不及填埋的缘故。我们竟然发现深坑里还遗落有一两根古人骸骨，吓得赶紧上车往前赶路，顺着一条小路蜿蜒曲折地钻入幽深狭长的峡谷中。大峡谷岩土松软，沟壑纵横，两旁悬挂着高大松动破碎的山石，龇牙咧嘴地俯视着我们，随时可能从头顶上倾泻而下，给我们致命一击。真的好凶险哪！我们战战兢兢地在深谷里穿越，但又不断地被大峡谷奇异险峻的地形地貌所诱惑，忍不住一次次跳下车来，登上高地端起相机不断地按下快门，久久不愿离去。

好不容易来到吐峪沟大峡谷南端的出口，左手边山坡上的乱坟堆应该就是著名的吐峪沟霍加木麻扎所在吧。霍加木麻扎是吐峪沟著名的伊斯兰教遗迹，俗称"圣人墓"，已经有1300多年历史。传说公元7世纪初，穆罕默德创立伊斯兰教后，其弟子叶木乃哈带领5名徒弟最早东来中国传教。他们历尽艰辛，终于来到吐峪沟落脚，并在当地一位牧羊人的帮助下开始传教。叶木乃哈等六人和第一个信仰伊斯兰教的中国牧羊人去世后，被安葬在这个山坡上。所以，现在的吐峪沟麻扎堪称中国第一大伊斯兰教圣地——"中国的麦加"，按当地穆斯林的说法，往麦加朝圣前一定得先来吐峪沟麻扎朝拜一番。据称，现在每年前来朝觐的国内外穆斯林络绎不绝。

不知道是因为炎热，还是因为害怕，同伴们都不愿意爬到山坡上的乱坟岗转悠。为了见证"圣人墓"的历史丰碑，我决定扔下在凉棚里躲闪毒辣太阳的他们，独自上前勘探一番，老山羊不怵热，大白天也不怕鬼！山坡上建有数百座大小不一的坟头，有夯筑的，有土坯垒的，也有些砖石砌的，有些已经被岁月抹平，还有些高大圆顶的坟头仍顽强地仁立在我们视野里。这些保存较为完好的麻扎应该是有身份有地位死者的安葬之地吧，伊斯兰教虽然也像其他宗教一样强调"众生平等"，但有钱有势，人就任性吗？山坡的高处竟然建有一座砖石结构的

大麻扎，里面庭院深深，宽敞透亮，这魂灵生前肯定很任性！

到底哪一座麻扎安葬的是伊斯兰教教主穆罕穆德6个弟子呢？这就是没有导游的缺憾。大凡来到著名的人文景点，想要有更大的收获，聘请讲解员绝对是个正确的选择。

吐峪沟古村落，位于霍加木麻扎的近旁，据称是新疆现存最古老的维吾尔族村落，分布在绿塔耸立的清真大寺四周，约有200户人家。古村落的房屋建筑均为黄色黏土制坯建成的窑房，大小高低不一，大部分只有一层，少部分有两层以上，个别独立成房，整个村落沿山势连成一片。据称这个村庄完整地保留了维吾尔族的古老传统和民俗风情，人们仍使用古老的维吾尔语种，穿着最具民族特色的服饰，走亲访友最喜用古典的驴车代步。

如今的吐峪沟古村落被命名为"中国历史文化名村"，但关于维吾尔族在这里生活1700多年的说法，笔者认为缺乏依据，因为公元4世纪前后维吾尔族的祖先回鹘人还生活在广阔的蒙古高原上，所以有夸大的嫌疑。

吐峪沟千佛洞在唐代为西域地区著名的佛教壁画艺术中心，敦煌莫高窟出土的唐代文献《西州图经》把它描述为人间仙境，"吐峪沟中有随山势展布的重重寺院，它们背依危峰，下临清溪，四周绿树掩映，佛寺、禅院密集，佛乐飘飘、烟火不断、游僧云集，人行沟谷深处，难见日月"。遗憾的是，由于近代列强的掠夺和人为破坏，千佛洞如今只剩下8个洞窟还残留有少量回鹘文题记的壁画了。

一路走来，又热又渴的我们最后在火焰山下的一栋小屋前停车休息，向淳朴的维吾尔族大姐买了两个大西瓜，才10元钱，善良的大姐还送我们两个哈密瓜呢。

一定记得，世上还是好人多。

高昌故城，维吾尔语称"亦都护城"，

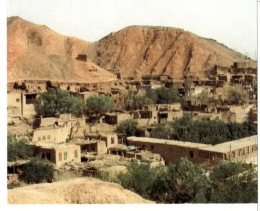

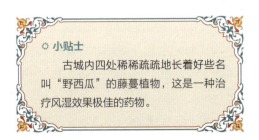

⚘ **小贴士**

古城内四处稀稀疏疏地长着好些名叫"野西瓜"的藤蔓植物，这是一种治疗风湿效果极佳的药物。

"王城"之意。《北史·高昌传》称，因"地势高敞，人畜昌盛"，故得名"高昌"。据史籍记载，高昌城始建于公元前1世纪的西汉时期，当时称为"高昌壁"或"高昌垒"。汉、魏、晋历代都曾在此设立"戊己校尉"，管理屯田，抵御匈奴，故又名"戊己校尉城"。公元460年，西域36国之一的车师国灭亡，柔然国立阐氏伯周为王，封其国名"高昌"，从而掀开了高昌王国的序幕。南北朝时期，这里诸王争霸，但国号仍为"高昌"。公元640年，唐太宗派礼部尚书侯君集率兵灭麴氏高昌王国，改称"西州"。公元9世纪末，灭国西迁的回鹘人建立了"西州回鹘国"。1209年，西州回鹘国臣附蒙古，成吉思汗赐回鹘国主为自己的"第五子"，并下嫁公主以示恩宠。13世纪末，成吉思汗的曾孙海都、都哇与忽必烈争夺权力，东侵略吐鲁番，高昌城最终毁于战火。

这座驰名中外的西域古都，历尽繁华，曾是连接中原、中亚、欧洲的枢纽，既是经贸活动的集散地，又是世界宗教文化的荟萃之地。当时的波斯人、阿拉伯人、粟特人把苜蓿、葡萄、胡椒、宝石、骏马等中西亚特产源源不断地运来高昌，又从高昌带走大量产自中原的丝绸、瓷器、茶叶、香料，还把中国古代的指南针、造纸、火药、印刷等技术传播到西方。与此同时，世界各地的宗教先后经高昌传入内地，当时居民先后信奉摩尼教、佛教、伊斯兰教，高昌成了世界古代宗教最活跃、最发达的地方。驰名中外的高昌古乐，更是高昌人的骄傲，它以浓烈的异域风情和丰富的艺术词汇在汉唐之际流行，并被列入唐朝十部大乐之中，成为中西融合的文化瑰宝。

麴氏高昌王国10任国王都是来自中原的汉人，因此汉文化对高昌的影响显而易见。玄奘西行路上，途经西域小国伊吾(今哈密)，当高昌王麴文泰得知当地来了一位东土大唐的求法高僧时，便赶忙派人把玄奘请来，专门安排在王宫内居住，与玄奘结为兄弟，并苦口婆心地劝说玄奘留在高昌担任"国师"，但这些都无法动摇玄奘西行寻求真经的坚定意志，高昌王无奈，只得请求玄奘讲经一个月后再西行求法。

临行前，高昌王赠送玄奘"黄金100两，银钱30000，绫及绢500匹，骏马30匹，充法师往返二十年所用之资"，遣25名仆役随从；又修国书24封至途经各国，附大量礼物；并约定玄奘归国后需回高昌王国弘法三年。出发那天，全城夹道相送，高昌王麴文泰抱着玄奘失声恸哭，亲自送至100里外的交河故城附近，才依依惜别。

新丝路之旅
重走玄奘西游路

唐僧玄奘和高昌王麴文泰的故事留给后人一段关于虔诚信仰和真挚友谊的千古佳话。因为得到麴文泰的无私赞助，玄奘的旅行生活从此有了极大改善，他再不是从前那个如丧家之犬般饥寒交迫的逃犯，也不再是形单影只的独行客、苦行僧，真正变成骑着高头大马，有大量随从陪伴的留学大款和旅行家了，因为随身携带的黄金和白银就足够玄奘一行20年的宽松花费，还没包括沿途西域各国的大量友情赞助呢。

再没有衣食之忧的唐僧玄奘并没有辜负赞助人的殷切期望，在印度潜心学佛17年后，满载而归，只是唐僧玄奘回归东土之际，高昌王国已被唐朝所灭，重返故地的承诺再也无法兑现了。

高昌古城平面图略呈不规则的正方形，分外城、内城、宫城三部分，布局似唐代的长安城。据史书记载，高昌城鼎盛时期城门有12个，城内房屋鳞次栉比，有作坊、市场、庙宇和居民区等建筑，总面积约200万平方米。密集的民居和市井坊肆建筑群的风格与交河故城相似。

高昌故城值得有心人前来吧！

当红艳的太阳还斜挂在西边的天空时，我们追逐着自己长长的身影赶到高昌故城。还记得2006年前来参观时，景区只开放一小部分景点，我们还是坐着维吾尔族兄弟的毛驴车往里面走，走马观花式地参观完唐僧讲经的核心景点大佛寺后，就被导游驱赶着往回走，最喜流连忘返的我还被教训了一顿。如今的高昌故城已经入选世界文化遗产名录，庞大的古城遗址全面开放了，景区里的所有景观一边大规模修缮，一边接客。今年来新疆旅游的人太少，高昌故城就我们一伙大胆前来的客人，以至于景区工作人员无比殷勤地为我们提供全程电瓶车和保安随行的贴心服务，任由我们一路停停走走，每到一个大的景点，更是提醒我们下车到里面看个仔细，从不催促，毫无愠色地久久等待之后，又载着我们前往下一个景点。

环顾四周，偌大的高昌故城保存最为完好的

当属外城墙，仍高大稳固，结构完整，规模宏伟，并在积极修缮中；内城和宫城损毁严重，到处是战火和岁月侵蚀留下的荒凉孤寂的断壁残垣，唯有大佛寺保存较好，这座据称面积达10000多平方米的寺庙至今仍保存有较为完整的山门、讲经堂、大殿、藏经楼、僧舍等建筑，其中圆形屋顶的建筑就是当年玄奘弘法的讲经堂。

今天，高昌故城的服务是无比周到的，让我感受到从没有过的热情。将来这一世界文化遗产门前游客拥动时，肯定享受不到如此贴心的服务了。

一定记得，人少是客，人多是草！

绕着整个高昌故城慢悠悠地转了一大圈后，当我们心满意足地观赏完回到大门口时，太阳已经下山，天色变得黑暗起来，突然身后升腾滚涌起一股股沙尘，逐渐遮盖了整个故城，并向我们追逐而来，难道我们的到来惊扰了这里寂寞的魂灵，惹来他们的愤怒，故而前来驱赶？害得我们赶忙上车逃窜，狂奔十几公里后，才摆脱沙尘暴的追逐。司机说这里的沙尘暴是间歇性的，经常会在风和日丽的不经意间，突然刮起一阵阵大风，狂暴地卷起戈壁荒漠上的沙尘，追逐着过往的行人，撒泼肆虐上好一阵后，才心满意足地偃旗息鼓了。

入夜，我们进入吐鲁番市区。又走过忙碌的一天后，晚上和黄同学在酒店里喝上几瓶新疆有名的乌苏啤酒，这种啤酒的麦芽香味特浓，口感特鲜。

知识锦囊

吐鲁番

吐鲁番，维语"低地"之意，为天山东部橄榄状山间盆地，也是中国地势最低和夏季气温最高的地方。盆底的艾丁湖水面，低于海平面155米，是中国海拔最低的地方，仅次于低于海平面391米的约旦死海。

由于盆地气压低，吸引强气流涌入，吐鲁番成为中国有名的"风库"，达坂城和七角井的大风曾吹翻过火车呢。

吐鲁番盆地是中国著名的干热区，历史上极端高温达48℃，原因有三：第一，气候特别干旱，天上没有云彩阻挡强烈的阳光，地面也没有水分蒸发消耗热量；第二，盆地地形导致白天热量不易向外散发；第三，海拔低，海拔越低则气温越高。

由于资源丰富，吐鲁番广袤的戈壁荒滩上竖起一架架怪兽般的抽油机，甚至架设到生活小区旁。近期在这里崛起一个名叫"吐哈油田"的地方。

吐鲁番属多民族、多宗教地区，以维、汉、回族居多，分别占总人口比重的71%、22.4%和6.3%。伊斯兰教是吐鲁番地区最大的宗教，共有清真寺956座。

第九章

完美的废墟——交河故城

时间 ☉ 7月25日

行程 ☉ 吐鲁番—交河故城—艾丁湖—乌鲁木齐，约300公里

沿途景观 ☉ 苏公塔、郡王府、交河故城、艾丁湖、坎儿井、葡萄沟

今年美国NBA总决赛，热火果真输给了马刺。根据事前"赌球"的具体约定，作为詹姆斯·勒布朗拥趸的"老虎"，必须在新疆的路上向马刺的忠实粉丝"老山羊"缴纳10张直径达50厘米以上的大肉馕作为"战败赔款"。

今天早上，我们终于在吐鲁番市郊一个村庄的路口见到心仪已久的馕。硕大的馕坑前，一个个直径约35厘米圆盘般的馕堆放在早餐摊点上，色泽金黄金黄的，招人喜欢惹人爱，对于我们这些尚不知去哪儿吃早饭的好奇者来说绝对是一种意外发现，大家冲上前去纷纷购买，并捧着这些大烤馕拍照留念。初尝烤馕，惊喜地发现刚刚出炉的馕香酥可口，滋味悠长。司机告诉我们，这种放洋葱的馕叫"扯皮馕"！这"扯皮馕"，不仅满足了我们的胃，也满足了我们极大的好奇心。但这种规格的"扯皮馕"尺寸不够大，且没有撒肉丁，达不到老虎"割地""赔款"的标准。作为胜利者，老山羊有权要求"战败者"继续往前，寻找50厘米以上的肉馕。

馕这种烤制的面饼，是维吾尔、哈萨克等民族的主食，也是一种十分美味的食物，在新疆已有2000多年的历史。烤馕有50多个品种，其中添加羊油的为油馕，用羊肉丁、孜然粉、胡椒粉和洋葱末等作料拌馅烤制的为肉馕，将芝麻与葡萄汁拌和烤制的叫芝麻馕。由于含水分少，外干内酥，加上新疆极其干旱的气候，馕久储不坏，便于携带。古代出兵打仗，士兵只需背上10张轻便的烤馕，便可解决近半个月的吃饭问题，极大地减轻了军队后勤问题，有利于机动作战。

传说当年唐僧取经穿越沙漠戈壁时，身边携带的食品便是馕，是馕帮助他走完充满艰辛的旅途。

我们今天的计划是一大早前往苏公塔，然后赶往交河故城，再到坎儿井转转，之后去葡萄沟享受一顿维吾尔族特色的农家乐，最后驱车前往乌鲁木齐，美食家小卢的朋友已经准备好一顿丰盛的大餐正殷勤地候着我们前去呢，今天我们很忙哦！

苏公塔，又称额敏塔，位于吐鲁番市东郊两公里处的葡萄乡木纳格村台地上，为新疆境内现存最大的古塔，是清朝名将吐鲁番郡王额敏和卓的次子苏来曼，为彪炳其父的功绩和表达对清王朝的忠诚，自出白银7000两于公元1778年建成。

新丝路之旅
重走玄奘西游路

知识锦囊

新疆馕的制作过程

第一步，面粉中加入调味料、干酵母、奶油和温水等，揉制成一个个大小相同的面团；

第二步，将面团擀成面皮，再用专门的竹签棒在面皮上印出各种漂亮花纹；

第三步，面皮上刷一层黏面糊，即可粘贴到馕坑（吐努尔）的内壁烤制；

第四步，在馕坑内烤制2分钟后用铁钩勾出，出炉的馕外表金黄、光亮、酥脆。

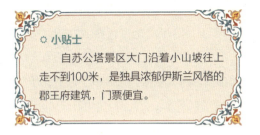

✿ 小贴士

自苏公塔景区大门沿着小山坡往上
走不到100米，是独具浓郁伊斯兰风格的
郡王府建筑，门票便宜。

苏公塔最吸引人之处，便是其独特的
建筑风格和新颖别致的造型，整座古塔全
部用灰黄色砖砌成，除了顶部窗棂外，基本上没有使用木料。苏公塔塔身浑圆，
呈圆柱体，自下而上逐渐收缩，塔高44米，塔基直径10米，顶部直径2.8米，四周
共有14个窗口，供通风采光之用。塔内有螺旋形台阶72级通往顶部。塔顶有一个
大约10平方米的小小阁楼。

苏公塔最具特色的是自底部到塔顶，别具匠心地表现出多达15种格调的几何
图案：三角纹、四瓣花纹、水波纹、菱格纹……循环往复，变化无穷。立身塔
下，抬头仰视，就如置身一幅复杂而富有变化的装饰画前。

苏公塔代表新疆伊斯兰风格古塔建筑的最高水平，是维吾尔族建筑师们最优
秀的代表作。后来，我在参观乌鲁木齐国际大巴扎广场中心高高的塔楼时，发现
它有"剽窃"苏公塔建筑风格之嫌疑。

与苏公塔相邻的礼拜寺，是新疆境内最大的伊斯兰教清真寺之一，它也是一
座独具地方特色的建筑物。礼拜寺用阴干的生土坯筑起礼拜大厅、穹形的拱顶、
美观的马蹄形券顶、众多的壁龛、幽暗的布道小室，处处彰显伊斯兰风格和浓烈
的宗教气息。在干旱少雨的吐鲁番，以阴干生土坯砌墙盖顶修造房屋，是十分普
遍且具有悠久历史的建筑风格。

交河故城位于吐鲁番市以西13公里的一座岛形黄土台地上，长约1650米，两
端窄，中间最宽处约300米，呈柳叶形半岛状，故城四周为高达30余米壁立如削的
崖岸，崖下是已近干涸的河床。交河故城的建筑以崖为屏障，不筑城墙，当地人
称其为"崖儿城"。又据《汉书·西域传》记载："车师前国，王治交河城，河
水分流绕城下，故号交河。"明代诗人陈诚登临古城写下"沙河三水自交流，天
设危城水上头。断壁悬崖多险要，荒台废址几春秋"这样的诗句，生动地道出了

交河故城的建筑布局别开生面、独具一格的特点。

　　交河故城的历史要比高昌故城悠久得多了，这里曾是古代西域36国之一的"车师前国"都城，该国政治、经济、军事和文化中心。车师前国灭亡后直至唐初，交河一直是历代高昌王国辖下的交河郡治。唐太宗派兵灭高昌王国后，于公元640年在交河故城设置安西都护府，为西域军事要塞。公元8世纪中叶至9世纪中叶，交河故城一度为吐蕃人占据，后又成为回鹘高昌王国属地，设交河州。

　　13世纪末，为了与以正统自居的忽必烈争夺天下，盘踞中亚地区的成吉思汗的曾孙海都率领铁骑12万东进，交河故城在战火中消亡。

　　纵览交河故城，两面临河，四周为崖，易守难攻，全城只在东、南方向开有两座城门。城内有一条贯通南北的中央大道，长350米，宽3米，城内建筑以大街为中轴线分为三个区，东区为官署区，西区为手工作坊和居民住宅区，北部为佛教寺院区。城市布局设计仿唐代长安城，城内有市井、官署、佛寺、佛塔、街巷，以及作坊、民居、演兵场、藏兵壕等，其中佛家寺院占地面积特别大，达5000平方米，寺院佛龛中的泥菩萨至今还可以找到，另外建有佛塔101座。

　　庞大的城市建筑和纵横交错的长街短巷向我们昭示它过去的繁荣。

因为东门没法出入，现在的游客只能从南门进入景区后，沿中央大道自南向北方向参观。顺着一条斜坡道走进这座故城，目之所及，到处是黄色的断壁残垣，在早上温和阳光的照射下，显得黄灿灿的。路旁偶尔发现地上长出的一簇簇骆驼刺，它们是故城里唯一可见的绿色植物。

行进在故城断墙之间，犹如进入一座黄土堆砌而成的迷宫，除了横贯东西、南北的两条大道，还有不少像胡同一样的小巷。不过，为了保护故城，这些小巷都不允许游客进入。残存下来的墙壁、佛塔以及柱子经历数百年的日晒风蚀，形象万千，有发情"深吻"的骆驼，有抬头仰视的巨龟，有皇帝面前毕恭毕敬的大臣，还有烽火台上瞭望的将士。

交河故城最大的历史价值，应该是其令人难以置信的建筑方式——整个城市的建筑基本上是"挖掘"出来的。这种"下挖为院，掏洞为室"的建筑风格，类似于陕北的窑洞，但规模庞大很多，全城的大部分建筑物不论大小高低，都经过严密的设计，官署、民宅、寺庙、集市等规划得整整齐齐，城墙内纵横交错，临街的住宅都不设门窗，城门有瞭望台，城内有主街相接、巷巷相连的交通网络。

这种别出心裁的建筑方式，是为了防御外来侵略，还是为了抵挡炎炎夏日的酷热高温？这座故城留给后人太多难解之谜了。

交河故城的建筑风格在中外2000年的建筑史上也是极其罕见的，与其说是一座庞大的古代城市，不如说是一座巨大的泥土雕塑群。

交河故城是我国保存最为完好的古代城市建筑遗址，很多人说是缘于吐鲁番干旱少雨的自然气候条件。长时间穿街过巷、穿堂过室地细细咀嚼和品味后，我觉得这座伟大城市建筑群得以完整保存的最重要原因是其特殊的建筑方式——挖掘法，掘地数米挖出的这些建筑群，它们的实地墙基坚实厚重，沿途看到很多建筑物的墙基竟然厚达1～2米，远超夯筑而起的土墙或垒砌的砖墙。敌人占领这座城市之后，能拆除或焚烧的只有建筑的屋顶，却难以撼动实地挖掘出来的基础呀。

与用黄土夯筑而起的高昌故城比较一番就明白，同样干旱少雨的自然条件下，为何它却被破坏得如此严重。

交河故城的中央高地上竟然有一片埋葬了200多名婴幼儿的墓地，位于城内最中心的行政机构"官署"旁，成为交河故城最为人们议论和猜测的对象，因为缺

乏具有说服力的证据，至今仍是一个谜，后人以此有各种揣测：其一，疾病流行；其二，祭祀陪葬；其三，被守城人杀害，不让后代落入敌手；其四，易子相食；第五，当地的葬俗。

古代应该没有"托儿所"之类的机构吧，婴幼儿一般都养在家里，交叉感染的几率很小，而且埋在市中心岂不晦气？所以"疾病流行说"难以服众，交河故城真正的墓区在城市郊外最边缘的地方；交河又是个信仰佛教的城邦，用活人祭祀似乎也很难让人信服；战争中杀光自己的下一代实在太伤士气，带婴儿突围也并不麻烦，常山赵子龙负阿斗突围是一先例，大可不必如此破釜沉舟；易子相食在中国有悠久的历史，在敌人的长期包围下弹尽粮绝易子相食的可能性存在，但这种可能性比较容易通过某些现象来证实，比如骨骼是整齐摆放还是散乱下葬的。

查资料发现，中国古代有些少数民族流行一种葬俗，就是把未成年夭折的孩子安葬在高处，而这个地方正是交河故城的最高点。我觉得第五种观点的可能性较大。

景区里到处是摄像头，管理者用遥控的方式悠闲地管理着这个庞大的景区，防止一些游客肆意踩踏破坏这些景点。想当年，成吉思汗的曾孙海都极尽手段也未能彻底毁坏这座城市，手无寸铁的我等一番好奇的察看能搞出什么名堂来？废墟里又无半片文物，怎能似防盗贼般对我们这些来自远方的好奇者设防呢？我每每越过警戒线，好奇地爬上一个小小的土坡，希望能居高临下地一探究竟时，总能听到附近的广播里传来警告的声音，一开始颇为诧异，多次警告后，猛然抬

新丝路之旅

重走玄奘西游路

头才恍然大悟，原来是头顶上的这些摄像头在作祟。于是，开始思量着如何规避这些摄像头，和监管较量起来。拐过一个弯道，近旁是一个直径不到1米的深深的洞窟，警戒线旁标着"窑洞"两字，这应该是古人烧制生活用陶或砖瓦的地方吧。里面是否别有洞天？是否还散落着古人遗下的残砖片瓦？环顾四周，没有摄像头，同伴也都走到前面去了。好奇的我赶紧掏出随身的手电筒，闪身越过警戒线，蜷曲着身体往幽深乌黑的洞里爬去。爬行好一段后，终于来到洞腹中，凭借电筒的光亮，发现这是一个15平方米左右不足两人高的窑洞，洞顶和洞壁早已被熏黑，各个角落细细察看后并没有发现自己想望的古老遗物，只有些坚硬的土块，令人失望。一道微光从外面传入，原来侧边还有一个连通外面的小小地洞，一无所获的我从这个洞里钻出来时，不小心稍稍往上一抬头，头顶一阵剧痛，触壁了！从地洞里钻出时浑身黄土，似泥猴一般，摸摸头顶，有个小小肿块。违规的代价呀！还好，不是撞在石头上。呜呜，还是老实乖巧听话点好啊。

赶忙一阵拍打后，捂着头往前追赶同伴去了……当我一个人从景区里出来，同伴们都早已等候多时了，还被两只小兔子一顿抢白。

哎，这一路走来大都是人文盛景，事前如果没做足功课，真的看不出门道来，只能满脸茫然而不知其味儿，匆匆走过而不知其乐。

下一站是艾丁湖。从交河故城出来已经12点多了，当我们抵达一个小时车程外的艾丁湖时，正是吐鲁番毒辣的太阳炙烤大地时刻，但这还是无法阻挡我们这些好奇者前来。艾丁湖是中国海拔最低的地方，低于海平面155米，仅次于约旦死海的-391米，排名世界第二。如今的艾丁湖面积大幅萎缩了，只剩下一片不大的湖面。水里游弋着数十头水鸟，我们的意外出现把它们惊吓得拍动翅膀四散而逃。顶着烈日一阵慌乱地拍照留念后，我们赶忙冲进距离湖畔不远的矮房子里躲

❀ 小贴士

来到著名的人文景点，如果没有提前做好功课，又想知晓一二，最好能聘请讲解员。但并不是每个人都愿意分摊费用的，所以有时厚着脸皮跟在其他旅行团的讲解员后面缓缓而行，是个不错的选择，但要做好因为迟到被同伴批评的思想准备。

闪，拯救被晒得冒烟的身体。真的很奇怪，太阳底下被炙烤得火烫，一躲到阴凉处就不觉得热了。大伙儿再啃上两个大西瓜降降温充充饥，是不是有一种心旷神怡的清爽感觉呀？

吐鲁番第一怪：太阳底下真的太晒，躲到树下就凉快。

坎儿井，《史记》称"井渠"，它由竖井、暗渠、明渠和涝坝（小型蓄水池）四部分组成，是荒漠地区一种结构巧妙的灌溉系统，遍布新疆吐鲁番地区，总数达1100多条，全长约5000公里。它是古代吐鲁番各族劳动群众根据盆地地理条件、太阳辐射和大气环流的特点，经过长期生产实践创造出来的，是吐鲁番盆地利用地面坡度引用地下水的一种独具特色的地下水利工程，被地理学界誉为"地下运河"，与长城、京杭大运河合称为中国古代三大工程。

吐鲁番盆地北部的博格达山和西部的喀拉乌成山，每年春夏时节都有大量积雪和雨水流下山谷，潜入戈壁滩下。人们便在高山雪水潜流处寻得水源，并每隔一定距离打出一口深浅不等的竖井，然后再依地势高低在井底修通暗渠，沟通各井，引水下流。地下渠道的出水口与地面渠道相连接，把地下水引至地面灌溉农田。坎儿井这种灌溉方式的特点是水源稳定，蒸发量小，为吐鲁番农业灌溉和人畜饮用带来极为稳定的水源。

车行在吐鲁番的高速路上，人们会经常看到近旁的戈壁滩上一个个顺坡而下有序地伸向绿洲的圆土包，它们就是坎儿井的竖井口。

极其干旱炎热的"火州"因坎儿井成为西域著名的绿洲，也因坎儿井遍地瓜果飘香。坎儿井是吐鲁番的生命脉搏，是吐鲁番人的骄傲。

也有人说坎儿井是丝绸之路上的耀眼明珠，因为它基本上分布在沟通东西方文明的丝绸之路上，比如巴基斯坦、伊朗及里海沿岸地区都发现了坎儿井。

吐鲁番现存的坎儿井大多为明清以来陆续修建的，如今仍浇灌着大片绿洲良

田。吐鲁番市郊五道林坎儿井和五星乡坎儿井可供参观游览。

在吐鲁番盆地，因为天山雪水流经地下不易被污染，再经过千百层沙石的自然过滤后，水质甘甜清洌，富含众多矿物质及微量元素，为天然优质矿泉水，于是当地人饮用健康水，吃绿色环保的牛羊肉和四季不断的时鲜果蔬，为吐鲁番赢得"长寿之乡""美女之乡"的美誉。据称，吐鲁番的美女皮肤白皙透红、身材姣好，能歌善舞，神情又独具西域特色，害得我们每每穿过村镇，就不停地搜索着路边的美女，每看到一个大美女，车上男男女女都一阵阵骚动和热议。维吾尔族男子喜爱头戴镶有美丽花边的帽子，但各地颜色和款式又稍有区别，我们发现吐鲁番男子头上戴的普遍为有趣的绿色小花帽。更令我们惊奇的是，几乎每家每户门口的葡萄架下都摆放着一两张大铁床，应该是夏季的吐鲁番室内特别闷热，以至于人们夜不入户，在室外乘凉睡觉吧。

吐鲁番第二怪：男人爱把绿帽戴。

吐鲁番第三怪：铁床都摆大门外。

下午3时许，饥肠辘辘的我们终于冲入葡萄沟，冲入司机事先预定好的葡萄沟农家乐，主人早已等候良久。盘坐葡萄架下的花地毯上，头顶上是一串串晶莹剔透的马奶子（葡萄中的优良品种），信手可摘，含在嘴里，觉得又香又甜，带有一点点酸（还没成熟），相当不错的开胃水果。

新疆拉条子（拌面）和半头切成条的香喷喷的烤羊肉终于端上来了，大伙儿早就忘了中华民族尊老爱幼的优良传统，纷纷持筷上前争抢，两只胆小斯文的"兔子"哪是我们成人的对手，怯生生地竟没抢吃到几块羊肉。昨天本打算预订一整头烤全羊，同伴们说吃不完，最后只要了半头。这不，大家连骨头都不放过，恨不得嚼烂后吞到肚子里，只得赶紧命令主人再烤些羊肉串让我们解解馋。

吃货们，不过瘾吧？不过听说南疆路上尉犁县的红柳烤全羊更出名，值得期

▌知识锦囊

关于吐鲁番坎儿井的起源说

第一种为汉代关中井渠说。认为汉代人们发明的"井渠法"传入新疆，发展成为现在的坎儿井。

第二种观点认为坎儿井为2500年前西亚波斯人首创，尔后传入新疆的。

◇ **小贴士**

　　到葡萄沟农家乐就餐，主人肯定会向客人兜售吐鲁番的干果。其实，7月底很多新鲜水果还没成熟，所以他们兜售的一般都是陈年干果，品质不好，价格又高，司机或导游肯定是要拿回扣的，建议不要购买。

待哟，只是你们中的大部分人就没这个口福啦，因为你们到乌鲁木齐后就要打道回府了。

　　头戴绿花的帽维吾尔族主人的服务是殷勤的，本来根据教规穆斯林家里禁止喝酒，主人竟然骑车到外面的店铺为我们买回清凉解暑的冰镇啤酒，满足了我们在他家喝酒的非分要求。吐鲁番长期以来受到中原文化的深刻影响，现在又成为新疆旅游胜地，每年数以万计游客慕名而来，所以当地人见多识广，对于我们外来客人的一些不符合其宗教规矩的行为，只要不是特别过分，也较为宽容。

　　吃饱喝足后，一些人到屋里买葡萄干，一些人追逐拍摄主人家奔跑的光毛鸡去了。不知道是不是因为吐鲁番燥热的缘故，主人家鸡的毛几乎掉光，"不知羞耻"地裸露着近乎赤条条的身子到处闯荡，也不知道是不是这里的普遍现象。

　　吐鲁番第四怪：公鸡、母鸡裸体要把美好身材晒。

　　也该告别吐鲁番往乌鲁木齐进发了，但前面还有200多公里路程呢。

　　不再歇息，不停地赶路，我们蹚过白水栈道，来到牛羊遍地的美丽达坂城，这个原本默默无闻的西域小镇，因西部歌王王洛宾的《达坂城之歌》留下美丽传说。达坂城的姑娘，不再为你停留，我们迎着西域的烈风向远方奔去，沿途密集的巨大风车站列成整齐的队伍，缓缓地摇动着它们长长的臂膀欢迎我们，两旁还有被誉为"中国死海"的盐湖和白雪皑皑的博格达峰。渐渐地，太阳向西边遥远的大山滑落，不再灼热，不再毒辣；渐渐地，我们越来越接近乌鲁木齐了……

　　8点左右，我们终于进入乌鲁木齐市区，对这里熟门熟路的王师傅把我们送到当地著名的美食城绿岛，小卢在乌鲁木齐好客的朋友们早早在门口恭候我们的到来。今晚的筵席丰盛，第一次吃到据称为哈萨克斯坦国的国菜——马肠，很香很脆很爽（哈萨克斯坦人的餐桌上，马肉的吃法多种多样，最具特色的要算"马

新丝路之旅

重走玄奘西游路

肠"了。先把马的肠子洗净，然后将新鲜的马肉切成条，撒上盐，再加上味精和蒜泥，塞进肠衣里，把两端封住，放在小火上慢炖，几个小时之后就会浓香四溢）；也幸运地品尝到来自喀纳斯湖的一头硕大无比的红烧鱼，虽然口感不够甘甜，肉质不够滑嫩，但极大地满足了我们的好奇心；我们还在这个距离海洋最遥远的内陆城市吃到家乡产的斑节虾。信息时代，物流时代，只要有消费、有市场，有什么做不到的呢？

出门好久没享受过这么美好的滋味了，谢谢小卢和我们福建石狮市好客的老乡们，我们一定会记得你们的热情款待，一定会记得这硕大无比的喀纳斯鱼，衷心地祝福你们的服装生意越做越红火。

终于在如家酒店见到来自天涯各方的南疆行同伴们。浪子，来自珠海，国语很不标准，瘦瘦高高，有点腼腆、木讷，听说以前更瘦，酷爱摄影，是一头喜爱出走的老驴；"沐"，来自惠州，年轻帅气阳光，也喜身扛一台相机行走江湖；小蔡，来自苏州，皮肤黝黑，估计是被拉萨紫外线晒的，刚下青藏高原，就跑来乌鲁木齐，临时要求加入我们的队伍，是一头性情随和的强驴，有一套强悍的摄影器材；小花，来自内蒙古，女汉子，生财有道，但存上一点钱就爱往外跑，没积蓄，听她说准备回家以后嫁给蓄足钱粮苦苦等候的男友，生儿育女，做贤妻良母；松鼠，来自宁波，学的是财务，很精明；泉州，从西安一路感冒来的同伴，还没痊愈，干瘦干瘦的，病怏怏的，让人觉得可怜，他南疆行的决心很大，但我们很担心。

匆忙中才来到乌鲁木齐，明天一大早我就得与妻女，还有一路相伴的朋友们告别了。和这些新的伙伴们踏上家人千叮万嘱一定要小心的南疆之旅，去感受昆仑山的伟岸，去体验喀什的异域风情，去攀登中国海拔最高的边境口岸红其拉甫，并见证喀喇昆仑山的壮美雄姿。

> **▌知识锦囊**
>
> ### 吐鲁番葡萄沟
>
> 葡萄沟长7公里，宽约2公里，横穿火焰山，东西两侧山峰对峙，沟内泉水欢流、果树丛生，清爽宜人。一行行参天白杨郁郁葱葱，满沟满坡的葡萄架层层叠叠，一串串葡萄如翡翠般嫩绿，晶莹夺目，被誉为"中国的绿珍珠"。

第十章

夜宿天山之巅——穿越天山大峡谷

时间 ◎ 7月26日

行程 ◎ 乌鲁木齐—石河子—独山子—独库公路—天山山顶，约450公里

沿途景观 ◎ 军垦博物馆、独山子泥火山、天山大峡谷、乔尔玛纪念碑

　　一大早，终于见到我们南疆行的司机闫师傅和聂师傅。军队复员的闫师傅是昌吉人，身材魁梧壮实，眼大嘴阔，应该是个性情豪爽又会说话的人，又因肩项上摆弄着一颗机灵的大头，所以后来我称他为"闫大头"。闫大头自称在南疆当过兵，战友众多，且退役后长期在南疆跑车，对南疆的一切耳熟能详。更重要的是，在我联系的众多新疆师傅中，只有他曾多次前往罗布泊，并深入过湖心，所以我最终选择闫师傅陪伴我们前行。闫师傅还自称以前是个散打高手，所向无敌，希望他能真正成为我们这些羸弱小鸟们的保护神。不过，这人有时心眼不是很大，一次由衷地

夸了一句他的战友聂师傅"帅气"后，竟然威胁着要把老山羊赶下车。

聂师傅，闫师傅的战友，魁梧帅气的西北汉子，据说以前在部队当过文书，是个文化人。聂师傅说话慢条斯理，给人一种性格随和，不容易生气的感觉。

今天要告别妻女，和新的伙伴们追随唐僧玄奘的脚步继续一路西行，开启旅程的第二段——南疆之旅。不管路上会发生什么，有多大的风险，我们都会谨慎应对，小心向前。

当年唐僧玄奘在吐鲁番和他的义兄高昌王麴文泰依依惜别后，应该是骑着高头大马，带着25个陪学侍从和大量行李沿着现在的托克逊、和硕、焉耆一线缓缓西行到南疆的库尔勒后，走在丝绸之路的"中道"上。

原本我规划环南疆之旅的路线是从乌鲁木齐出发，南下国道216线到巴伦台，追赶唐僧的脚步前往和静县，玩转在焉耆和博斯腾湖后，在夜幕降临之际惬意无限地抵达"梨城"库尔勒市，和唐僧的脚步"会合"，但因为我们一个同伴以绕道前往她梦中的天堂巴音布鲁克大草原作为加入的条件，加上我也很想到石河子市新疆建设兵团军垦博物馆缅怀前人的足迹，沿途又可以穿越天山大峡谷，观赏和感受到它的雄伟壮丽，所以旅行计划调整后，今天的行程是从乌鲁木齐出发，途经昌吉到石河子，到著名的军垦博物馆瞻仰先辈们的英雄事迹，之后前往奎屯、独山子，迂回辗转于雄伟的天山大峡谷之间，夜宿巴音布鲁克镇。

从乌鲁木齐出发沿天山北麓、准噶尔盆地南缘往西一直到霍尔果斯市，这里曾是唐代丝绸之路的"新北道"。沿途的北天山苍翠碧绿、郁郁葱葱，在一排排挺拔修长的白杨树环伺下，广袤的土地上长出一片片绿油油的庄稼，向日葵这时正迎着早晨和煦的阳光绽放着黄艳迷人的花朵，一群群黑白牛羊簇拥着滚动在广

> ☀ 小贴士
>
> 如何协调同伴的不同意见，实现旅行的和谐与共赢？
>
> 出门远行的强驴一般都很有个性和想法，所以在结伴旅行的路上经常会有大小矛盾冲突发生。以下是本人多次组队出行的经验总结：
>
> 一、做好较完备的攻略，并和同伴们积极讨论后，制定符合大家意愿的固定路书；
>
> 二、出发前交齐旅行路上的租车、加油和食宿费用，由专人管理；
>
> 三、《自愿组团旅行协议》必须明确规定以"尊重路书为上"来约束每个人。

阔的草原上，恍若回到江南。

　　1个多小时后，我们抵达了150公里外的英雄城市石河子。或许有人会问：为什么要来这个地方？我可以肯定地告诉读者们，如果没来过石河子，您不可能真正了解新疆的过去和现在，您关于新疆的一切话题都是空洞、片面和苍白的。如果您热爱新疆，希望了解新疆，还真的非来石河子不可。它不仅仅是一座建设在戈壁荒滩上现代化的美丽花园城市，还曾是新疆建设兵团总部所在地，更是一座历史丰碑，新中国新疆的建设就是从这里起步的。当年诗人艾青访问这个城市时曾激动地写道："我到过许多地方，数这个城市最年轻，它是这样漂亮，令人一见倾心，不是瀚海蜃楼，不是蓬莱仙境，它的一草一木，都是由血汗凝成……"

　　石河子市是新疆建设兵团在戈壁荒滩上建立起来的第一座军垦新城，这座街道开阔、洁净的现代化新城，绿化面积达40%以上，曾荣获联合国颁发的"人居环境改善最佳范例奖"。

　　这里还有一座新疆建设兵团军垦博物馆，它记载了这座城市的奋斗史，书写了半个世纪以来数十万来自祖国大江南北的热血青年开发祖国边疆的历史功勋，见证了新疆建设兵团化戈壁荒滩为美丽花园城市的过程和新疆这个曾被称作西域的边塞之地翻天覆地的变化。

　　关于新疆建设兵团，可能对很多人来说是个陌生而又神秘的名字，但新疆现代历史总也绕不开它，因为正是新疆建设兵团翻开了新疆历史的新篇章。不到博物馆缅怀先人的遗迹，您肯定无法了解新疆建设兵团；不了解新疆建设兵团的历史，你肯定无法不了解真正的新疆。

　　1949年初，解放战争的三大战役后，人民解放军第一野战军第1兵团在王震率领下，担负起解放新疆的任务。1949年9月新疆和平解放，原国民党将领陶峙岳率领的新疆起义部队近8万人被改编为人民解放军第22兵团。1954年8月，毛泽东一声令下，第22兵团改组为新疆军区生产建设兵团，陶峙岳为司令员，王恩茂任政治委员，张仲瀚任副政治委员。从此，新疆建设兵团作为一种个特殊的组织形式，出现在新疆的历史舞

新丝路之旅

重走玄奘西游路

台上，担负起开发边疆、戍卫边防、维护稳定的多重历史使命。

军垦博物馆，原来是新疆建设兵团总部所在地，广场上伫立着一尊巨大的王震将军昂首向前的塑像。博物馆是免费参观的，走进这座9000多平方米的建筑，半个多世纪的风霜雪雨恍惚扑面而来。展馆里数千件军垦文物，数千张历史照片，以及雕塑、油画、场景复原、多媒体演播，生动地展示和再现了当年艰苦创业的情景。20世纪50年代—60年代，数十万来自河南、湖北、甘肃、四川、江苏、上海等省市的支边青年，以及数万复员军人意气风发、浩荡奔来，成为新疆建设兵团开发建设、戍边维稳的强大力量，他们用青春和热血谱写了新疆历史的新篇章。

一时间，从昆仑山到天山，再到阿尔泰山，从塔里木盆地到准噶尔盆地，戈壁荒滩化为庄稼遍地的绿洲，化为牛羊遍地的草原，化为一座座充满生机活力的城市。曾经荒凉闭塞、土匪横行的边陲变成一道道灿烂的风景呈现在祖国的大西北。

军垦博物馆最令人难忘的是戈壁母亲们。新疆建设兵团原来为清一色的大龄未婚男性，为实现新疆建设的长治久安，国家动员大批年轻女性入伍进疆参加生产建设，同时促成广大官兵成家立业。1954年以前进疆的女性达40000多人，其中以山东和湖南为最。这些朝气蓬勃、激情满怀的年轻女性从此走进已过青春岁月的大龄军垦人的生活，给孤独苍茫的荒原上清一色的男性世界注入了一丝丝旖旎的温情，她们成为戈壁滩上的第一代母亲。20世纪60年代初，新疆建设兵团又引入六省近13万知识青年，其中上海知青就达10万人。据称，一批旧社会上海滩的"失足女性"也在这场运动中改造成为自食其力的新人。军垦博物馆的文章写道，数以万计的年轻女性"成为平衡悬殊性别比率的最柔软、最具特色的传奇，她们的故事粗粝而伤感，回肠而崇高……"

半个多世纪以来，新疆建设兵团沿着2000多公里的边境线和两个大沙漠边缘，组建了14个师170多个遍及新疆南北的大型国营农场，种下了上百万亩的防风林，开垦出耕地2000余万亩，现有人口260万。

今天的新疆是中国最早实现农业现代化的地区，它的农业技术化水平中国最高。据统计，新疆实现喷灌和微灌面积830万亩，年节水达8亿多立方米，成为中国乃至亚洲最大的节水滴灌农业区。经历三次农业科技改造后，新疆建设兵团实现农业机械化，并以种子工程化栽培模式和先进的节水灌溉技术打造出中国最优质的产棉区，棉花种植面积达768万亩，占全国棉花种植面积的9%，产量却占全国的17%。新疆的棉花、小麦、牛羊肉、水果等农产品源源不断地供应全国市场。

新疆建设兵团如今发展成为集农、工、商、贸于一体的企业集团，它还拥有13家上市公司。

刚从博物馆出来，远远看到一对新人欢快地走来，他们是前来瞻仰先人遗迹的吧，不知道在这里是不是一种普遍现象？瞻仰自己父辈、祖辈们艰苦创业的遗迹，其实是一种再自然不过的事情，它和中国人的祭祀祖先的传统相比，又有多大差别呢？如果您是艰苦创业者的后人，您会是一种怎样的态度呢？

如今这座博物馆已经成为这座城市的灵魂属地。

我们多才多艺的小蔡参观完军垦博物馆后，不由得发出"女人当男人使，男人当牲口使"的感慨，说得虽然粗俗、直白，但又不失真实，这是对新疆建设兵团当年开发新疆的真实写照。牛拉犁的耕作方式早在两千多年前的春秋战国时期就已经出现了，由于新疆建设兵团短期内缺乏耕牛，只能回到人拉犁的蛮荒时代，战天斗地，硬生生地开垦出一片片生机盎然的绿洲，建设起一个个美丽的城市，付出的辛劳和汗水可想而知。他们辛勤劳作的同时，还担负起戍卫边疆的任务。

青春和热血都奉献给新疆建设事业的军垦老人张仲瀚在他的《老兵歌》里，用简练生动的语言对新疆建设兵团的历史贡献做出总结："三个队"（生产队、

知识锦囊

军垦屯田

古代交通运输不便，为解决军队长期征战中的粮食供应问题，经常采取军队屯田或招募流民屯田方式，就地解决自身的给养问题，实现自给自足。军屯在新疆有悠久的历史，2000多年前的汉代就已经在南疆尉犁县附近实行军垦。后来，中国历史上许多朝代都曾经实行过。人们耳熟能详的军屯，应该就是抗战时期八路军王震的359旅"南泥湾的故事"吧。王震率兵解放新疆后，又把当年的美丽故事搬到这里来了。所以，新疆建设兵团的设立，应该和王震有千丝万缕的关系。

新疆建设兵团的屯垦，可能是中国历史上规模最大、持续时间最长、效果最佳，也最具国家战略意义的军垦吧。

工作队、战斗队)、"四个力量"(经济建设、安定团结、民族团结、巩固祖国统一的重要力量),并深情地写道:"雄师十万到天山,且守天山且屯田,塞上江南一样好,何须争入玉门关……"

也有人说,新疆建设兵团是中国计划经济的最后堡垒,存在很多弊端。但谁也无法怀疑它在新疆现代化建设进程中卓绝的历史贡献。

军垦博物馆里的一段文字写道:"多少尘封的历史,多少感人的故事,等着你探索的双眼、缜密的思维去发现、去感悟。欢迎故地重访,足迹梦回、情感拾遗……"

来到石河子,就去博物馆看看吧。

从乌鲁木齐西行,路上的人文自然风光其实还有很多,独山子石油城的活火山、百年历史的新疆第一口油井、丹霞地貌、天山大峡谷等都值得人们前去游览一番。我们的闫师傅是昌吉市人,一路都在夸耀自己的家乡美:气候好、水果甜、风景美、羊肉串最好吃、姑娘最漂亮。后来我们看到闫师傅手机里的一张貌美女子照片时,才知道他家里藏了一个漂亮老婆,还有一个在北京电影学院读书的可爱女儿。我想闫师傅肯定眼花了,以为整个昌吉回族自治州都像他老婆和女儿一样美貌如花,难怪一路上总在傻呵呵地乐。心里有人惦记,怎能不快乐?那里真的有这么美好吗?有空去感受一下。

天山公路长达530多公里,以纵贯天山南北、直接连线北疆和南疆而得名。还因天山公路北起独山子,南到库车,又名"独库公路"。

有人说,天山堪称"公路病害博物馆":一是因为冬季雪灾严重,一般在每年11月封山,次年5月冰雪消融后才能通车;二是春夏季节泥石流频繁阻断交通,全线泥

📖 知识锦囊

独山子泥火山

此山位于独山子城区西南的一座山峰上,一条小路通达山顶。泥火山有两个喷出口,较大的一个直径约60厘米,高出地面约1米。喷口内是黏稠的泥浆,呈灰绿色,略带油气味,并不停地向外冒泥泡。据说,这泥浆有养颜美容之功效,喜得女汉子小花催促闫师傅赶忙装上一瓶尝试效果。

泥火山又称假火山,是夹带着水、泥、沙和岩屑的地下天然气体在压力作用下不断喷出地表堆积成的泥丘,据称,独山子泥火山有较高的科学和观赏价值,不远处还有新疆第一口油井遗址,山顶又是一览独山子这座石油城市全貌的观景点。

石流高发地段多达5处。为了修筑这条战略通道，武警筑路部队付出了巨大的代价，共有168位筑路官兵献出年轻而宝贵的生命。为了纪念他们，如今天山南麓的乔尔玛竖立起一座高20米的纪念碑。电影《天上深处的大兵》《天山行》和《守望天山》就是以这些战天斗地的英雄战士为原型，讴歌他们的动人故事。

独库公路的入口竖立起一块巨大的石碑，上面书写着"守望天山"四个大字，是用来告慰英灵的吧，也提醒过往商旅珍惜来之不易的幸福生活。一往情深地拍照留念后，汽车沿两车道的柏油路盘旋向下，很快就没入深邃的峡谷里了。

独库公路其实就开辟在天山大峡谷的悬崖、河谷之上，蜿蜒曲折没有尽头。夏季的天山大峡谷是美丽的，明媚的阳光下，头顶上是巍峨突兀的山峰，闪闪发亮的冰川，白练般悬挂在崖壁上的瀑布，脚下是危崖悬壁、深深的河谷和涌动的激流。汽车小心翼翼地在峡谷里缓缓穿行着，突然一片平坦开阔的河谷草原和森林出现在峡谷深处，仿若世外桃源。这里散布着一群群悠然自在的牛羊，一顶顶哈萨克人的白色毡包和欢乐奔跑追逐的游人，还有一对拍婚纱照的新人正陶醉在这亮丽的风景里呢。

独库公路上的天山大峡谷以雄、奇、险、峻闻名于世，我觉得应该再加上"壮丽"两字来形容，它给人一种雄性、大气的感觉。喜马拉雅山脉中段南麓落差2000米以上的樟木大峡谷曾是我见过的最美峡谷，迷雾中数不清的溪流瀑布仿佛从天而降，苍松翠柏的樟木大峡谷如梦幻女神般神秘阴柔，别具特色。吐鲁番的吐峪沟和他俩相比，就只能算是一条仅8公里长地貌奇特的小水沟了。

依依不舍地离开深谷里旖旎的人间仙境，一会儿又挣扎在人间险境里不断地翻山越岭。不经意间，当我们再次下到河谷里时，惊喜地发现又来到遍地牛羊、森林和毡包的人间仙境里了，天山大峡谷也是秀美的。

海拔3000米以上的天山山顶，为野花争艳、绿茵如织的高山草甸，是哈萨克牧民最美好的夏季牧场。当我们爬上又一个山顶时，已经是傍晚9点30分了，这时晚霞已经染红西部的天空，一轮红彤彤的太阳无限温情地散射着它的余热，向遥

新丝路之旅

重走玄奘西游路

远的地平线下慢慢滑落。我们距离巴音布鲁克镇尚有100公里，预计要摸黑才能赶到目的地，而且因为没有预订好客房，旅游旺季的巴音布鲁克镇临时是很难能找到客房的，我们极有可能要露宿街头。一番商议后，我们决定夜宿身旁山顶高地上的哈萨克牧民毡包。游人日多，哈萨克牧民早就品尝到旅游业带来的甜头，天山大峡谷里的毡包大都有经营客栈的功能，一个大毡包每天的住宿收入六七百元，再卖一头羊给客人，他们赚翻了！

日落时的天山是美丽的，队友们来不及安置行李，忙不迭地抓住这短暂的日落时光拍摄唯美的风景。浪子和小蔡都是"好色之徒"，浪子可能是我们当中技术最好的吧，他特别喜欢竖构图，拍出来的片子很有意境；小蔡的全画幅单反配的都是高尚的定焦镜头，拍出来的画质应该非常好，但定焦镜头只适合慢拍，局限性比较大。与"色友"结伴出门旅行，相互交流学习，才能发现自己的缺点、别人的优点，进步才比较大。

今夜难眠，在荒无人烟的天山山顶过夜，有一种新奇刺激的浪漫感受。哈萨克牧民的毡包成为我们南疆行第一天的新鲜体验。

晚饭是一顿味道咸重的新疆拌面和手抓羊肉，奢求一个普通哈萨克牧民烹饪出香甜可口的佳肴有点勉为其难，我们已经很知足了，唯一遗憾的是在享受手抓羊肉大餐时竟然没有美酒相伴，有点可惜。入夜，7头"野驴"加上两个司机，横七竖八地躺在毡包里呼呼大睡，古人坚守的"男女之大防"早被我们现代人抛撒到太平洋深处去了，出门在外，更难有讲究。长期出门的女汉子们也已习惯于男女同室混居的旅行生活。

下半夜突然狂风大作，惊天动地，大风在毡包外不停歇地呼啸着，仿佛魔鬼愤怒的咆哮声，不断地推揉着毡包，把支撑毡包的铁杆吹得轰然摇动，企图把我们连人带毡包一起推到悬崖下面。整个夜里呼噜声和铁杆的摇曳声此起彼伏，令人心惊胆战。

或许是因为我们冒昧前来，惊扰到天山之巅的众神，引来他们的不满，于是化作夜风，疯狂地绕着我们的毡包游动玩转，尽情肆虐，让我们在惊恐中惶惶不可终夜。

我想，同伴们大多没睡着吧，他们此刻也像我这般默默地承受着巨大的心理压力。唉，这样的新鲜体验真的太恐怖了，或许也是本次旅行中最难忘最刺激的经历吧。

第十一章
"一棵草两个蛋"——巴音布鲁克大草原

时间 ☼ 7月27日

行程 ☼ 巴音布鲁克—巴伦台—库尔勒，约360公里

沿途景观 ☼ 巴音布鲁克大草原、巩乃斯森林公园、巴伦台黄庙、博斯腾湖、铁门关

　　天快亮的时候，风终于停了。被大风骚扰了一夜，睡得很不安稳的我天刚蒙蒙亮就早早起床，钻出毡包，以朦胧的眼、苍白的脸和惊魂未定的心情迎候清晨绚烂的朝霞，观赏天山美丽的日出。

　　这时，天空渐渐地变蓝变亮，朝霞把东方的云彩映得五光十色，形态万千，像金色的巨龙，像穿梭的飞鱼，像展翅的鹰鹫，像一条条七彩的绶带。突然间，万道霞光似金箭般从厚厚的云层里迸出，射向碧蓝的天空，慢慢地，温暖和煦的太阳从地平线下爬了上来。这时，金色的阳光又洒到山梁上、碧草上，洒到我们

身上，白色毡包上，天地间一片空明。近处两只尖嘴的小鸟飞起飞落，在清风绿草和毡包间追逐、嬉戏，为这幅彩色画面增添了一道亮丽的风景。

沐浴在轻柔红润温暖的阳光里，我们居高临下，绵延不绝的天山山脉尽收眼底。哇，一张巨大的没有边际的绿色锦缎铺盖在这高低错落的天地之间，白色的毡包是它的图案，野花和森林是它的点缀，蜿蜒曲折的盘山公路是它柔美的线条，红润的阳光照射在这张青翠碧绿的锦缎上，明暗有度，层次有序，真是太美了。

原来天山也是秀美的，虽然天山之夜是惊心动魄的。出门旅行，其实就是一个探索、发现、体验和领悟的过程，把前所未有的遭遇或困境当做一种体验的人，是幸福的、快乐的。

毡包旁一个刨出的深坑里，主人家白色的牧羊犬正探出头懒洋洋地沐浴在温暖的阳光里睡懒觉，被我们一阵骚扰后，睁开一双通红的眼睛，极为不满地横了我们一下，又闭目养神去了。或许昨晚呼啸奔来的寒冷刺骨的大风也把露宿在外的它吓坏了，没有睡好！

今天的行程，是先赶赴100公里外的巴音布鲁克大草原，感受开都河"九曲十八弯"的唯美景致，再前往和静县、博湖县，在中国最大的内陆淡水湖博斯腾湖畔戏水后，投奔巴音郭楞蒙古族自治州首府库尔勒市。

9点30分左右，我们赶到巴音布鲁克镇吃早饭。旅游业的发展吸引了天南地北的人们前来开店赚钱，这不，在这天山深处竟能吃到油条豆浆稀饭。因为食客太多，油条刚起锅就被客人抢光，只得忍着呛人的油烟味蹲守在油锅旁，并不断地向老板高声吆喝着为自己和同伴抢夺食物，以便草草吃完，赶往景区。

巴音布鲁克大草原，位于天山山脉中部的山间盆地内，四周雪山环抱，海拔约2500米，面积23835平方公里，位居呼伦贝尔大草原、鄂尔多斯大草原之后，排名中国第三大草原。大草原地势平坦，水草丰盛，为典型的高山禾草草甸，也是

集山岳、盆地、草原为一体的自然风景区。每到仲夏季节，草原上绿草如茵，鲜花盛开，牛羊遍地，白色的蒙古包又像一朵朵雪莲散落其间。巴音布鲁克草原上散居着蒙、汉、藏、哈等9个民族，民族风情灿烂多彩，农历六月初四至初六是一年一度的草原盛会"那达慕大会"，人们可以观赏到赛马、摔跤、赛羊、赛牦牛、民族服饰和民族歌舞等传统表演，这时节游客云集，房价飙升。我们昨晚夜宿百公里外的天山山顶其实是个不错的选择，既欣赏到天山灿烂的日出日落，又节省了不少银子。

蜿蜒在草原上的开都河素有"九曲十八弯"的美称，在我国四大古典文学名著之一的《西游记》里，开都河还有一个有趣的名字——通天河，传说唐僧的"晒经石"就在河畔；全国著名的巴音布鲁克天鹅湖也在其中；开都河的尾闾则是中国最大的内陆淡水湖——博斯腾湖。

巴音布鲁克大草原上还一直流传着蒙古族土尔扈特部回归祖国的真实故事。明代，天山南北地区生活着蒙古族的三大部落：土尔扈特部、和硕特部、准噶尔部，其中准噶尔部实力最强。在准噶尔部的排挤和打击下，土尔扈特部于明末清初被迫迁徙到伏尔加河下游地区，结果又受到沙皇俄国的长期欺压。乾隆年间，土尔扈特人在他们首领渥巴锡的率领下战胜了沙俄的围追堵截，举族回归，受到乾隆皇帝的欢迎，并被安置在巴音布鲁克这块水草肥美的大草原上。如今，这段历史被拍成电影《东归英雄传》。

广袤的大草原碧绿清新，是蒙古族牧民美丽富饶的牧场，但对于我们这些游客来说，草原过于平坦、缺少变化，巴音布鲁克茫茫20000多平方公里水草丰茂的

新丝路之旅

重走玄奘西游路

大草原上竟然没有一棵小树作为点缀。解说员告诉我们，这里的土壤和地质条件不适合树木的生长，官方曾经以100万元作为种活一棵树的奖励，但至今没人有这个福气领取奖赏。据称，草原上的酥油草营养

❀ 小贴士
　　夏季的巴音布鲁克大草原海拔高，气温低，经常烟雨蒙蒙，晚上睡觉都得盖厚棉被。建议携带冲锋衣前来。

丰富，有"一棵草两个蛋"的美誉，为整个草原驯养了60万头牲畜。

　　天鹅湖其实是一片面积不大的小湖，湖面建有木栈道供我们游客观赏、拍照。其实我们来得不是时候，因为天鹅是季节性迁徙的动物，这时大都飞到远方去了，最佳的观赏时间为每年的5月。美丽的天鹅，据说是这个世界上最忠贞的动物，失去爱侣的天鹅往往会绝食自杀或飞上高空收起翅膀自由落体，悲壮地坠地死去。天鹅湖畔，我们现在能看到的据称是自杀未遂得到救助或者受伤无法随季节迁徙的天鹅。距离我们最近的是一只肥头大耳、身材臃肿、走路蹒跚的天鹅，或许因为游客们投食太多，或者因为爱侣离世后失去飞翔的动力。

　　开都河是孔雀河的源头，九曲十八弯是它的最美风景，但最美时刻应该是在夕阳西下的傍晚时分。可惜我的队友坚决反对在巴音布鲁克大草原过夜，所以只能和最美的九曲十八弯说再见了。

　　其实巴音布鲁克附近好玩的地方挺多，比如那拉提草原、巩乃斯森林公园都是非常值得流连的景致。巩乃斯森林公园距离巴音布鲁克镇区区数十公里，但和巴音布鲁克大草原的自然环境迥然不同，那里漫山遍野都是松树和野花。巩乃斯

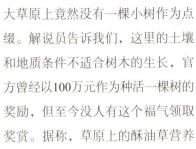

知识锦囊

巴音布鲁克"三宝"

　　1. 天山牦牛，原产于青藏高原，为第五世生钦活佛多布拣策愣车敏从西藏引进。

　　2. 查腾大尾羊，以多肉脂著称，是巴音布鲁克草原上特有的品种。据说，这种全身纯白、独头黑黄的大尾巴羊由土尔扈特部东归时带回的欧俄羊种与当地羊种杂交、驯化而成。

　　3. 焉耆马，体形高大健壮，性情驯良，是土尔扈特人最矫健的坐骑和最亲密的朋友，又被称作"土尔扈特人的翅膀"。

四季分明，每个季节的风景都不一样，春天满目新绿，夏天百花争艳，秋天落英缤纷，冬天银装素裹，是避暑和旅游胜地。

从景区出来，我们在镇里的一家川菜馆里吃完午饭，从厕所回来的浪子诡笑着说里面的厕所"超干净"！刚吃饱的我兴冲冲地前去打开厕所的门，只见里面粪水横流，无法落脚，不由得一阵恶心乃至恶吐。浪子呀，你这个骗子！看似木讷的浪子呀，我终于看透你了，其实你的心眼那叫一个大大地坏呀……

午饭后我们改走国道218线往东奔驰在去库尔勒的路上。因为堵车，技术娴熟的闫师傅开着车从公路上斜杀向草原，在纵横的沟壑与河道的大小砾石上摇晃着一路蹦过去，久久等待通车的一长溜大小车辆目瞪口呆地看着我们扬尘而去，强悍的吉普车和强悍的闫大头哟！如果还是第一程的王师傅，他就会老老实实地等在公路上等待道路疏通，哪敢把他的"宝贝"开到草原上磨蹭？心疼哪！然后他就会很有理由地要求我们增加一天的行程了。

从巴音布鲁克到库尔勒，我们一路奔驰在高原上，海拔大都在3000米左右，第一次来高原上旅行的松鼠说她的头晕得厉害，肯定是高反了！巴轮台之后，海拔就降到2000米以下了，希望她很快就能恢复过来。倒是女汉子小花，一路谈笑风生，不愧为常出门的强驴。

巴伦台是新疆首府乌鲁木齐或东疆前往南疆的必经之地，因为地理位置的重要，为历朝历代驻兵之地，现在这里也驻有重兵，当兵出身的闫师傅说，巴伦台驻扎有一个师的部队。

如果当年唐僧玄奘也是过巴伦台前往南疆，那我终于再次"赶上唐僧的脚步"了！

巴轮台黄庙是我们计划前去瞻仰的一个景点，但不知为何路旁前往巴轮台黄庙的桥头堆放着几块巨石，肯定是故意为之，看来这座新疆地区难得仅见的藏传

新丝路之旅
重走玄奘西游路

佛教格鲁派寺庙不欢迎我们前往。有人或许会问：为什么新疆建有藏传佛教的寺庙？其实自公元8世纪中后期开始，吐蕃就控制南疆的广大地区长达百年之久。另外，现在生活在天山南北的蒙古族大多也是信仰藏传佛教的。

过巴轮台后，海拔逐渐降低了，原先到处披绿的高原，变得稀稀疏疏。戈壁滩取代了碧绿的草原，高原草甸换成了荒山土岭，温度很快由13摄氏度蹿升到30摄氏度以上，害得我们急忙褪下厚重的冲锋衣，换上短衣短裤。

距离库尔勒市区不远有个叫"七个星"的小镇，路旁有一座佛寺遗址，不知何时何故被毁，曾经作为佛教圣地的南疆，现在能看到的基本上只是它的遗迹了。

原计划到博湖县中国最大的内陆淡水湖博斯腾湖畔戏水，观赏壮丽的日落，据说，博斯腾湖还出产一种叫五道黑的小鱼，烤熟后撒点辣椒末，鲜香无比，味道好极了。考虑到明天路途遥远，我们决定不再前往，直接赶到库尔勒，一探著名雄关——铁门关的神秘。

新疆太大，我们时间太少。想惬意玩转在这160万平方公里的土地上，不容易呀。

天黑前，我们终于赶到库尔勒的铁门关景区。

铁门关，是焉耆盆地与塔里木盆地之间的一道天险，位于库尔勒市北7公里处的霍拉山与库鲁克山之间的峡谷中，孔雀河水从峡谷蜿蜒流出。铁门关据称是中

国古代二十六大名关中的最后一关，唐代丝绸之路"中道"（汉代称"北道"）的必经之地，它也是古代北疆通往南疆的唯一通道，只有穿过铁门关后才算真正进入南疆了。

铁门关地势险要，怪石嶙峋，峰、石、云、林兼胜，是以雄、奇、险、幽著称的一座历史名关。"两山夹峙，一线中通，路倚危石，侧临深沟，水流澎湃，日夜有声，弯环曲折，幽邃险阻。"先人是这样描述的。从关楼往里走，左边的头顶上是暗褐色光秃秃的山崖峭壁，山脚下是一堆堆乱石岗，右手边的低洼处是一条蜿蜒曲折的溪流，一排青杨伫立岸边，难道这条小溪就是大名鼎鼎的孔雀河？溯流而上，一条幽深的小径引领我们往峡谷里走，这就是历史上著名的古丝绸之路"中道"，唐僧玄奘就是从霍拉山的峡谷里穿出，顺着这条小路前往南疆的。我们还惊奇地发现，这草木稀少的荒山峡谷里竟然建有一座号称"孔雀河第一坝"的水库。特地前来为我们带路的闫师傅战友介绍，水库建设于20世纪50年代，当年王震将军亲临铁门关踏勘后，挖掘隧道从博斯腾湖引水，筹建铁门关水电站。铁门关"孔雀河第一坝"建成发电以后公路改道，丝绸之路中的一段便淹没在水底，关口从此失去了交通要隘的作用，如今的铁门关剩下的只有瞻仰、怀古的功效了。

铁门关以北，孔雀河东岸的公主峰上有座公主墓。传说是后人因缅怀古时公主祖赫拉和牧羊人塔依尔的纯洁爱情而修建。维吾尔文的古典叙事长诗《塔依尔和祖赫拉》在清代就很流行，民国三十三年（1944年），维吾尔族诗人黎·穆塔里甫以此题材创作叙事长诗，后改编成歌剧，在南疆各地上演。新中国成立后又被搬上银幕，使这一古典爱情故事更具迷人的魅力，广泛流传。

感谢看门的大姐，只是象征性地向我们每人收取了8元的景区门票钱，好像是我们一路上遇到的价格最低的景区。也感谢闫师傅的战友，成为我们免费的导游。

天渐渐黑了，我们怕鬼，还是回库尔勒市区好好休息吧。

新丝路之旅

重走玄奘西游路

古老而神秘的族群——罗布人

时间 ◎ 7月28日

行程 ◎ 库尔勒—尉犁县—轮台—塔里木胡杨森林公园—库车　约650公里

沿途景观 ◎ 孔雀河、罗布人村庄、胡杨人家、奥尔德克风情园、塔里木胡杨森林公园

　　库尔勒，为巴音郭楞蒙古自治州首府，地处塔里木盆地东北边缘，北倚天山支脉库鲁克山和霍拉山，南距"死亡之海"世界第二大沙漠——塔克拉玛干沙漠仅70公里，是古丝绸之路"中道"的咽喉之地和西域文化的发源地之一。

　　库尔勒境内"一湖（博斯腾湖）两河（孔雀河和塔里木河）"。源于博斯腾湖的孔雀河穿城而过，流经库尔勒绿洲中央，最后注入罗布泊（现注入卡拉水库）；塔里木河流经市区西南边缘。

　　库尔勒因盛产驰名中外的香梨，又称"梨城"。库尔勒的香梨体形小，但含

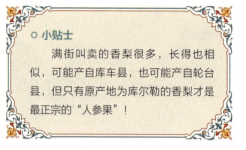

糖量高、皮薄肉脆、香甜爽口。据晋代葛洪的《西京杂记》记载："瀚海梨，出瀚海北，耐寒不枯。"唐僧玄奘途经此地，也对库尔勒香梨赞赏有加，特地记载于《大唐西域记》。后人吴承恩在《西游记》里把库尔勒香梨艺术化地加工为吃了长生不老的"人参果"，害得唐僧师徒垂涎欲滴，因为偷吃丢尽颜面。

曾为历代皇家贡品的库尔勒香梨早就名扬海内外了，只可惜我们来得不是时候，香梨要到11月才能成熟采摘。有机会来到库尔勒吃上一枚"人参果"，您就长生不老啦！

据称，库尔勒还是西北五省区第一座"全国文明城市"。这是一个很值得前来玩转、停留的地方。库尔勒的著名景点有：铁门关、孔雀河、胡杨林度假村、加麦清真寺、民族风情园、太阳岛等。

只可惜，我们住上一宿后，一大早就得草草开拔了。

今天的计划，沿国道218线南行至100公里外的尉犁县罗布人村寨，之后回到库尔勒，继续紧追唐僧玄奘的脚步西行石油之城轮台县，前往著名景点轮南塔里木森林公园观赏美丽的沙漠胡杨，尽兴后赶往历史名胜库车。今天的行程非常紧张。

罗布人是新疆最古老神秘的族群之一，有自己的语言，但没有文字，其方言为新疆三大方言之一。罗布人长期生活在封闭的社会环境中，与外界隔绝，没有严密的社会组织，没有武装。

清朝以前，罗布人生活在塔里木河下游数百个大小"海子"（"湖泊"之意）边，"海子"是他们生活的主要来源。据记载，罗布人"不种五谷，不牧牲畜，唯以小舟捕鱼为食"，他们以渔猎为生，划"卡盆"（胡杨木掏成的小舟）捕鱼，一天劳作后在湖岸边架起火堆开始熏烤自己的鱼获，烤鱼成为他们的主要食物来源，那时罗布泊里的鱼又多又大，夏季多捕的鱼腌制晒干备冬季食用。罗布人出行仅凭一叶独木舟便可在海子连片的村寨间自如穿梭。所以海子曾经是他们生命的全部，据说，罗布人嫁女有以海子为嫁妆的习俗。

新丝路之旅

重走玄奘西游路

　　环南疆旅行，不来这个独具民族特色的族群聚居地探索一番，岂不可惜？罗布人的村寨还是尉犁县最出名的自然人文景观呢！

　　罗布人的村寨，司机几年前来过一次。因为改道，害得我们一路好找，近11点钟，我们才赶到景区门口，相约下午1点之前出来，驱车回到数十公里外的县城吃午饭。

　　从景区大门到罗布人的村寨有近5公里距离，需要坐电瓶车风驰电掣地往里赶，沿途高大粗壮的胡杨林立，像殷勤的侍者夹道欢迎我们前来，这也是一道亮丽的风景线。路旁竟然还建有一栋木屋，上书有"新龙门客栈"字样，难道这里就是传说中古代的神仙侠侣们曾经往来的旅居之地？其实在我国汉代，丝绸之路"北道"西出玉门关后，穿越罗布泊到楼兰古国，再顺着孔雀河道北往库尔勒必定途经尉犁县。张骞、班超、甘英和鸠摩罗什这些大英雄们肯定从这里走过，或许这个"新龙门客栈"就曾是他们短暂停留和休憩之地，并且留下过深深的足迹呢。

　　电瓶车司机的名字叫阿不都外力，30岁出头，自称是土生土长的罗布人。如今的罗布人，大都告别了渔猎生活，从事农业、牧业和旅游业。阿不都外力竟然能工工整整地书写出自己的汉文名字，看来肯定从小接受过正规教育。道路交通的发展，经济文化的进步，对曾经与世隔绝的罗布人同样产生深刻影响。

　　终于来到罗布人的村寨，它的真实的名称叫"阿不旦"（"好地方"之意），这里是罗布人世居之地。

　　村寨的大门用胡杨木镂空架构而起，颇具艺术味道，上书汉字"阿不旦"。这应该是现代人精心设计的吧。不过，它造型奇特，让人过目不忘。进入村寨，迎面看到的是一棵巨大的胡杨树化石，据称已有1.5亿年，当地人说这棵化石树是"塔里木河胡杨

树爷爷的爷爷的爷爷……"再往里走，醒目处摆放着一个巨大的馕坑，上书"西域第一大烤坑"，这牛皮就吹过头了，让吐鲁番人情何以堪？据报道，吐鲁番建有一座硕大无朋的馕坑，曾把整头骆驼放进去烤呢，肯定比这玩意儿大吧。

紧随着导游的步伐，按顺时针游转在阿布旦庄。听导游介绍，现在阿布旦的罗布人剩下不多的几家。整个阿布旦庄一圈走下来，我们只看到两户罗布人家，但这里到处散落着罗布人的遗迹，茅草屋、破渔网、车轱辘、独木舟、太阳墓、祭台、海子，诠释了罗布人曾经的生活和信仰，给现代人和好奇者一种原始、古朴的新奇感觉。

村寨里胡杨树随处可见，它们也是罗布人生活不可缺少的组成部分。罗布人通常在海子（湖）边找一棵大的胡杨树，以树冠为屋顶，集红柳、芦苇、树条编插成一棚茅草屋，这种茅草屋的外观古朴随意，形状不一。

阿布旦罗布人的墓地又叫"太阳墓"，造型特别奇异，中间用圆形木桩围住死者墓穴，外面再用许多木桩围成7个圆圈，并组成若干条射线，呈太阳放射光芒状。

难以置信，罗布人竟把太阳当成他们崇拜的图腾。被南疆毒辣的太阳炙烧得焦头烂额后，罗布人躲闪都来不及，怎么可能还对它莫名崇拜呢？我有一个直觉，罗布人的祖先应该是从遥远的寒冷地方迁徙而来，最早信仰的应该是拜火的摩尼教吧！人类学家直到现在都不知道这个族群属于哪个民族，只是因为他们长期生活在与世隔绝的罗布泊附近，才取名"罗布人"。更遗憾的是，因为这个族群没有文字的传承和出土有力的物证，他们的来历至今仍是个谜。现在大多数罗布人因为各种原因已经远走他乡，留在这里的已经不多了，与维吾尔族杂居后，他们又逐渐遗失了自己的文化传统。现在若羌县的36团，还有一个罗布人民族连，待我们经过时再去勘探一番。

罗布人的长老阿木英大白天优哉游哉地躺在树荫下凉快的大花席上睡懒觉。据导游介绍，他曾客串过电影《罗布人》的酋长。一番介绍后，游客们纷纷上前要求合影留念。长老阿木英来者不拒，抱着美女拍照特别来精神，果真有电影明星的派头。拍完照片，这老头吃了一碗稀粥后又躺在席子上做他的黄粱美梦去了。现在罗布人的村寨被开发成当地有名的旅游景点后，政府应该会在生活上给予不少补助吧，所以他们看上去过得滋润、悠闲。

新丝路之旅

重走玄奘西游路

两个上年纪的阿婆不知道是不是他的妻子，正勤快地洗着衣服。一旁躺着一台冰柜，看来他们也兼顾贩卖些冰镇饮料补贴家用。

整个村庄转了一圈后，导游又领着我们来到塔里木河畔，清澈的河水正潺潺下流，一座摇晃的吊桥把我们引导到河的对岸。这里有许多大小不一的"海子"，它们是罗布人的鱼塘。

罗布人养鱼别具特色：春天，他们会给干涸的"海子"开一道口子，于是塔里木河水裹着许多小鱼流进"海子"，水满后再把口子封堵起来。小鱼们养了一个夏天后长得膘肥体壮，这时"海子"里的水也蒸发了不少，罗布人就直接下到"海子"里把一条条大鱼拽上岸来；如果"海子"里的水尚未减少，罗布人就再次扒开口子，让河水再次灌入，这时的鱼大都会逆流而上奔向自由，罗布人早在口子外设下渔网，一条条大鱼自投罗网。其他时候，罗布人一般用挂网和鱼叉捕鱼。

导游介绍，因为今年塔里木河来水减少，许多小海子已经干涸了，往年这里河海（湖）纵横，轻舟荡漾，恍如江南水乡；到金秋时节，遍地胡杨的树叶变得绯红金黄，这里更是一番绚丽惊艳的美好景致。

阿布旦庄对于普通游客而言，这里可以划舟、垂钓、吃烤鱼；还可以骑骆驼，穿越树林，观沙海；入夜还能

第十二章 古老而神秘的族群——罗布人

罗布人

由于罗布人没有自己的文字，他们到底属于哪个民族，至今是个谜。有人说他们是古楼兰人的后裔，也有人认为他们来自遥远的蒙古高原。

据记载，罗布人在清朝乾隆年间被发现后，归化为清朝臣民，后又与维吾尔族杂居，逐渐维吾尔族化。1797年，因为严重的天花传染病夺去大部分罗布人的性命，外出的罗布人四散流亡，一部分流落到现在和田地区的洛浦县，一部分逃到铁干里克、墩阔坦及轮台的草湖地区。1887年，罗布、群克两庄的罗布人仅剩74户，后转移到我们现在参观的阿布旦庄。1896年瑞典探险家斯文·赫定往罗布泊探险时还得到罗布人首领昆齐康的协助。1921年沙雅县女巴依（财主）阿西罕阿吉为建草场，在尉犁县穷买里村附近拦水，致使塔里木河改道，下游断水。居住在阿布旦的大部分罗布人被迫南迁至米兰。现在这里的罗布人除了渔猎，已经开始了农牧生活。

因为长年以鱼为主食，罗布人多长寿。在今天尉犁县和若羌米兰民族连还生活着跨越三个世纪的百岁罗布老人。

听到罗布人的民歌演唱，围着篝火观看罗布舞蹈，睡茅屋，领略古老的罗布民族风情，享受回归大自然的乐趣。阿布旦庄是一个集娱乐、休闲、拍摄于一体的户外活动和度假胜地。

再往前走，就是塔克拉玛干沙漠的边缘了吧，导游又领着大家往前走，告诉我们前面是沙漠游乐设施。玩转过敦煌的鸣沙山和鄯善县的库姆塔格沙漠之后，我已经不是很有兴趣了。赶紧顺着来路，逆时针地往回走，把刚才因为只顾听导游解说，来不及拍摄的美好景致留在镜头里。冲回到曾拜访过的第一个罗布人家，想和罗布人姐弟俩聊聊天，了解罗布人的历史风俗和生活习惯，可惜他已不知去向。再遇罗布人电瓶车司机阿不都外力，忙碌的他不再有时间理会老山羊的种种询问。

从景区厕所出来，告诉管理员里面的水龙头坏了，白花花的自来水正不停歇地流走，得到的回答：已经坏了好几天……哎，这个严重干旱缺水的地方，有些人竟能对此熟视无睹！

虽然意犹未尽，但我们又得出发了。下午3点左右，我们赶到尉犁县城吃午饭。

来到尉犁县，最不能放过的美食要数令人垂涎欲滴的罗布卓尔烤全羊了。有

人说新疆的羊"穿的是羊绒衫，走的是黄金路，喝的是矿泉水，吃的是中草药，拉的是六味地黄丸"，其中尉犁县罗布淖尔羊又是新疆的羊中上品，因为尉犁县境内生长着大片甘草、罗布麻和麻黄草，这些都是牲口们上好的草料，所以罗布淖尔羊肉鲜嫩味美无膻味，营养价值甚至可与塔里木鹿肉相媲美。又因用红柳枝烧烤，烤熟的羊肉还散发出一股植物的淡淡清香味。尉犁县的红柳烤全羊在新疆非常出名，来到尉犁县能享受到烤全羊的食货们有福啦！

新疆人民的福利好，吃得都是原汁原味、营养丰富的好食料。

小区门口的两个小姑娘热情帮忙找邮局寄上一份明信片给远方的朋友们。县城里问路时误入当地的棋牌室，没想到维吾尔族兄弟们竟也玩起麻将这玩意儿来了。

下一站，过轮台县走在世界最长的沙漠公路上前往著名的塔里木胡杨森林公园。

轮台是一座历史名城，张骞通西域后，西汉政府于公元前60年，在轮台境内建立统治机构——西域都护，统领各国。

今天的轮台因富蕴石油天然气资源，成为塔里木乃至中国重要的石油基地和"西气东输"的始发泵站。这里商业加气站的天然气价格每立方仅1.80元，比乌鲁木齐4.07元的价格低多了，司机加完天然气后惊喜地告诉我们。

轮台人民的福利真好！我们今天也跟着沾光了。

其实，新疆人民福利好的地方还多着呢。和10年前相比，日新月异的新疆已经建立起四通八达的道路交通体系，曾经行路难的南疆地区，在塔克拉玛干大沙漠四周修筑了许多快速铁路、高速公路，出行极为便利，且过桥过路费用极为低

廉，让我们这些来自沿海地区的旅行者感到不可思议。在高速公路上行驶100多公里后，"财务"浪子告诉我们，过路费仅区区17元钱。一番激烈的争论后，我们终于明白新疆高速公路通行费用低廉的原因：广袤的戈壁荒滩无穷无尽的沙石资源，随时可以就地取材；铺设路面的沥青作为石油下脚料为盛产石油的新疆"特产"；汽油价格低，运输费用省；道路平坦，工程量小。

新疆公路建设成本低廉，福利当然应该返还给当地百姓和过往商旅，同时又可以促进旅游业发展。

轮台高速公路休息站里，因为第一次见到颜色和纹路特别、味道香甜水分足的新疆罗汉瓜，大伙儿纷纷卖萌合影拍照留念，卖瓜的商贩还热邀我们晚上去他家做客。

新疆人民福利好，香甜瓜果四季飘香。

塔里木胡杨森林公园位于塔克拉玛干沙漠东北边缘的塔里木河中游、轮台县以南80公里处，须要在沙漠公路上行驶一个小时方能抵达。塔里木胡杨森林公园为中国最美的十大森林公园之一，集塔河自然景观、胡杨景观、沙漠景观于一体，是世界上最古老、面积最大、保存最完整、最原始的胡杨林保护区。另外，塔里木胡杨森林公园历史人文遗迹众多，距公园西南约10公里处，仍屹立着一座2000多年前的汉代烽燧，是戍边将士的不朽丰碑；据称，景区内还有一条古老的丝绸之路在胡杨林间穿行，让人神往。

前往森林公园，我们将行走在世界最长的沙漠公路上，但因为环南疆的行程抵达民丰县后还须穿越在这条梦幻沙漠公路上，所以关于它的故事就留到后面再来介绍了。

太阳即将落山的时候，我们终于冲进这座位于塔克拉玛干大沙漠腹地规模巨

新丝路之旅

重走玄奘西游路

大的胡杨森林公园，希望在夕阳西撤的最后一刻能拍摄到沙漠胡杨的最美照片。

沙漠公路两旁和景区大门附近仿佛是个茂密的森林世界，伫立着大量树冠圆润、枝繁叶茂、苍劲挺拔的胡杨树，初见时我们惊喜地以为进入美妙的公园，到收费处后才知道尚在大门外，这意味着里间别有洞天，还有更多惊喜等着我们呢！后来才得知，因为这个森林公园面积太大，达100多平方公里，官方无法统统圈占起来收费，所以，如果您不喜花钱进园观赏，在公园四周转转也收获无穷。

资料介绍，在巨大的森林公园里乘坐观光小火车，可"一跃绿草地、二窜红柳丛、三过芦苇荡、四跨恰阳河、五绕林中湖"，尽览大漠"江南秀色"。美丽的售票员却告诉我们森林小火车因为维修已经暂停营运，我说是不是因为现在客人少的缘故，售票员听罢一声不吭，这时的森林公园人可罗雀，小火车运行费用高，专门为我们这寥寥数人开出一趟火车就亏大了。

因为罗布人村寨的耽搁，我们来得迟了些，太阳拖着长长的影子急忙往西山坠落。开车进入公园后，我们观赏的策略是沿着中间的大路狂奔十几公里先来一番快速浏览，一直到尽头。看到茂密的芦苇、红柳丛时，我们决定往回开行到胡杨林深处，吩咐司机停车后，惊讶地漫步在密林里，惊讶地发现不计其数造型各异、神态不同的大小胡杨，它们或立，或卧，或直，或曲，绝无雷同。有的腰圆体壮、绿意葱葱，有的枝条细小、光秃诡异，有的生机勃勃形态可爱，有的苟延残喘但仍顽强挺立，有的经历千万年风雨侵蚀后早以各种姿态横卧在地；一棵被称作"胡杨之魂"的死胡杨竟然只剩下一张树皮，却奇异地斜立在天地之间。

管理处为方便游客们观赏胡杨，早已在道路两旁搭建了一条条曲径通幽的木栈道，害得与时间赛跑的我为了拍摄这些造型奇特的胡杨不断地在栈道上下左右快速奔走跳跃，累得大汗淋漓但充满着惊奇和动力。

✎ 知识锦囊

中国三大胡杨林区

内蒙古额济纳旗胡杨林保护区、新疆轮台县胡杨森林公园、新疆沙雅县胡杨林保护区。

这是一个独特的风景无限的胡杨林博物馆。温柔红润的夕阳好不容易穿透茂密的树林，增添了镜头里光和影的妩媚和层次感，让我拍到一些美好的照片，但又很无奈地发现太阳的光芒很快消逝在西山。美丽是短暂的，随之而来的是独自行走在这片晦暗死寂森林深处的恐惧感，同伴们早已被我远远地抛在后头，这时我才发现自己原来是胆小的……

太阳光线柔和的傍晚是"色友"们的最爱，可惜我们来得太迟，一定记得下午三四点钟为最合适的入园时间，拍摄效果好。"色友们"大可在距离较近的轮南镇住下，好好利用早上和傍晚这两个拍摄时间，也可漫步在长达13公里的小火车铁轨上寻找拍摄的灵感。还有，金秋10月是这里最美妙的季节，因为这时候的胡杨是金黄色的，天空是湛蓝的……

黑夜里又是一番亡命的赶路，我们再次穿越沙漠公路回到轮台县后，奔走在高速公路上一直向前，晚上11点多，终于赶到西域历史名城——库车，入住环境舒适的温州酒店。负责住宿的"泉州"说，全国连锁的温州酒店是有品质保证的，不用看房就可以直接拎包入住。看来他对"温商"是信任的，我们也信任精明细致又"活过来"的"泉州"。从西安走来已经有半个多月了，身材瘦小的"泉州"一路病快快的，还说是曾行走过新藏线的强驴呢，真有点不相信。今天终于见到他来精神了。

吃过一顿迟来的美好晚饭后，来一泡功夫茶吧！因为赶路，好几天没有闻到随身携带的铁观音的美好滋味了。

明天是伊斯兰教的开斋节，维吾尔族人的狂欢日，是痛苦地斋戒一个月后大快朵颐的美好日子，虽然穆斯林被禁止饮酒，但这年头的年轻人哪能忍受这古老的清规戒律呀？据称，这个维吾尔族人口占90%的城市里到时横行着满街的醉鬼。司机要求我们分外小心，晚上不得轻易出门。

一对维吾尔族年轻男女要求入住酒店，但好像没能符合入住条件，正躁动不安、腼腆扭捏地站立在柜台前接受服务员的问话……

第十三章

世界历史文化遗产——克孜尔千佛洞

时间 ◎ 7月29日

行程 ◎ 库车—拜城—库车，约400公里

沿途景观 ◎ 库车大峡谷、克孜尔千佛洞、克孜尔汉代烽燧、苏巴什佛寺遗址、赤砂山

　　库车，古称龟兹，公元前176年雅利安人建立古龟兹王国，为汉唐西域36国之一，范围包括现在库车、赛里木、拜城、阿克苏、新和、沙雅和轮台等地，11世纪初被西州回鹘攻灭，存在一千多年。据《汉书·西域传》记载："龟兹国有户六千九百七十，人口八万一千三百一十七，胜兵二万一千七十六人。"龟兹境内族群众多，有羌、塞、月氏、乌孙、匈奴、突厥、回纥和汉人，他们在漫漫历史长河中逐渐融合成龟兹人。当地的语言与焉耆、高昌一带的语言相近，俗称焉耆龟兹语。

　　龟兹，又是唐代安西都护所在地，丝绸之路"中道"（汉代为"北道"）的交通咽喉，西域地区的政治、经济、文化中心。

　　据考证，佛教于公元前2世纪传入龟兹，并成为古代西域地区的著名佛国和佛教小乘教派中心，龟兹还以苏巴什佛寺和克孜尔千佛洞这两大佛教圣地闻名古代西域。当年唐僧玄奘经过龟兹时就曾在苏巴什佛寺讲经说法两个月之久，并在《大唐西域记》里描述了佛国龟兹的盛况："大城西门外左右各有高九十余尺立佛像……每岁秋分数十日间，举国僧徒皆来会集，上至君王，下至士庶，捐废俗务，奉持斋戒，受经听法，渴日忘疲……"

　　今天的库车和当年龟兹国的范围已经有很大不同了，属于阿克苏地区县级行政单位，但作为历史文化名城的它依然魅力无限，被评选为"中国最具特色魅力旅游百强名县"。当地旅游名胜有：库车大峡谷、苏巴什佛寺、克孜尔汉代烽燧、赤砂山、天山大龙池、库车王府，等等，其中苏巴什佛寺为新疆地区现存规模最大的佛教遗址，2014年6月，它与克孜尔汉代烽燧一起入选《世界自然文化遗产名录》。距离库车县城仅67公里的拜城县古龟兹国克孜尔千佛洞被誉为"中国第二敦煌"，有关专家甚至预测，用不了多久，它将比享誉世界的敦煌莫高窟更出名。当然，到那时这些景区的门票肯定要飞涨啦。一路走来，我们幸运地躲过很多景点高昂门票的"洗劫"（西安和敦煌除外），我想原因有二：旅游旺季前来的游客较少，没打算上调门票价格；许多景点上个月刚入选《世界自然文化遗产名录》，旅游设施正在升级中，来不及提价。后来者们，要提早有思想准备哟！

　　如此美妙之地，值得人们前来好好沉醉一番吧，只是因为时间太紧，每个人

/ 知识锦囊

龟兹乐舞的故乡

　　库车，是名闻古代世界的龟兹乐舞的故乡。龟兹乐舞秉承龟兹文化中西合璧的深厚底蕴，把这种具多元特征和杂交优势的文化推到了至臻至美的境界，人称龟兹乐舞为"天宫飞来的歌舞"。龟兹乐自吕光东归时传至凉州后带到中原，推动重建中国古典雅乐，开创了中国音乐史上的新纪元。繁荣的唐代是龟兹音乐最辉煌时期；继而向东辐射至日本、朝鲜、越南、缅甸等国，向西传至东欧。克孜尔千佛洞《天宫伎乐图》巨幅壁画中充分反映了龟兹乐舞"回裾转袖若飞雪，左旋右旋生旋风，一曲似从天上来"的艺术魅力。唐代著名音乐家苏蒂婆为龟兹人，他创作的著名音乐《琵琶曲》被御定为唐朝宫廷宴乐。

的需求不同，我们被迫做"选择题"决定今天的行程：库车大峡谷—克孜尔千佛洞—苏巴什佛寺遗址—克孜尔汉代烽燧。

早上8点钟我们准时出发，赶赴距离县城139公里的库车大峡谷国家地质公园。沿途公路两旁群山环绕，怪石林立，山体五颜六色、千姿百态，好一幅奇丽的地质景观！难道这就是传说中的库车胜景赤砂山吗？当然，最令人叹为观止的还是要数库车大峡谷国家地质公园了。

神秘的库车大峡谷呈东西走向，纵深约5000米，整个巨大的山体群由泥质砂岩构成，呈红褐色，峰峦奇特，形象万千，直插云天，在阳光照射下，又如一簇簇燃烧的火焰，尤以谷口的三座通体红色山体（乃头山、丽人山、佛面山）为最。我们顺着一条羊肠小道"钻入"峡谷内，深谷之中的幽深小径每每峰回路转，时宽时窄，有些地方仅容一人侧身通过，其实我们是在山肚子里穿行的，大自然的鬼斧神工经过千万年的地质运动和洪水冲刷后，硬生生地在山腹里开拓出这样一条狭长通道。站在谷底仰视头顶上直立、崴嵬的红色高山，才体会到它的雄奇、险峻，只觉得陡峭的峰峦似乎随时随刻都会压下来，顿时有一种窒息和眩晕感。玩转在峡谷里，又为它的幽深、宁静和神秘所吸引，峡谷内曲径通幽，别有洞天，沟中有沟，谷中有谷。踏着细沙，蹚过小溪，任凭涓涓细流漫过脚面，顿感清凉舒爽，深谷外的酷热一扫而空。忽而一阵"穿堂风"吹来，竟有丝丝寒意。

峡谷里钻行约1500米，山崖上有一胜景——"阿艾石窟"，始建于盛唐初期，石窟深不足5米，约一人高，洞顶呈拱形，窟内三面皆有残存的壁画，壁画上竟然罕见地发现有汉字，充分显示了中原文化风格，在古西域地区至今已发现的

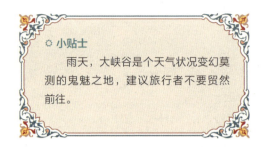

❀ 小贴士

　　雨天，大峡谷是个天气状况变幻莫测的鬼魅之地，建议旅行者不要贸然前往。

300多座佛教石窟中仅存此处。据称，窟内佛像壁画仍保留着构图细密、色彩绚丽、形象逼真、端庄华贵的特色，其绘图艺术可与同时代的敦煌石窟壁画相媲美。企图沿石阶向上探索一番，半山腰设立的铁栅栏紧锁，又不见岩下小屋里售票员的身影，估计溜回家"开斋"狂欢去了！只得继续前行，不久又惊奇地发现一块坍塌下来的巨大岩石上竟然斜立着一尊完整无缺的菩萨雕像。1000年前已经开始伊斯兰化的南疆地区，佛教寺庙早被捣毁灭绝，剩下的都是残壁断垣，这里的壁画、雕像因为深藏人迹罕至的峡谷绝壁之上，才得以保存至今。

　　峡谷里行走不到4公里，只见一块从高耸的山崖上滚落下来重达数百吨的岩石完全封闭了去路，只得悻悻地原路返回。整个山体群为松软的红色泥质砂岩，大雨天行走在这个大峡谷深处危险系数极高，肯定不时有大小石块从天而降，运气不好，会有灭顶之灾。

　　阳光明媚时刻，大峡谷恍若身穿一袭红色霓裳的天使，多姿多彩，招人喜爱；大雨来临时刻，会突然变成可怕的厉鬼，以雷霆万钧之势瞬间吞没谷内生灵。原来，天使和魔鬼同时附体于大峡谷内。我们运气很好，这时正阳光灿烂……

　　峡谷内奇峰怪石林立，造型各异，线条优美，形态逼真，有神犬守谷、通天洞、旋天古堡、玉女泉、天王托塔、长鼻将军镇谷门、企鹅观谷等景观40多处，游人一路走来，往往禁不住停下脚步，流连忘返于绚丽的风景里，或惊叹于大自然的神奇，或举起手里的镜头构思美丽的画面，或寻一低矮的山体尝试着往上攀爬。这不，喜爱摄影的浪子和"沐"一路拍摄过来，正禁不住内心的冲动，尝试着往悬崖上攀登呢。

　　库车大峡谷国家地质公园不愧为库车乃至新疆地区最经典的自然景观之一，其独特的地质地貌与甘肃省张掖的丹霞地貌相比较，各具特色，但都以极致壮丽的景观深深打动前来的旅人。

　　玩转在大峡谷里，除了能感受到大自然鬼斧神工的极致之美，又深深地体会到佛教文化在这里的落寞和无奈。

　　听说，官方还准备申请世界自然文化遗产，不久的将来肯定又要大幅涨价了。后来者们，前来时别忘多备些银两！

　　大峡谷还有藏宝洞的传说。据称，成吉思汗挥师西征时，古龟兹王和贵族们携带大量财宝藏入谷内两个秘密的山洞里。20世纪60年代曾有弟兄两人进谷寻宝，发现其中一处宝藏，并取走财宝远走他乡。闻讯，不断有人进谷寻宝，但一直没能找到第二个藏宝洞。以教学历史为业的老山羊觉得稀奇，古龟兹王国早在11世纪初就被回鹘人（维吾尔族祖先）灭了，而成吉思汗的西征却发生在200多年后的13世纪呀，这故事分明是坑人的杜撰！兄弟俩发现财宝又适逢中国"文化大革命"时期，即使能意外发现财宝，又能远走哪乡呢？我想，有人杜撰的目的是为大峡谷蒙上一层神秘色彩，刺激世人的好奇和贪欲，以使其源源不断地前来交门票钱吧。

　　从库车大峡谷出来，已是下午2时了，我们选择在路旁的一家川菜馆里吃午饭。走进餐馆，最醒目的是靠墙一张餐桌上整齐地排放着一堆喝空的啤酒瓶，远远地瞄了几眼后，预估有近20个，三个维吾尔族人还正吆喝着豪饮，大有不把店老板的啤酒喝光不罢休的架势，太厉害了，大中午就放开肚皮喝酒呀！这时，我才想起今天是伊斯兰教的开斋节，一年中最热闹的狂欢节。看来司机所言不虚，我们得分外小心，千万不要招惹到这些醉汉，否则麻烦不断。

　　我们的下一站，是坐落在拜城县木扎特河谷北岸、明屋塔格山南面崖壁上的古龟兹王国著名的克孜尔千佛洞。来新疆旅行，观赏人文古迹怎能不来克孜尔千

> **知识锦囊**
>
> ### 克孜尔千佛洞
>
> 　　克孜尔千佛洞是中国大地上开凿最早的石窟，从公元3世纪开始，到公元9世纪结束，先后持续长达五六百年之久。作为龟兹石窟的代表，克孜尔石窟开中国西北石窟艺术之先河。龟兹在西域各国中最早派僧人前往中原传播佛教。随着佛教的流行，龟兹佛教艺术也随之传入中原西北地区，为中原西北地区佛教石窟的开凿提供了模板。而且龟兹艺术本身在一定程度上改变了中原西北地区古代艺术发展方向，使之由世俗艺术逐步走上宗教艺术的道路。魏晋南北朝时，中原各个地区开始出现许多佛教石窟。

佛洞看看，这又是一个令人无法释怀的地方。

在中国西部尤其是新疆地区，有三种文化遗存具有鲜明的地域特征，它们分别是古城遗址、石窟和墓葬。其中石窟作为佛教艺术的综合体，集建筑、壁画和雕塑为一体。公元前2世纪前后，佛教先从印度传入南疆地区，形成"西域佛教"后，再传入中原。龟兹重要的地理位置决定它成为"西域佛教"的一个中心，也成为佛教传入中原的重要桥梁，石窟则是佛教艺术的重要形式，通过建筑和壁画来宣传佛教教义，因而造就了古龟兹的克孜尔千佛洞，造就了这座中国历史也是古丝绸之路上最早开凿的大型石窟群。据导游介绍，克孜尔千佛洞始建于公元3世纪，前后营造有五六百年之久，比敦煌莫高窟还早开凿170年。克孜尔千佛洞目前有编号的洞窟达236个，其中第167号洞窟的窟顶共有七层，被学术界誉为七层复斗顶，这是中国独一无二的洞窟。

鸠摩罗什铜像就矗立在克孜尔千佛洞前，这里是鸠摩罗什长期讲经说法的地方，唐僧玄奘取经路上也曾来此参拜过。举头仰望，只见灰褐色的明屋塔格山高高的悬崖上洞窟层层叠叠、参差错落。克孜尔石窟分两部分：一种为僧房；另一种为佛殿，是供佛徒礼拜和讲经说法的地方。佛殿又可分为窟室高大、窟门洞开、正壁塑立佛的大佛窟和主室为长方形、内设塔柱的中心柱窟，还有部分是窟室较为规则的方形窟。

最能体现克孜尔石窟建筑特色的是中心柱式石窟，它分为主室和后室。石窟主室正壁为主尊释迦佛，两侧壁和窟顶则绘有释迦牟尼的事迹，如"本生故事"等。游人参观主室后，须按顺时针方向进入后室，观看佛的"涅槃"像，然后再回到主室，抬头正好可以看到石窟入口上方的弥勒说法图。

克孜尔石窟群现存壁画约10000平方米，壁画的内容广泛，不仅有大量表现佛家"本生故事""佛传故事""因缘故事"画面，还有不少古代民俗和生产生活场景。有关专家称，这是仅次于敦煌壁画的艺术宝库，堪称"第二敦煌"。

克孜尔石窟壁画最令人印象深刻的是它的菱格构图。每个菱格中画有不同的宣扬佛教教义的故事，其中反映佛教经典的本生故事画为克孜尔千佛洞的精华，它不仅艺术水平高，独树一帜，而且数量也最多，比敦煌、龙门、云岗3处石窟的总和还要多出一倍，在全世界实属罕见。

克孜尔石窟壁画另外一大特色，是其风格独特的"湿画法"。这种技法不需

前期涂白，直接在泥壁上作画，并采用多种绘画颜料，着色方法不但有平涂的烘染，而且有水分在底壁上的晕散。这种绘画风格也称"凹凸画法"，是古龟兹人绘画艺术的创新。

克孜尔石窟佛法故事众多，据称第17号洞窟为"故事画之冠"：一峰满载货物的骆驼，昂首而立，注视远方。驼前两个脚夫头戴尖顶小帽，脚蹬深腰皮靴，身穿对襟无领长衫，满脸须髯面向前方，正兴奋地振臂欢呼。原来在脚夫前面还有一人，只见这人两眼微闭，神态自若，高举着正在熊熊燃烧的双手，指明了骆驼商队前进的方向，这就是所谓"萨薄白毡缚臂，苏油灌之，点燃引路"的佛教本生故事。撇开它的宗教色彩，也不难看出当年的丝绸之路上，骆驼商队与佛教僧徒的密切关系，出门远行的商人需要僧侣为他们祈求平安，提供精神抚慰；僧侣们也需要商队的物质帮助，还往往与庞大的骆驼商队结伴而行，或西行印度求法，或东去长安洛阳传经。

第38号石窟，被称为音乐窟，壁画描绘了龟兹乐队演奏的场景，左右两壁上，有20名乐师，每人奏着一件乐器，从手势和乐器的音位看，居然都停止在一个节拍上……从这些壁画上可以想象当时位于丝绸之路上龟兹古国的繁荣景象。

据专家研究，克孜尔千佛洞壁画不仅深受古印度佛教文化艺术的影响，也受到古希腊艺术的熏陶，其典型表现为龟兹壁画里的裸体和半裸体画，其中壁画中的新婚性爱图表明裸体是当时女子的一种风尚。此外，壁画还说明古代西域盛行过看少女跳裸舞的风俗。

因为克孜尔石窟是中国最早的大型石窟群，所以专家称克孜尔千佛洞是深入研究敦煌壁画的钥匙，甚至有人认为克孜尔壁画为敦煌壁画的源头呢！

克孜尔石窟在漫漫历史长河中经历的磨难丝毫不少于敦煌莫高窟。11世纪在南疆地区出现的宗教战争和伊斯兰灭佛运动，对克孜尔石窟都是沉重的打击，许多浸透着古龟兹人心血的雕塑和壁画遭到人为破坏：佛龛里释迦佛塑

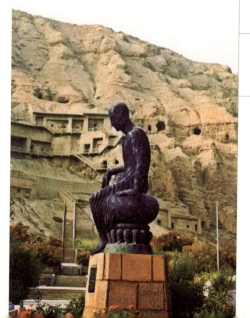

像被毁坏，壁画上所有佛像左半边袈裟均被贪婪者剥走（因为是金箔制成的）。

19世纪末20世纪初，克孜尔石窟又迎来一场新劫难，接踵而至的西方探险队从克孜尔石窟劫掠走大量精美壁画，其中德国人勒柯克盗得壁画、塑像和其他艺术品，以及手抄或印刷的汉文、梵文、突厥文、吐火罗文文书达上百箱。勒柯克因窃取克孜尔石窟大量文物成为腰缠万贯的富翁后还恬不知耻地宣称，他的考古队里有一个叫巴图斯的人，"充分懂得怎样把一幅幅壁画整个锯下来，并懂得怎样进行包装，使之能无损地运回柏林"。闻讯，斯坦因等人也前来盗走大量壁画。

洋盗贼们疯狂的窃掠，破坏了克孜尔千佛洞壁画的整体美，留下许多难以弥补的遗憾，整壁整壁的绘画被揭走后，至今石窟里还留下斑斑斧痕。一位西方学者感叹：这里的每一幅壁画都是无价之宝，在这里即使随便捡块瓦片，都比美国的历史长！

在许多西方国家的博物馆、艺术馆，特别是德国柏林的古印度艺术博物馆里，陈列着大量克孜尔石窟壁画。

当然，除了人为的破坏和洗劫外，克孜尔壁画遭到破坏的原因还有很多，比如松软的砂岩结构、风化、雨蚀、洪水冲刷、地震，等等。我们沿路经常看到大面积龇牙咧嘴、形态怪异的雅丹地貌就是这一地区风化严重的最好证明。所幸改革开放后，政府开始保护和修复，使我们有机会一睹石窟容颜。

今天，景区内还存活有三棵古老的桑树，每棵树高约6米，直径约1.2米，树龄1400年，仍枝繁叶茂。这些种植于唐朝初年的桑树不仅见证了西域丝绸业的发展，见证了中原文化在这里的传承，也见证了古龟兹文化的盛与衰，当然还肯定认得当年那些切割壁画和盗走塑像的强盗们的形容。

不为世人熟知的克孜尔石窟（千佛洞）居然有如此崇高的文化艺术地位，也

知识锦囊

笔者认为，西方国家的博物馆把中国的克孜尔石窟壁画归类到古印度艺术范畴的原因有三：

一、古龟兹王国为来自古印度的雅利安人建立；

二、雅利安人是古龟兹艺术最早的缔造者；

三、作为龟兹艺术典范的克孜尔石窟早期壁画深刻地受到古印度艺术的影响。

经历如此多的苦难，值得后人前来瞻仰一番吧。

苏巴什佛寺遗址，是我们今天计划的下一站。

苏巴什佛寺遗址，又叫昭怙厘寺遗址，位于库车河（铜厂河）两岸，依山傍水，面积约2平方公里，是新疆地区迄今发现的最大佛寺遗址。苏巴什佛寺遗址又分东、西两寺，东寺有佛殿、佛塔、佛像；西寺的佛殿规模宏大，佛殿外有一座方形土夯佛塔，塔基层呈方形，塔身分为三级构造，上部呈柱状圆体，残高约8米，周围分布着僧房、禅房等庞大的佛教建筑群，依稀可见当年佛教兴盛时的奢华和热闹，北面有17个禅窟，造型奇特，禅窟内残存部分壁画和石刻古龟兹文字题记。遗址还先后出土了唐代钱币、波斯银币及绘有乐舞形象的舍利盒等珍贵文物。

苏巴什佛寺始建于魏晋时期，隋唐时达到空前的繁盛，僧侣曾多达万人，香火旺盛。唐玄奘路经此地，亦驻留两个多月讲经弘法。并在《大唐西域记·屈支》写道："荒城北四十余里，接山阿隔一河水，有二伽蓝，同名昭怙厘，而东西相称。佛像庄饰，殆越人工。僧徒清肃，诚为勤励。东昭怙厘佛堂中有玉石，面广二尺余，色带黄白，状如海蛤。其上有佛足履迹，长尺有八寸，广余六寸矣。或有斋日，照烛光明……"这是玄奘西去印度取经路过这里时龟兹佛教兴盛时期的写照。公元658年，唐朝在西域的统治机构"安西都护府"移设龟兹后，这里佛事更盛，香火不绝，直至9世纪被战火摧毁。11世纪后，伊斯兰教在南疆势力日渐强大，苏巴什佛寺被彻底废弃。

19世纪末20世纪初，广袤的新疆成了西方冒险家的乐园，洋盗接踵而来，苏巴什佛寺遗址又遭劫难。1903年，日本盗贼大谷光瑞在西寺发掘出一木制舍利盒，盒盖上绘有四身奏乐裸体童子，盒身上绘有一幅形象生动的乐舞图，现藏

于日本东京国立博物馆；1906年，法国盗贼伯希和在此发掘盗走7个精美的舍利盒子等珍贵文物……

关于苏巴什佛寺的故事还有很多，最神秘的莫过于"女儿国"的传说，据称，苏巴什是古代著名的女儿国，由于河水水质原因，当地人多生女少生男。苏巴什近旁的库车河应该就是《西游记》里猪八戒喝了河水怀孕的那条神秘河吧。只可惜，面对风情万种的美丽女王，可恨的唐僧竟无动于衷，唐突佳人！

传说古龟兹人以额头平坦为美，贵族家庭一般都会把女孩的额头从小开始枷扁，使之不能凸起，有点类似于古代汉族富裕家庭女子裹小脚，以"三寸金莲"为美的习俗。唐僧玄奘竟也在《大唐西域记》写道："屈支……其俗生子于以木押头，欲其匾䫉也……"这种变态的审美观让人觉得不可思议，怀疑它的真实性。直到1998年从苏巴什佛寺塔基下出土一具女干尸，从干尸的头骨面部和后脑呈扁平状看，唐僧玄奘所载不虚。

苏巴什佛寺遗址和克孜尔千佛洞一样，都属于新疆标志性的人文景观，值得人们前来凭吊一番。但因为不识路，最终我们错过了这座新疆最大的佛教遗址。苏巴什佛寺遗址本来位于库车城北仅29公里，但GPS导航却错误地告诉我们，它坐落在距离县城以东100公里外的地方，年轻的伙伴们对佛教寺庙又不感兴趣，为了照顾整个团队情绪，我只得放弃。回家后查询资料才得知，这座佛寺遗址其实就在我们从库车前往大峡谷的半路上，这是备课不足的严重后果呀！自称通晓南疆旅游景点的闫师傅竟然连如此著名景点都不知道，严重失职呀！害得我们这些迷途的菜鸟们一边不断地尝试用高德地图寻找线路，一边沿途打探问路，浪费大量时间。

那就去附近著名的克孜尔汉代烽燧转转吧。又是因为不识路，我们不断地穿

维吾尔族村庄，过陌生小巷，蹚水洼，钻涵洞，甚至一度可笑地窜上高速公路，终于在太阳快要落山前找到这座造型奇特的双塔烽燧。

始建于汉代的克孜尔烽燧矗立在库车县郊的库车河畔，以奇特的连体双塔造型成为古丝绸之路"北道"的地标。它是目前所知存在时间最久、保存最完好的烽燧遗址。就在不久前，克孜尔烽燧被联合国载入《世界文化遗产名录》。

据资料介绍，古朴的克孜尔烽燧高15米，东西底边长6米，南北宽4.5米，呈底宽上窄的方柱形，土夯木骨结构，烽燧顶上有瞭望楼，楼上还存有木栅残迹。绕着护栏转上几圈，不由得寻思，古人是如何攀上如此整体致密、高大直立双塔的？又是如何点火放烟的？

烽燧建筑在高台上，视野十分开阔。环顾四周，满眼的是苍茫大地、绵延高山和深深峡谷。克孜尔尕哈千佛洞就在河谷的对面，高台下正在修路，不久的将来，会有一条笔直的公路直通对面的景点。

瞻仰过"人文大腕"——克孜尔千佛洞后，对面知名度不高的克孜尔尕哈千佛洞我们就不去了。今天也累了，还是回酒店好好休息吧，晚上找个地方好好地啃上几串原汁原味的炭烤羊肉犒劳犒劳自己吧，再来几瓶乌苏啤酒解解馋。自命为品评啤酒"伪专家"的老山羊告诉大家，新疆乌苏啤酒口感真的不错，虽然没有德国原装啤酒的厚重和高酒精度，但它的麦香味浓郁，口感很鲜很爽。闫师傅骄傲地告诉我们，因为新疆是出产啤酒花的地方！

夜里，尖锐刺耳的警笛声不时传来，司机告诉我们肯定又是酒鬼们喝高了在哪里闹事儿，并警告我们好好在酒店里待着，不许出门！

▌知识锦囊

龟兹王和解忧公主长女弟史的爱情故事

汉代，远嫁乌孙王的细君公主曾写下恸人心肺的诗句"吾家嫁我兮天一方，远托异国兮乌孙王。穹庐为帐兮旃为墙，以肉为食兮酪为浆。居常土思兮心内伤，愿为黄鹄兮归故乡"，写出命运弄人的无奈和对家乡的无限思念，不久在乡愁中去世。

为笼络乌孙王，汉武帝再把王室女解忧公主嫁到乌孙国。解忧公主安天乐命，育有4男2女，并悉心教授中原文化。长女名弟史，深受汉文化熏陶，奉母命取道龟兹前往长安，途中与龟兹王相遇后惺惺相惜并结为夫妻。仰慕汉文化的龟兹王还数度和弟史一道访问长安，归国后尽力模仿汉朝的制度、礼仪和服饰等。

第十四章

不逝的灵魂——沙漠死胡杨

时间 ⚙ 7月30日

行程 ⚙ 库车—沙雅—阿拉尔市—阿克苏，共360公里

沿途景观 ⚙ 塔里木河、和阿沙漠公路、沙漠死胡杨、多浪湖、阿拉尔市区

　　今天的行程，不打算走国道314线直奔阿克苏，而是绕国道217线南下沙雅县，行进在中国第二条穿越塔克拉玛干沙漠的公路上，经沙漠绿洲阿拉尔市往阿克苏市，因为司机告诉我们，沙漠腹地有一大片比轮台胡杨林更让人心动的沙漠死胡杨。

　　沙雅，古籍里经常提到这个名字，它是古丝绸之路的重要通道，也是塔里木河中上游的重要渡口。1899年瑞典人斯文·赫定经沙雅渡口，沿途探索塔里木河历史文化和水文特征，一直深入到下游的罗布泊，成为古今中外第一位全面探索塔里木河的著名探险家。

据资料介绍，古代沙雅是中原汉文化、印度佛教文化、波斯阿拉伯文化、希腊罗马文化的交汇地之一，今天的沙雅是一个以维吾尔族为主体的多民族聚居县，隶属阿克苏地区。因塔里木河自西向东横贯全县，把沙雅分为沙漠、塔里木河谷平原、渭干河冲积扇平原三大部分，沙漠位于南部，面积约26000平方公里，约占全县总面积的80%，北部为渭干河冲积扇下游平原区，是沙雅县农业及人口聚居地。

据统计，全世界的胡杨90%在中国，中国的胡杨90%在新疆，新疆的胡杨90%在塔里木盆地的塔克拉玛干大沙漠四周。沙雅县最出名的可能就是胡杨林了，因为在县城以南35公里外的塔里木河两岸保存着全疆乃至全世界最大的胡杨林区，面积达200余万亩，并因此于2008年获得"世界最大面积的原生胡杨林"的吉尼斯世界纪录，沙雅县被誉为"中国塔里木胡杨之乡"。

胡杨，维语意为"最美丽的树"，是新疆古老的珍奇树种之一，也是生长在沙漠中唯一的乔木树种和荒漠地区特有的珍贵森林资源，由于胡杨具有惊人的抗干旱、御风沙、耐盐碱能力，能顽强地生存繁衍于沙漠之中，因而被人们赞誉为"活着千年不死，死了千年不倒，倒了千年不朽"的"沙漠英雄树"。

感受过轮台县国家森林公园规模巨大、长相独特的胡杨林之后，今天我们又欣赏到更为宏大的胡杨林群。伫立在大桥上，满眼郁郁葱葱的碧水绿树，近处是开阔的塔里木河和静默东去的水流，这哪像中国最干旱的塔里木盆地？分明是一派江南水乡气息；远处是农田、绿地、红柳和望不到尽头的胡杨林，这里是世界上胡杨林面积最大的地方！在塔克拉玛干，有水就有生命的萌芽和延续，胡杨的种子便会追逐着泥沙和水流到处生根发芽，并扎根沙土，茁壮成长，成树成林。

沙雅值得您驻足停留，特别是金秋时节，日暮时刻的塔里木河畔，这片世界上最大的金黄色胡杨林必定会和这碧水蓝天，还有火红的夕阳镌刻出一幅幅极其绚丽的图画，留下难以忘怀的记忆。

告别塔里木河，沿着通往和田市的中国第二条沙漠公路继续南行，我们逐渐进入到大漠腹地，公路两旁的植被越来越稀少，越来越枯萎。半个小时后，公路两旁稀稀落落散布的死胡杨吸引了我们的注意，熟悉南疆的司机告诉我们这里的

胡杨

　　胡杨的首要作用在于防风固沙，创造适宜的绿洲气候和形成肥沃的土壤，千百年来，胡杨毅然守护在边关大漠，守望着风沙，被人们誉为"沙漠守护神"。胡杨对于稳定荒漠河流地带的生态平衡，防风固沙，调节绿洲气候和形成肥沃的森林土壤，具有十分重要的作用，是荒漠地区农牧业发展的天然屏障。

　　因为胡杨的细胞透水性特别强，它的主根、侧根、躯干、树皮到叶片都能吸收很多的盐分，并能通过茎叶的泌腺排泄盐分。当体内盐分积累过多时，胡杨便能从树干的结疤和裂口处将多余的盐分自动排泄出去，形成白色或淡黄色的块状结晶，俗称"胡杨泪"或"胡杨碱"。"胡杨碱"是一种质量很高的生物碱，在新疆南部和内蒙古西部胡杨生长旺盛的地方，产量大、采收易，成为当地农民的一项重要副业收入。因为胡杨碱的主要成分是小苏打，纯度高达57%～71%，当地居民用来发面蒸馒头。据统计，一棵成年大树每年能排出数十千克的盐碱，胡杨堪称"拔盐改土"的"土壤改良功臣"。

　　胡杨一般依靠母林的种子繁殖、成年树根的根蘖繁殖这两种方式。

　　西汉时期，位于塔里木河下游罗布泊西北岸的楼兰古国森林茂密，胡杨林覆盖率高达40%以上，为人们世代栖息的美好家园。到清代，仍然"胡桐（即胡杨）遍野，而成深林"。但从20世纪50年代中期至70年代中期，由于人类不合理的社会经济活动和大量人口的增加，上游来水剧减，塔里木盆地胡杨林面积由52万公顷锐减至35万公顷，特别是塔里木河下游的胡杨林更是锐减了70%。胡杨及其林下植物的消亡，致使塔里木河中下游成为新疆沙尘暴两大策源区之一。

死胡杨最动人，也是许多摄影师最喜前来拍摄的地方。为什么这里存有这么多死胡杨？察看新疆河流分布图发现，这里曾经是塔里木河支流和田河水浸润过的地方，但因后来和田河在这里断流，失去水源的胡杨已经大批死亡或正在苟延残喘。据资料介绍，地下水位不低于4米，胡杨还能生活得很自在；地下水位跌落到6～9米后，胡杨就萎靡不振了；地下水位再低下去，胡杨便会口渴而死。

　　这是一个令人无限惊奇和心惊胆战的死胡杨林墓地，横七竖八地躺着或斜立着许许多多造型各异，神态不同的死胡杨，让人立即回想到电影《指环王》里怒气勃发的树怪们；这里又如刚经历一场惊心动魄杀戮的战场，这些死胡杨如散落一地的武器和横七竖八地躺着的凌乱尸首，一副荒凉、悲壮和惶恐的场面。我和浪子踏在松软的沙地上不断寻找和拍摄造型奇特的死胡杨，不知不觉地踏入到大漠深处，蓦然回首时才发现我们已经远离公路，其他同伴们早已不见影踪，骇得我们赶忙寻找刚刚走过的足迹往回赶。深入大漠腹地，一旦失去了方向感，意味

新丝路之旅
重走玄奘西游路

着迷途和死亡！幸得我们离开沙漠公路不到1公里的距离，还有一些拍摄过的造型奇特的死胡杨和走过的足迹帮我们辨别方向。

意犹未尽！继续前行不久，又发现公路右边散布着不少长相奇特的死胡杨，招呼司机停车后，"操家伙"直扑沙漠深处。这里的死胡杨年代更久远，体形更大，造型更美，害得我拍完一棵棵奇异的死胡杨后，又兴奋地抛下同伴翻过下一个小沙丘往沙漠深处搜寻新的目标，不停地按动快门。踩踏在松软的沙丘上感觉无力，索性脱下凉鞋扔在沙地上光脚往前探寻，在大漠深处搜寻拍摄许久，回头才发现同伴早不见踪影时，忙连滚带爬地光脚往回走。同伴呢？凉鞋呢？公路呢？……这时远远听到同伴们寻找的呼喊声……

这个地球上，最动人、最奇特、最美妙的沙漠胡杨或许就在我眼前，它让人想象无穷，无限回味，或许整个南疆行最动人的自然景观就收藏于此吧。只是，这时灰蒙蒙的天空影响到摄影者对极致画面的追求，留下些许缺憾。

佛说，本来就是一个婆娑的世界，婆娑代表遗憾，没有遗憾，给你再多幸福也不会体会快乐！所以，我必须是幸福的，知足的！

兴高采烈地从沙漠里钻出来，拍去身上的沙尘，今天的收获太大了。一头小虫不知何时爬到相机屏幕上，并悄悄地向我的手上爬来，司机看见急忙喊叫赶走，并告诉大家，这种昆虫名叫"草鳖子"，沙漠中的一种动物，似蜘蛛，十几条细细的腿为浅黄色，据说专吸人和动物身上的血，也吸食沙漠中草根的汁为生，生存能力极强。

继续前行，我们逐渐深入到沙漠的腹地，胡杨渐逝，唯剩满眼的黄沙和灰蒙蒙的天空。

塔克拉玛干沙漠，维语意为"进去出不来的地方"，又称"死亡之海"，位于南疆塔里木盆地中心，整个沙漠东西长约1000公里，南北宽约400公里，总面积337600平方公里，仅次于非洲撒哈拉大沙漠，是世界第二大流动沙漠，也被评为中国最美的沙漠。

曾经"有去无回"的凶险之地，100年前几

129

乎让瑞典人斯文·赫定、英国人斯坦因付出生命的代价，如今因为发现储量极为丰富的油气资源，中石油公司已经修建起两条穿越塔克拉玛干沙漠腹地的公路，其中一条就是我们现在脚下直达和田市的国道217线。

如今穿越塔克拉玛干沙漠已经成为轻而易举之事。

来到南疆旅行，乘车穿越世界第二大沙漠会是一次颇具纪念意义的全新体验。当然，有些强驴或许会选择徒步沿公路穿越的旅行方式，但沙漠公路的距离长达500多公里，须备足沉重的饮用水。

据资料介绍，塔克拉玛干腹地海拔1413米的红白山（乔喀塔格山）是眺望大漠壮丽景观的最佳位置，可以深深体会到苍茫天穹下塔克拉玛干的无边无际和一种震慑人心的奇异力量；伫立在红白山雄姿犹存的唐代古堡上观赏干涸的和田河两岸的胡杨秋色又是一大收获。"……胡杨在阳光下泛着浓厚的金黄，如宽大的金色丝带缠绕着大地，从天际延伸过来，又蜿蜒消逝到天的另一尽头……"

看似凶险无比的塔克拉玛干还有过辉煌的历史文化，深藏着大量秘密。古丝绸之路"南道"和"中道"就分别途经大漠南北两端，这里曾有过许多繁华的城市和王国，于阗、精绝、弥国、龟兹、货国都曾是古代西域三十六国之一，但都被历史和风沙掩埋在大漠深处，令后人充满无限遐想。19世纪末20世纪初吸引无数国外探险家，塔克拉玛干成为他们发掘财富、成就功名的乐园。

走在丝路上环南疆旅行，本身就是一次极致浓郁的自然和人文之旅，只有了解古丝绸之路文化和密切相关的西域古国历史，以及千百年来塔克拉玛干自然环境的变迁，您的旅行才会充满惊奇和乐趣。否则，除了满眼的苍茫大漠，剩下的

只有内心的苍白和无趣。

下午1点半左右，我们驶离沙漠公路，沿国道207线往西北去阿拉尔市。阿拉尔，维语"绿色岛屿"之意，原是一片人迹罕至的万古荒原。20世纪60年代初，王震将军提出"北有石河子，南有阿拉尔，两颗明珠交相辉映"的兵团城市建设战略构想，计划把阿拉尔打造成南疆重镇，并遣新疆生产建设兵团农一师进驻阿拉尔屯垦戍边。经广大军垦战士披荆斩棘的艰苦创业，开垦出良田120余万亩，兴建起10个农牧团场，被誉为"塞外江南"，创造了人进沙退、人造绿洲的旷世奇迹。据资料介绍，今天的阿拉尔市由新疆维吾尔自治区和新疆生产建设兵团双重直辖，实行师市合一管理体制。

1个小时后，终于抵达阿拉尔市郊区。在路旁的一家小店吃完午饭后，我们决定不进市区，继续赶往阿克苏。不久，经过多浪湖畔，只见平静如镜的碧水上，几只白鹤在水面上优雅地游荡追逐着，又一幅美妙动人的江南水乡风景画。

"山羊"感叹南疆的荒凉和落后，却遭到了充满家乡自豪感的司机闫师傅的愤怒和数落。闫师傅激动地告诉我们：新疆是中国最早实现"四个现代化"的地区，特别是农业机械化和集约化，成为中国最重要的粮棉生产基地之一，新疆70%的粮食和大量的棉花、牛羊肉输往内地，极大地改善和丰富内地人民的生活。新疆经济发展中，建设兵团居功至伟，也为国家经济建设做出重大贡献。正是建设兵团的艰苦创业，原来遍地黄沙的戈壁和荒漠化为一个个"塞北好江南"。

新疆地区的汉族连丧葬方式也走在全国最前列。听闫师傅介绍，新疆虽然地广人稀，但此地仍以节约土地资源为要务，建设兵团采取多种方式鼓励丧葬火化，并规定亲属火化的家庭可以得到22个月的工资补贴，拒绝火化取消一切补

贴，从经济上鼓励实行现代丧葬方式。相比之下，我们沿海的一些人口稠密、土地资源极其匮乏地区竟然大量侵占耕地并顽固地坚持早已落后于时代的土葬制度，令人汗颜。或许有些人回应说是对历史传统的尊重，但他们是否记得中国人尚有勤俭节约的传统？在这个人口基数庞大的国度，节约土地资源应该也是传统的一部分吧，否则我们的子孙后代依靠什么为食？

突然想起一句佛禅："凡人畏果，菩萨畏因……"中国的史书可谓"汗牛充栋"，按理说中国人应该最具"以史为鉴"的意识，但为什么中国历史上的惨剧经常会一次次重演呢……

傍晚7点左右我们终于赶到阿克苏市中心，这时距离天黑尚有4个多小时，我们本有机会到英雄城市阿拉尔逛逛，感受那座自万古荒原上拔地而起的现代化城市的风貌，感受先辈们创业的艰辛……

夜宿市中心一家质高价廉的酒店，应该是今年游客稀少的缘故吧，本应旅游旺季的阿克苏的酒店，却门庭冷落，入住率极低。

酒店对面有一个烤包子店，烤包子可是新疆有名的美食，一直让我们垂涎欲滴，办好住宿后，我们赶忙冲了过去，却发现烤包子早早卖完，看来我们的确没有口福。听说阿克苏的馕也很有名，在烤包子的店家指导下，我们派"沐"前往最有名的一家烤馕店买回厚厚的一大叠，这是一路走来吃过味道最好的馕，吃剩下的我们就留作路上的干粮或零食吧。

上哪儿吃晚饭呢？两个新疆师傅很想品尝附近一家酒店里的广东粤菜，但浪子和"沐"这两个广东佬喜欢既省钱又独具地方特色的新疆拉面，"泉州"却想吃得清淡一点，炒几个小菜，这些人一直在街上纠结了很久，吃喝随性的老山羊一声不吭地跟着他们满街跑，反正有什么就吃什么，只要能给俺加一瓶啤酒就心满意足了！晚饭后回到酒店，招来两个司机的一顿抱怨，老山羊不动声色地告诉他们："本人的责任是制定每天行程，吃住问题由其他几个同伴专门负责……"

酒店里，"泉州"和"松鼠"强烈要求修改行程，途中增加大漠体验的一天，并进一步深入到塔克拉玛干沙漠中心去感受南疆行的独特，我同意了。

本该在乌鲁木齐就签订的"自愿组团旅行协议"，今晚大家终于签了。协议对每个人都是一种爱护和权益责任的保障——一份迟来的爱！

晚上近12点，天终于黑了。睡吧，明天我们还须追赶唐僧玄奘的脚步继续赶路呢。

《 第十五章 》

绚丽的中亚之都——历史文化古城喀什

时间 ☼ 7月31日

行程 ☼ 阿克苏—阿图什—喀什，共465公里

沿途景观 ☼ 天山山脉、喀什高台古城、艾提尕尔大清真寺、香妃墓

　　公元628年，苦苦西行的唐僧玄奘在库车苏巴什佛寺弘法两个月后，在春暖花开之际继续前行，不久他们在前往阿克苏途中遭遇突厥强盗的洗劫，但意外的是这些强盗因为分赃不均，仓皇离去，使他们幸运地躲过一劫。玄奘一行过阿克苏后到温宿县，开始艰难地翻越终年积雪的"凌山"（现在的别迭里山口附近）穿过葱岭，奔吉尔吉斯斯坦共和国和乌兹别克斯坦共和国方向去了。

　　我们没有护照、没有签证，也没有随从，更没有高昌王麴文泰的亲笔介绍信和赠送的大批给养，只能眼巴巴地望着玄奘扬长而去。多想到"亚洲之都"撒马

"亚洲之都"——撒马尔罕

撒马尔罕连接历史上的波斯、印度和中国这三大古国，是中亚最古老的城市之一，古丝绸之路重要的枢纽城市。关于她的记载最早可以追溯到公元前5世纪，善于经商的粟特人把撒马尔罕建造成一座美轮美奂的都城。公元前4世纪，亚历山大大帝攻占该城时不禁赞叹："我所听说到的一切都是真实的，只是撒马尔罕要比我想象中更为壮观。"公元1219年，撒马尔罕被成吉思汗的蒙古帝国攻陷后，遭到灭顶之灾。14世纪末，蒙古人的后裔帖木儿以撒马尔罕为首都建立起庞大的帖木儿帝国，并发誓要把这座城市建设成为"亚洲之都"，他把从亚洲各地劫来的珍宝堆积在撒马尔罕，又掠来大量精巧的工匠，修建起金碧辉煌的宫殿和清真寺。

撒马尔罕现存有大量帖木儿时代的宗教、文化建筑和格局较为完好的低层传统住宅区，最出名的要数"列基斯坦"神学院、兀鲁伯天文台、"古尔－艾米尔"陵墓和"沙赫静达"陵墓，其中"古尔－艾米尔"是帖木儿及其后嗣的陵墓，造型壮观，色彩艳丽，饰有球锥形大圆顶，具有浓郁的东方建筑特色，为中亚建筑艺术的瑰宝，陵墓最遭人觊觎的是帖木儿之孙兀鲁伯为帖木儿建造的墨绿色玉石棺。

帖木儿陵墓上写着：谁揭我的墓，谁就遭殃。1941年6月8日苏联考古学家揭开了帖木儿陵墓，两周后的苏联遭到希特勒德国的疯狂进攻，三天时间里数百万苏联士兵死亡。

2000年，撒马尔罕古城整体被联合国教科文组织评定为世界文化遗产。

尔罕转转哪，那里可是许多旅行者梦中的天堂，数月前我曾咨询过相关机构，据称，临时办理吉尔吉斯斯坦、乌兹别克斯坦这些中亚国家的旅行签证相当困难，还得亲自到该国驻北京大使馆申请呢。

今天是开斋节狂欢的第三天，我们的南疆旅行也进入第六天，但前方的路上却危机四伏，昨晚喀什方向不断传来坏消息，莎车县境内发生暴徒袭击事件，一辆大巴车上的30多位旅客全部罹难；喀什市著名的艾提尕尔清真寺的阿訇遭到3个歹徒杀害，据称喀什市区已经全城戒严；家人和朋友也不断来电询问和严重关切。面对严峻的形势，我们是打道回府，还是继续前行？何去何从，须要做出慎重抉择。

闫师傅的战友遍布南疆各地，经他一番打探和商议后，我们决定继续完成环南疆旅行，但计划稍作改变，今天的行程是直奔治安状况较好的阿图什市，在当地办好明天前往塔什库尔干县和红其拉甫哨所的边防证。如果时间还早，我们绕道喀什市直奔塔什库尔干县，那里的塔吉克族民风淳朴，治安很好；如果时间太晚，我们就在阿图什住下，到附近的景点转转。

小雨从昨晚开始断断续续下到早上，打湿了地面，浸润了空气，让人感觉特别地清爽凉快，这种好天气在极其干旱的南疆地区实属难得，但我们头上却飘着淡淡的愁云，心里藏着深深的阴影。

2006年来新疆时，我对当地的道路交通没有什么好印象，这次前来却惊奇地发现短短8年时间里新疆交通面貌发生了天翻地覆的变化，到处是高速公路和畅通的高等级公路，我们沿途基本上没有遇到堵车问题，而且高速公路收费极其低廉，以至于我们都不好意思了。或许有人会说西藏的高速公路还不用收费呢，可知情的人都知道西藏的高速公路不过是从贡嘎机场到拉萨的区区数十公里，它们之间真的没有可比性哪！

沿国道314线南行往阿图什，虽然全程长达430公里，但因道路平坦宽阔，随便可以飙到100公里以上，所以今天的行程是轻松自在的，沿途又是天山的美好风景，累了就停车歇歇脚，再切个西瓜解解渴。

新疆地形地势的显著特点为"三山夹两盆"：自南而北分别为三座高峻的大山——昆仑山、天山、阿尔泰山，著名的塔里木盆地和准噶尔盆地就包夹在这三座大山之间，西部又有高耸入云的帕米尔高原阻挡，南疆地区形成向东开口的地形地势，这一地貌特征决定了新疆自然环境的奇特和多样性，雪山、冰川、森林、草原、荒漠、湖泊、高原、低地无所不有，沿途经常能观赏到让我们惊喜和感动的自然盛景。地大物博的新疆为中国最宏大的地质博物馆。

欣赏过吐鲁番的火焰山、独山子的活火山、极致的库车大峡谷、规模宏大的雅丹地貌和独具特色的丹霞地貌后，我们又发现前往阿图什市的国道314线右边是连绵不绝的五彩山，这些五颜六色的山脉呈带状水平布列，层层叠叠，堪称人间奇迹，以至于我们不断地停车拍照留念。我们的地理"专家"说，黑色代表丰富的煤炭，绿色代表宝贵的铜矿，中间红色的是铁的氧化物，当我们问"蓝色又代表啥"时，"专家"语塞了，看来这色彩艳丽的山脉真的太神奇了，连专家也没法了解齐全。

据称，阿图什的"天门"也是一大地理奇观，它位于阿图什乡西天山南脉，天门右壁上有蜂窝状石穴，在跟前说话能听到悠悠的回音；左壁表面像一张千奇百怪的壁画。阿图什的"天门"被美国相关杂志评定为世界20个最值得探险的景区之一。能被美国人评价得如此高端，看来是个好地方，有机会一定要前去探索一番。据称，阿图什喀拉峻盆地北部的长长峡谷里还"私藏"着一个奇妙的怪石林呢！

国道314线途经巴楚县的三岔口，是历史上沟通南北的交通要道，这里曾经车水马龙、商行客栈林立，如今随着周边公路的修通，途经此地的车辆大大减少了，三岔口也逐渐衰弱下去。

三岔口的标志性建筑为"文革"时期修建的毛主席纪念碑，经历近半个世纪的风风雨雨后仍近乎完好地矗立在路旁。石碑为四方形，其中两面分别书有红色汉字"毛主席万岁"和"为人民服务"。

毛主席纪念碑，是崇拜英雄和伟人的特殊时代产物吧。

或许是受"文革"冲击小于沿海地区的缘故吧，或许是因为民风淳朴，西部人民对毛主席大多满怀崇敬，连西藏很多牧民家庭至今还挂着他老人家的相片呢！拍照留作纪念吧，这东西在中国已经很稀罕了！

过三岔口，一路向南，直奔阿图什，这时天又下起雨来，难道老天爷是想用清新的雨滴抚慰我们燥热和惶恐的心灵，迎接我们这些勇敢者的到来？

下午3点半左右，我们终于进入阿图什市区，找到公安边防管理处办理边防证时，工作人员竟然还没上班！原来阿图什的公务员下午上班时间为4点半，在我们沿海地区，都快到下班时间啦。可这里是中国的西部边陲呀，当地时间比北京时间晚2个小时以上，知道这些就能理解上班迟的原因了。耐心等待一个小时后，终

新丝路之旅

重走玄奘西游路

于办好前往塔什库尔干县的边防证，但前往红其拉甫哨所的边防证必须到塔什库尔干县城办理。

又经过一番打探之后，我们得知杀害艾提尕尔清真寺阿訇的三个凶手终于落网，喀什已经解除了内外交通的封锁，于是我们决定再次修正行动计划，直接前往距离阿图什市不到100公里的喀什。

下午近6时，我们抵达喀什后入住微风青旅。微风青旅其实是一个坐落在小区内的家庭旅馆，但环境干净整洁，屋前有个挂满晶莹剔透青葡萄的小院子，很是诱人。"松鼠"力主入住微风青旅的原因是其老公曾来此住过，又考虑到当前的紧张形势，所以我们最终没有选择闹市区的国际青旅。

"松鼠"本想前来寻找老公留下的味道，但一头可爱的小猫钻进她的房间不肯离开，原来这只猫喜欢上"松鼠"的味道了。怕猫的她尖叫着招呼我们前来驱赶。

"老鼠"好像从来都是怕猫的，但男人更害怕女人受惊吓时的可怕尖叫声，如果又是半夜突然响起，一墙之隔的我们毛骨悚然、心惊肉跳……

新疆有句谚语："不到喀什，不算来过新疆。"

喀什，维语意为"喀什葛尔"，古称"疏勒"，地处中亚腹地的喀什为历史上中西交通的中转站，汉代丝绸之路"南道"和"北道"（唐朝为"中道"）最终就在这里会合。喀什是一座具有2000多年悠久历史和浓郁中亚民族风情的城市，也是新疆地区唯一一座"中国历史文化名城"。这里曾是众多民族和中西文化碰撞、交融的地方，建立过许多大小国家，还留下过张骞、班超、玄奘和马可·波罗的足迹……

公元前127年，张骞完成访问大月氏的使命后，归途中因畏惧匈奴人的再次阻拦，"改从南道，依傍南山"，没想到还是在喀什附近被匈奴人抓获并关押一年有余。公元前126年，张骞逃回到长安时，身边的随从只剩下堂邑父，但多了一个奇女子——匈奴单于在呼和浩特给张骞匹配的妻子。看来单于还是挺人道的，竟能满足一个俘虏基本的生理需要，并以此滋生出

绵长的爱情和亲情，这给羁押十年之久孤独的张骞多么强大的生存动力呀！后来这女子也死心塌地陪伴着自己的夫君一起亡命天涯，并安全回到长安，多么了不起呀！如此真实的故事比起许多可笑的爱情肥皂剧是否更为感人？为什么不给这样的奇女子著书立说呢？

东汉班超经营西域近30年（公元74年-102年），其中在喀什活动了17年，有效地巩固了汉王朝对西域的统治。

喀什人口最多的当属维吾尔族，他们的祖先原本世代生活在蒙古高原，公元9世纪中期国家解体后，逐渐向西迁徙到中亚广大地区，特别是喀什一带。作为新来的移民，他们在征服当地民族之后，却在经济、政治、文化和宗教信仰等方面被当地民族同化。比如，由原来的游牧生活向农牧兼顾的生活方式转变；由信仰萨满教到信仰佛教，最后改信伊斯兰教。

知识锦囊

班超经营西域

班超（32-102年），东汉陕西兴平人。少年时胸怀大志，"大丈夫无他志略，犹当效傅介子、张骞立功异域以取封侯"。

公元73年，42岁的班超毅然投笔从戎，随大将军窦固远征西域。当年夏，班超率领36人出使丝路南道诸国，火烧鄯善国匈奴使者驻地，智斩于阗巫师，威震南道诸国。不久，又率军于阗越戈壁，直插疏勒国盘橐城，兵不血刃夺取疏勒国都。

公元74年，东汉政府在西域重新设置西域都护与戊己校尉。公元75年，汉章帝下诏撤回派驻西域的官兵，关闭玉门关。班超奉命返回途中，在各族人民的劝阻下，违背皇命，重返疏勒。

公元78年夏初，班超率领以疏勒国军马为主力的1万大军北征，攻克姑墨，稳定疏勒政局。

公元83年，朝廷采纳班超建议，招抚乌孙等国牵制匈奴势力南下，同时提拔班超为将兵长史，允许其以中级军职代行边塞大将之职权。

公元84年，班超出兵征讨莎车国，并一举平定疏勒国内旧贵族叛乱，使疏勒成为抗击匈奴的稳固基地。

公元87年，班超打败莎车国和龟兹国，并先后收服月氏等诸国。

公元91年，龟兹、焉耆等国，向班超投降，汉朝重新全面收复西域。东汉政府复置西域都护府，班超任都护，驻龟兹它乾城。

公元92年，班超离开生活了十七八年的疏勒，前往龟兹赴任。

公元102年8月，班超以71岁高龄告别西域，返回洛阳，拜射声校尉。同年9月去世。

新丝路之旅

重走玄奘西游路

公元10世纪后，哈喇汗王朝统治者在中亚伊斯兰教的影响下，更出于权力斗争的需要，开始了一场史无前例的伊斯兰化运动，喀什成为这场运动的中心。

近代，地处中西方战略要冲的喀什又成为英俄两强争霸中亚和觊觎中国新疆的基地，都在喀什设立领事馆。斯文·赫定在《亚洲腹地行纪》里写道，英俄两国领事既相互斗争，又相互勾结，他们虽表面上承认帕米尔高原以东为中国领土，但根本不把当地的中国最高军政长官——"道台"放在眼里，特别是强势的俄国领事佩德罗夫斯基。一次因中国道台大人没有满足他的非法愿望，佩德罗夫斯基假意邀请道台到当地澡堂子里洗澡，脱光之后叫来几个俄国哥萨克士兵把道台狠狠地揍了一顿。今天，那些具有浓厚殖民主义色彩的英俄领事馆定然已是荡然无存了。

这里居住着能歌善舞的维吾尔族、塔吉克族和柯尔克孜族，到处是异域般的迷人风情；这里有神奇壮丽的帕米尔高原、昆仑山、喀喇昆仑山、广袤丰饶的叶尔羌大平原和望不到边际的"死亡之海"塔克拉玛干沙漠；这里伫立着"冰山之父"慕士塔格和相依相伴的"黑湖"喀拉库里湖；这里还保留着古韵犹存的各式建筑以及众多古丝绸之路的历史遗迹……

喀什市名胜众多，著名的有艾提尕尔大清真寺、香妃墓、大巴扎、高台故城等，郊区还有一个历史悠久的牛羊交易市场，据说，这个臭烘烘的地方还是许多国内外游客的最爱。

司机在出发前承诺要带我们到处转转，但卸下我们和行李之后找他的战友Happy去了（有时我也理解他们，每天开车很辛苦，应该放松一下）。明天一大早就要赶赴塔什库尔干县，这时距离天黑还有近6个小时，走过路过"中国历史文化名城"喀什，不到附近观奇览胜太可惜啦。经客栈老板的一番指点，我和"泉州"决定去高台民居内逛逛。

出门旅行，不同的文人素养，不同的心态，乃至不同的性格决定每个人对观赏自然或者人文景观持不同态度，或喜或恶或茫然不知所以，也因此中国有句旅游名言："上车睡觉，停车撒尿。下车拍照，回到家里，都不知道。"其实这也

是公款旅游带来的恶习哇！一个人如果仰慕某个著名胜景，且自费银两好不容易前来，必定会底朝天地穷尽心思Happy个痛快，怎会唐突糟蹋来之不易的旅行？

高台民居因建设在喀什市区地势较高的台地上得名，本是喀喇汗王庭的两大遗址之一（另外一座位于100公里外的阿图什市），王宫位于高台北面，据说现在还住了不少当年王公贵族后裔。数百年前因为一场来自帕米尔高原的大洪水把整个古城奇异地冲刷成现在一南一北两个独立的高坡，现在的高台民居就位于南坡上。

买过门票，陪伴我和"泉州"穿街过巷参观游览的是一位叫木拉提的维吾尔族导游，热情健谈的年轻人，一路非常热情地为我们介绍高台民居的历史风貌和民族特色。木拉提自称曾在中央电视台的大型纪录片《远方的家——边疆行》第59集里为全国人民介绍过这座历史悠久的古城。

木拉提告诉我们，古城现有居民10000多人中（资料为：居民603户，人口2450多人），除唯一一位来自东北的朝鲜族女子外，其他人都是维吾尔族。这位儿女成群的朝鲜族女子和她的维吾尔族丈夫还有过一段令人倾慕的爱情故事：许多年前，在北方经商的维吾尔族男子，在异乡的伤病中得到这位朝鲜族护士的悉心照料后，双双迸发出炙热的爱情火花，最终他们打破陈规旧俗，排除所有障碍，喜结良缘，并回到家乡高台故城构筑爱巢，生儿育女，过着其乐融融的幸福生活。我们爬上长长的斜坡，算是真正进入古城，在巷子里往前走不到50米，拐进右手边一栋经营手

新丝路之旅

重走玄奘西游路

工地毯的大房子，这就是朝鲜族女子的家。当我提出拜访女主人的愿望时，木拉提告诉我们，这位朝鲜族女子和她的丈夫已经搬往市中心的新居了。

高台故城依崖而建，屋舍相连，鳞次栉比，除了少部分改建不久的砖房，大多为二到三层随意搭盖的泥墙土屋，经历数百年风霜雪雨的洗刷后，已经斑斑驳驳，破败不堪。整个古城纵横交错、巷道深深，布有50多条回旋曲折迷宫般的小巷，没有向导游览高台故城一定会迷路的，木拉提指着脚下铺路的砖块告诉我们，小巷里的地砖分有两种：一种是菱形砖；另一种是方形砖。菱形砖铺设的路面表示可以通达主路，方砖路面则表示前面是死胡同，想要不迷路，就看脚下的砖。原来这形如迷宫的古巷里，还散溢出维吾尔族祖先的古老智慧呢。

破旧的巷子里出奇地寂静，有钱人估计都搬走了，没钱的成人大概也外出打工去了，除巷子里偶尔传来几个孩子打闹的声音，感觉到一种死寂和惶恐气息，时光仿佛停滞并倒流回到过去，在我的脑海里突然映现出儿提时代老家村里那条

▌知识锦囊

喀什艾提尕尔大清真寺

位于市中心广场，坐西朝东，是中国最大的清真寺，具有浓郁民族风格和宗教色彩的伊斯兰教古建筑群，始建于1442年。1798年，英吉沙维吾尔族女穆斯林古丽热娜前往巴基斯坦途中病故于喀什噶尔，人们根据她的遗愿将其所遗旅费扩建该寺，并取名艾提尕尔。后经多番修建和扩展，形成现有的规模和恢宏气势。

全寺总面积16800平方米，由礼拜堂、教经堂、门楼和其他一些附属建筑物组成。寺门用黄砖砌成，石膏勾缝，门高4.7米，宽4.3米，门楼高约17米，两旁不对称地各竖一个18米高的宣礼塔，塔顶均立有一弯新月，阿訇每日5次登塔高声呼唤穆斯林前来礼拜。

进入大门后，是一个巨大的庭院，植有许多花木及水池。南北墙边各有一排共36间教经堂，供阿訇讲经之用；礼拜堂在寺院西部的高台上，分内殿和外殿；寺顶由158根浅蓝色立柱托着，呈方格状。顶棚和木柱的四角，都是精美的木雕和彩绘的藻井图案。主殿内正中墙上有一壁龛，内置轿式宝座，每逢礼拜，阿訇站在龛内诵读经文；若逢节日，阿訇在此宣教。

艾提尕尔寺是全疆穆斯林的"聚礼"之地，每天前来礼拜的达两三千人，星期五"居玛日"下午，远近的男穆斯林都要来此做一周之内最庄重的礼拜，约有六七千人，每年的"古尔邦"节，前来礼拜的多达两三万人。大礼拜之后，穆斯林跳起欢快的"萨满舞"（女性不能参加），通宵达旦狂欢。

　　石阶小巷和黄土夯筑的连排破旧房屋的情景，还记得一直保留在墙体上"文革"时期粉刷上去的大字报"社会主义"字样，还有存封在记忆里的童稚、天真、放肆、欢乐和淡淡的忧伤……多年前石阶小巷和土房已经彻底消失在尘土里了，取而代之的是一幢幢统一规划建设的徽式别墅。

　　不管是高台故城，还是家乡的石阶小巷，它们都代表一个时代、一段历史、一份记忆。

　　木拉提还告诉我们，往年前来参观的游人潮动，但今年门庭冷落，游客特别少，每天如能有二三十人前来就很不错了。在这个幽静的古城里转悠一圈后，发现除了当地居民外，真的就只有我和"泉州"两个游客了。我想正因如此吧，木拉提才会有时间不急不躁地陪我们一路磨蹭着往前走，并不厌其烦地为我俩介绍古城的历史风情，还带我们来到一栋装修精致、极富伊斯兰风格的建筑里观看表演，每人25元，并事先声明看不看完全自愿。最后，心怀好奇的我俩总共才花费50元就欣赏到一段维吾尔族美女民族特色的歌舞表演，主人还奉送上许多瓜果招待我们，真是不虚此行！

　　告别木拉提，我们从高台民居出来后，直奔艾提尕尔大清真寺。艾提尕尔大清真寺是中国三大清真寺之一，它应该是喀什市又一著名景点吧，但我们却发现大清真寺前巨大的广场上空荡荡的，行人稀少，几乎看不到什么游客，这时走来一个老外，他也意外发现我这个手里拿着相机的旅行者，相互默默地行了一个注

新丝路之旅

重走玄奘西游路

⬧ 知识锦囊

中国四大清真寺

　　陕西西安的化觉巷清真大寺、青海西宁的东关清真大寺、新疆喀什的艾提尕尔大清真寺与宁夏银川的南关清真大寺

目礼。门口手持武器的警察告诉我们里面正在做礼拜活动，普通游客禁止入内。现在已经是傍晚8点多了，就是做礼拜也应该早早结束了吧。这分明是推托，摆明不让我们进去参观。整个清真寺门口就我们三个"冒死"前来的旅行者，难道我们是普通游客吗？有胆前来瞻仰这历史名胜肯定不普通吧！

无奈，我们只得拍上几张照片以资纪念，回家后好向亲朋们炫耀"到此一游"！

喀什是安全的，大白天有这么多治安管理人员护卫着这座城市，我们还会害怕什么呢？有时谣言经过不同人的嘴和不一样的心思，很容易放大、变味。不要以为不出门远行就绝对安全，这个世界上没有绝对的事情。我觉得，人们所能做的就是遵循安全规则行事，剩下的就交给运气了。

一个旅行作家曾这样说过，"如果没有发生战争，这个国家是安全的"，我认同她的观点。出门前我经常跟同伴们说起，在交通事故猛于虎的中国，我们在家遇上交通事故的几率远远高于远行路上遇到手持凶械的暴徒。命运不可预测，就像人类无法准确推算空旷宇宙的现在和未来一样。

不相信因果报应，但我相信命运！人只要健康，且有了一点积蓄，还是旅行去吧！

虽已是"晚上"8点多了，但艳阳还高高地挂在天上，距离天黑还有三个多小时呢！我和"泉州"又在附近的大巴扎转了一大圈，可能是因为已到"傍晚"，还可能是游客太少，大巴扎生意冷清，很多店铺已经打烊歇业。本想买一本《古兰经》来翻翻，附近书店卖得很贵，还是回家后上网购买吧，路上也没空阅读，也省却携带的沉重负担。

香妃墓是喀什最出名的历史名胜，坐落在城郊，打车15元就到了。乾隆皇帝妻妾万千，一个香妃又怎会吸引来自汉区大众的眼球和好奇心呢？

有人说香妃出名是因为她自幼沐浴沙棘花带来肌肤的奇特"香味"，传说香妃"玉容未近，芳香袭人，既不是花香也不是粉香，别有一种奇芳异馥，沁人心脾"，所以龙颜大悦。

也有人说是缘于一场轰轰烈烈的爱情故事，传说香妃是新疆回部酋长霍集占的王妃，回部叛乱，霍集占被清廷诛杀，将军兆惠将貌美的香妃生擒送与乾隆。但香妃心怀国破家亡之恨，宁死不从乾隆，最后被太后赐死，死后运回家乡安葬，故新疆喀什有香妃墓。故事虽与历史事实相去甚远，但经人们艺术加工后，情节引人入胜，再经小说和电视剧绘声绘色绘影地歪曲渲染，香妃从此成为家喻户晓的爱情故事主人公，甚至达到真假难辨的程度，也成为许多猎奇者前往瞻仰的重要理由。

到底真相是什么呢？乾隆皇帝的后妃中确实有一位维吾尔族女子，她就是容妃，但容妃是否遍体生香，根本无从考证。乾隆二十五年，平定叛乱有功的图尔都等携家眷应召来京，拜见乾隆。图尔都27岁的妹妹被选入宫，册封为和贵人（即香妃）；因为香妃的俊俏和异域情调赢得乾隆皇帝的垂爱，乾隆二十三年六月，35岁的香妃晋升为容妃；48岁的容妃又升格到了东边坐桌的第二位；乾隆五十三年四月十九日，容妃离世，享年55岁。据考证，去世后的容妃被安葬在河北遵化清东陵的裕妃园寝，我们能看到的其实只是香妃的衣冢墓。

笔者认为，美化或丑化历史，都是对人们认知和世界观形成的一种误导，有害无益。强烈建议相关部门，凡经艺术加工过的历史人物或事件出现在读者或观众跟前时，都须打上"纯属娱乐"或"不代表史实"等字样。

新丝路之旅

重走玄奘西游路

知识锦囊

香妃墓

坐落在喀什市东郊的浩罕村，是一座伊斯兰教圣裔的陵墓，据称墓内葬有同一家族五代72人。第一代为伊斯兰著名传教士玉素甫霍加。他死后，其长子阿帕克霍加继承父亲的传教事业，成为明末清初喀什伊斯兰教"依禅派"著名大师，并一度夺得叶尔羌王朝政权。他死后亦葬于此，由于其名望超过他的父亲，所以人们便把这座陵墓称为"阿帕克霍加墓"。后因乾隆皇帝宠爱的香妃死后也安葬于陵墓内，人们又将它称作"香妃墓"。但据考证，香妃并没有安葬这里，确切的安葬地为河北遵化清东陵裕妃园寝。

香妃墓就像一座富丽堂皇的宫殿，高40米，由门楼、小礼拜寺、大礼拜寺、教经堂和主墓室5部分组成。穹窿形的圆顶上，有一座玲珑剔透的塔楼。塔楼之巅，有一镀金新月，金光闪闪，庄严肃穆。陵墓高大宽敞的厅堂里，筑有半人高的平台。

香妃墓是一座典型的伊斯兰风格宫殿式陵墓建筑，游客有慕香妃之名来的，也有为观赏陵墓高超建筑技术和艺术风格来的。

第十六章

寻梦"不周山"——探访帕米尔高原

时间 ☉ 8月1日

行程 ☉ 喀什—塔什库尔干县，约290公里

沿途景观 ☉ 盖孜大峡谷、布伦口、慕士塔格峰、卡拉库里湖、石头城、阿拉尔草原

　　帕米尔高原，地处中亚东南部、中国领土西段，山峰海拔在4000米~7700米之间，最高峰为中国境内的公格尔峰（7719米）。帕米尔高原是地球上两条巨大山带（阿尔卑斯－喜马拉雅山带和帕米尔－楚科奇山带）的山结，横跨塔吉克斯坦、中国和阿富汗三国，也是喜马拉雅山、喀喇昆仑山、昆仑山、天山、兴都库什山等五大山脉的汇集处，因为群山连绵不绝，雪峰耸立，与青藏高原并称"世界屋脊"。

　　根据地形地势的特点，帕米尔高原分为东西两部分：其一，东帕米尔（主要为中国境内）的地形较为开阔平坦，海拔绝对高度大，相对高度小，由两条西北—东南走向的积雪山脉构成，山脉被宽浅不一的河谷分割，形成许多大小不同的山间盆地或荒漠平原，其中以县城为中心包括阿拉尔草原在内地区应该是帕米尔高原上最开阔的山间盆地。帕米尔高原的地形特征与昆仑山南麓的藏北高原相似，但这些盆地或草原的海拔基本上不超过3500米，而一山之隔的藏北广袤的羌塘大草原一般都在海拔4500米以上，所以帕米尔高原的生存环境应该好于藏北高原。其二，西帕米尔主要在阿富汗和吉尔吉斯斯坦一侧，它由若干条大致平行的东北—西南走向的山脉谷地构成，地形相对落差大，以高山深谷为主要特征。

帕米尔高原，古称"不周山"，关于它的记载最早见于《山海经》："西北海之外，大荒之隅，有山而不合，名曰不周。"《淮南子》载有"共工怒而触不周山"的传说，连屈原也在《离骚》中提到"路不周以左转兮，指西海以为期"。这些古老文学史籍的记载和描述为帕米尔高原披上一层神秘面纱。有些文章声称，3000年前的周穆王西巡昆仑时曾上到帕米尔高原，我觉得从当时的交通条件来看，极不可能。当年周天子的大队人马即便能够翻山越岭，抵达距离西安1000公里外的青海湖附近就相当不错了。有史为证，2000多年前中原地区对新疆，包括整个中亚地区的自然地理文化几乎一无所知，所以古人才会对汉武帝时期张骞通西域的历史贡献高度评价为"凿空"之旅，开拓新纪元的壮举。从此，一个广阔的西域地区才模模糊糊地展示在中原统治者的视野里。这更能质疑周天子故事的真实性。

汉代，由于帕米尔高原多生野葱，整个山崖一片葱翠，故名"葱岭"。高耸的"世界屋脊"虽然严重地阻碍了古代东西方交通，但并不是不可逾越，因为高

新丝路之旅
重走玄奘西游路

原上散布着许多隘口。古往今来，许多民族以及形形色色怀不同目的的人群从这些山间隘口穿越，往来于东西方之间。特别是汉武帝以后，"葱岭"从此成为丝绸之路的必经之地，一直承担着传播丝路文化的重大责任，也使这艰险荒芜的莽莽高原成为中西文化交流传承的重要一站。

清代中期开始，"帕米尔"的名字渐渐取代了"不周山"和"葱岭"，当时控制着整个帕米尔地区的清政府根据地理位置将整个高原分为"八帕"，帕米尔高原的神秘面纱在朝代更替及地理变迁中逐渐被揭开。

据称，帕米尔高原的风光如仙境般无限秀美，其中以阿克陶县"三峰一湖"（公格尔峰、公格尔九别峰、慕士塔格峰和卡拉库里湖）的高原风光为最；塔什库尔干县的石头城是我国历史上最著名的三大石头城之一，也是古代丝绸之路上一个极具战略地位的城堡；与石头城齐名的公主堡，被当地人称作"姑娘堡"，为历史文化名胜；此外，帕米尔高原上还生活着被誉为"云彩上的民族"——塔吉克族，我国五十六个民族中唯一的世居白色人种，也是一个以其勤劳、勇敢、淳朴、豪爽的性格和多姿多彩的民风民俗著称的民族；这里活动着以马可·波罗名字命名的独一无二的帕米尔盘羊；这里还有一个环绕在雪山冰川之间神秘的边防哨所红其拉甫呢！

曾有人说"不到喀什，不算来到新疆""不上帕米尔高原，不算到过喀什"。既然来到喀什，我们决定到高原上去一探究竟。

帕米尔高原是古丝绸之路的必经之地，古人从塔里木盆地辗转到高原，须顺着高原东部的峡谷溯河而上，翻越几座高大的山脉，穿过终年冰雪覆盖的山间隘口，道路十分崎岖艰险。由于中巴友谊公路的修建，沿途都是油路，现在从喀什乘车经盖孜大峡谷通达帕米尔高原上的塔什库尔干县城仅需半天时间，且沿路美景不断，可以观赏到帕米尔高原海拔最高终年积雪的公格尔峰和海拔7546米的慕士塔格峰。

今天的行程，沿着中巴友谊公路（国道314线）一直往南到帕米尔高原，目的地为293公里外的塔什库尔干县城，并办好明天前往英雄哨所红其拉甫的所有证件。

距离喀什不到130公里的盖孜边防检查站是通向高原的必经之地，也是往来于巴基斯坦和阿富汗的重要通道，据称，一些暴恐分子曾利用这条通道潜入阿富汗接受塔利班训练，所以过往商旅会受到严格检查。

看到高鼻深目、身材修长帅气的少数民族警官，我们还真以为来到异国他

乡，很想用长焦偷偷地拍上一张照片。哎，还是不要给自己和同伴惹麻烦吧，万一被发现没收相机就惨了，内存卡里的照片可是一路走来近20天的心血呀，为了它我宁愿被人打被人捶，外加关押挨饿一两天。多年前在布达拉宫"巧妙"偷拍被抓后，我的胆子好像变小了。

对于我们游客而言，军警是客气的，帕米尔高原是热烈欢迎的，因为新疆旅游事业的发展需要我们的热心支持。特别是今年，我们以自己的行动告诉所有人，来新疆旅行是安全的！当然，因为今年来疆游客稀少，我们一路享受到平时难以想象的优质服务，包括租车、吃住费用都比较低，不用挤破脑袋往景区里钻。记得游览高昌故城时，电瓶车司机任凭我们在偌大的景区里一路磨蹭，久久耐心等候；高台民居的导游木拉提免费全程陪同。这些都是首长才有资格享受到的服务，呵呵。

检验完边防证和身份证，我们的车一头扎进盖孜大峡谷。盖孜大峡谷古称"剑末谷"，是通往帕米尔高原的门户，属于昆仑山的一部分。盖孜大峡谷又像是上天不小心撕裂开的一道竖直狭长的口子，成为他勇敢的子民奋力攀登和勇敢超越的向上通道。英国探险家斯坦因经过此地时，惊叹盖孜大峡谷如刀切般险峻。古代前往帕米尔高原的人们就是沿着这条狭长恐怖的通道缓缓地在峡谷里爬升。据称，古人曾在峡谷的峭壁上修建了许多栈道，现在还能在高悬的绝壁上依稀看见打孔木桩的遗迹，只可惜本人眼拙，瞄了半天一直没有发现。如今一条蜿蜒曲折的中巴友谊公路在峡谷里穿行向上，通往南亚地区。

大峡谷令人惊奇的是谷内形态各异的山体崖壁，五彩纷呈，鲜艳夺目，它们或黄，或绿，或红，或灰，展示出绚丽的色彩，仿佛是被上天赋予了生命力的精灵，并随着光线的变化，变幻出不同的色彩。峰顶巍峨仁立着厚重的雪山冰川，又似美丽精灵头戴的大雪帽，在阳光下分外耀眼夺目，这是一个神奇多彩的地质博物馆。但神奇大峡谷的恐怖气息更让人战战兢兢，上山的道路时而宽，时而窄，有时只容得下一辆车缓缓通行，有些路还是在悬崖上硬生生开凿出来的。大峡谷最令人恐惧的是脚下陡峭的山崖、头顶上松软破碎的巨大山体和凌乱慵懒地

新丝路之旅

重走玄奘西游路

躺在高高斜坡上沐浴温暖阳光的巨石，还有坐落在峰顶冷眼审视着深谷里匆忙过往行人的雪山冰川，走在峡谷里有一种泰山压顶的恐惧感。据司机讲，大峡谷里经常落石伤人，下雨的时候特别危险，还很容易发生泥石流。难以想象泥石流发生时，一座巨大山体滑落的严重后果。

谢天谢地，我们在这条死亡大峡谷里穿行，没有遇上下雨，没有遇上落石。我们最诚挚地希望、最虔诚地祈祷：赶紧逃离这是非之地。

如今这荒凉、恐怖的死亡之谷却成了热闹的工地，除中巴友谊公路艰难地从这里蜿蜒向上爬升外，又耸立起一座座巨大的铁路桥墩，原来一条更具战略意义的连接波斯湾的中巴铁路正在这个大峡谷里热热闹闹地修建中，科技的伟大力量正在改变这个原本空旷、荒凉的世界高原，原来的天堑正不断地变成坦途。

缓慢难熬又好奇地在峡谷里爬行1个多小时后，我们终于隐约看到前方高远处"布伦口水库"字样。司机告诉我们，终于要脱离虎口，真正爬上帕米尔高原了，这时的海拔表显示为3150米。

曾经记载在古老史籍里让后人唏嘘不已且不知东西南北向的"不周山"，今天竟被我等踩在脚下，天下能有几人知晓"不周山"的来历，又有几人能幸运地攀登上这座天下神山？周天子呀，您3000年前真的上来过吗？这原本难以逾越的大峡谷无法让我们相信您哪，但老山羊今天真正爬上来了！

我们在布伦口水库的高地上停车休息，这里属于克孜勒苏柯尔克孜自治州阿克陶县布伦口乡的地界。一番惊险穿越后，终于可以喘口气了，但此时此刻，我们却目瞪口呆地发现眼前一幅难以置信的美轮美奂的壮丽景色。虽然见证过三大圣湖、魔湖、鬼湖、青海湖等壮美的湖泊，但今天看到它时，我还是不由自主地惊呆了。看啊，四周昆仑山高大雪峰的怀抱里，镶嵌着一块如梦如幻的碧玉——白沙湖。这时，晴空一碧如洗，飘浮着一朵朵白净缠绵的云彩；湖面微风轻拂，

水波荡漾；深深吸引我们的是对面湖畔竟伫立着的一座绵延舒缓圆润的灰褐色山体，上天竟然在这座山上不均匀地洒下大量白净如雪的细沙，远远望去，在白沙湖的衬托下，似造物主用黑白双色描绘出来的线条优美、构思奇巧的艺术珍品，又像一座绵延洁净的雪山，它的名字叫"白沙山"。如果说这白沙湖像一个美丽的仙女，那么白沙山就像仙女洁白的裙纱，四周的雪山冰川、湛蓝的天空和朵朵云彩是仙女头戴的美丽多彩的花环。

　　这是一幅上天穷尽心思勾勒出来别具一格的动人水墨画卷！这美妙的湖光山色，深深吸引了人们的目光，过往的游客无不停下匆忙的脚步，流连在这美好的景致里，不舍离去。白沙湖也是摄影爱好者迷恋的地方，镜头对着这美丽动人的湖光山色按下快门，拍摄下来的尽是美好的照片。

　　沐足在美艳天湖的清爽冰水里，洗去的是旅途的疲惫，涤尽的是世俗的烦忧和虚假；面对这极致的风景，我们收获了无比的真实和感动，以及对美好景致的无限赞叹。

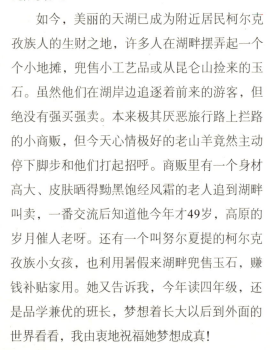

　　如今，美丽的天湖已成为附近居民柯尔克孜族人的生财之地，许多人在湖畔摆弄起一个个小地摊，兜售小工艺品或从昆仑山捡来的玉石。虽然他们在湖岸边追逐着前来的游客，但绝没有强买强卖。本来极其厌恶旅行路上拦路的小商贩，但今天心情极好的老山羊竟然主动停下脚步和他们打起招呼。商贩里有一个身材高大、皮肤晒得黝黑饱经风霜的老人追到湖畔叫卖，一番交流后知道他今年才49岁，高原的岁月催人老呀。还有一个叫努尔夏提的柯尔克孜族小女孩，也利用暑假来湖畔兜售玉石，赚钱补贴家用。她又告诉我，今年读四年级，还是品学兼优的班长，梦想着长大以后到外面的世界看看，我由衷地祝福她梦想成真！

　　其实，柯尔克孜族的祖先在很久以前来自遥远的蒙古高原呢。

新丝路之旅

重走玄奘西游路

柯尔克孜族

柯尔克孜，"山崖上居住生活的民族"之意。中国境内的柯尔克孜族主要分布在新疆西部的克孜勒苏柯尔克孜自治州，其余分布在伊犁、塔城、阿克苏、喀什和黑龙江省的一些地方，主要从事农业和牧业，人口约160800。柯尔克孜族属于蒙古人种北亚类型，少数人兼有欧罗巴特征，应该是西迁后长期民族融合的结果。柯尔克孜族传记性英雄史诗《玛纳斯》与藏族英雄史诗《格萨尔》、蒙古族英雄史诗《江格尔》并称为中国少数民族的三大英雄史诗。

柯尔克孜族最典型的特征，是一年四季常戴着用羊毛毡制作的白毡帽，也是从服饰上识别柯尔克孜族的最鲜明标志。柯尔克孜人佩戴这种白毡帽有悠久的历史，他们将其奉为"圣帽"。平日不戴时，常将它挂在高处或放在被褥、枕头上面，不能随便抛扔，也不能用脚踩踏，更不能用来开玩笑。

午饭是在湖畔一家柯尔克孜族大姐开的"慕士塔格饭馆"里吃的，性格淳朴爽朗的柯尔克孜族大姐表达出对暴徒们的强烈痛恨。的确，游客锐减使她家的收入大为减少。

吃饭的时候，闫师傅告诉我们，前往帕米尔高原还有一条从英吉沙县、莎车县直达塔什库尔干县城的古道，虽然艰险难行，但风景十分秀丽。闫师傅自称以前在这条路上行车时，短短的80公里路程就开了9个小时。我想，盖孜大峡谷的道路开通之前，这肯定是古代唯一一条从喀什通往塔什库尔干的道路，也是汉唐古丝绸之路中线和南线前往南亚和中亚的重要通道，当年的法显和玄奘应该是从这里来往于印度的。当我们提出明后天回头改变线路，从这条古道回喀什，闫师傅又以路途遥远难行为由，拒绝前往。其实我也听出了弦外之音，他是希望我们加钱，又不好意思明说，我也不好意思点破，因为我知道即使我提出加钱给司机，也会有人反对的，还是按原计划执行吧。

白沙湖畔吃完午饭，已是下午3点，我们又得赶路了。因为中国境内的东帕米尔地形地势相对高度小，以平坦开阔为主要特征，所以高原上的道路虽然曲曲弯弯，但坡度大多比较平缓，一般海拔都没有超过3500米。刚翻过一个坡度不大的小山口，立即又下到平缓的水流潺潺的草场上了，还不时能观赏到远处高大的雪峰。夏季的帕米尔高原是美丽的！

路旁散落着柯尔克孜族的小村落。可能是因为帕米尔冬天的酷寒，高原上的屋子一般都比较低矮，且为方形泥石结构，有利于保暖御寒。这里的孩子为什么没有藏区孩子脸上的"高原红"呢？他们并没有特地待在屋里躲避太阳，父母也没有为他们做任何防护措施呀！究其原因，我觉得应该是这里的海拔相对青藏高原低的缘故罢，帕米尔高原上山间盆地或草原的海拔一般在3200米左右，而西藏地区大都在4000米以上，海拔相差近1000米呢！相对于青藏高原毒辣的太阳紫外线，夏季的帕米尔高原是温和的！

今天同伴们的状态都很不错，停车歇息时还兴致勃勃地在草原上追逐小羊玩耍呢！一头刚被主人狠心断奶的小羊羔，不停歇地用它幼稚的小嘴往母羊怀里蹭，渴望能喝到母亲甜蜜绵长的奶水，无奈奶头早被主人包裹得严严实实。可怜的小羊被我们的大帅哥"沐"抱在怀里后，又往他胸口探索着寻找奶嘴，对我们送到嘴边的嫩草，不屑一顾。原来，夏季的帕米尔高原还是挑食、任性的！

一路停停走走，一座造型奇特的雪峰距离我们越来越近，它就是帕米尔高原上被誉为"冰山之父"的慕士塔格峰。帕米尔高原三座最出名的雪峰中，它不是最高大的，但最具个性特征；它不是最美的，但绝对最亲和，就高高地伫立在公路旁，默默注视着每每经过的行人，送去温馨祝福；过往的旅人也停下他们匆忙的脚步，热忱地仰望着美丽动人的慕士塔格峰，相视对眼，心有灵犀。我想，魏晋南北朝时代的法显大师和后来的唐僧玄奘在雪峰下过往时，应该也得到慕士塔格的护佑吧，也因此他们都能"西天取经"后平安归来。

慕士塔格峰是温和的，它成了许多登山爱好者竞相攀登的对象，一些勇敢的登顶者竟踩着滑板从天而降，极其刺激，这在全世界所有7000米以上雪峰中独一无二，所以它深深吸引全世界的目光。平缓的西坡是极佳的夏季高山滑雪场，每年6月—8月，许多国内外登山队纷至沓来，一展身手。

但慕士塔格峰并非对所有人都是无限温情的，一百年前一个叫斯文·赫定①的欧洲殖民探险家企图强行登顶，征服雪峰，但先后六次尝试都未能如愿，还险些丧命。

慕士塔格峰是帕米尔高原上最壮丽的自然景观，它又代表温情、正义和乐观向上的精神力量。

新丝路之旅
重走玄奘西游路

---

① 斯文·赫定：1865—1952，瑞典人，世界著名探险家，楼兰古城遗址的发现者，他为了从事其所热爱的探险事业而终身未婚。

下午4点钟，我们终于来到慕士塔格的身边，只见灼热的阳光下，从左到右伫立着一系列高大威猛的雪峰。这时的天空显得特别纯净、碧透，峰顶上的云雾也几乎散尽，所有的雪峰都掀开她们美丽朦胧的轻纱，尤显清晰透亮、优美大方，她们头戴洁白亮丽的大雪帽，列好整齐的队伍，张开优雅的双臂，热忱欢迎我们这些远方贵客到来。眼前距离我们最近、造型最为

奇特的是大名鼎鼎的慕士塔格峰，整个山体浑圆，状似馒头，峰顶白雪皑皑，有人说她像美丽的富士山，也有人说她更像一位须眉斑白的老寿星，雄踞群山之首，故有"冰山之父"的美称。我倒觉得慕士塔格峰谁都不像，她是独一无二的，从正面细心观察就会发现慕士塔格峰最特别之处在于：一道宽阔的冰川峡谷深深下切后一直向西缓缓倾斜滑落至山脚下，整座山峰被硬生生地一分为二（车行至慕士塔格峰背面又发现，其实它的西坡上有三条巨大的冰川峡谷）；北坡和东坡都非常陡峭，难以攀登；西坡虽然裂缝较多，但坡度比较平缓，难度较小。

慕士塔格的独一无二，还因为帕米尔高原上最美丽的湖泊——卡拉库里湖与她相依相伴。山脚下的卡拉库里湖，海拔3600米，水深30米，总面积约10平方公里，是一座幽蓝色的高山冰蚀湖，虽然湖泊面积不大，但在帕米尔高原最伟岸的三大雪峰公格尔峰、公格尔九别峰和慕士塔格峰环伺下，显得神奇而美丽。卡拉库里湖在不同时间，不同光线的映射下会变幻出不同色彩，或蓝，或绿，或紫，或红，特别是在风平浪静的日子里，皑皑的雪峰、碧绿的草原、湖畔悠闲的牛羊和一座座柯尔克孜族牧民的白色毡包倒映在湖水中时，湖光山色浑然一体，如诗

第十六章　寻梦『不周山』——探访帕米尔高原

☼ 小贴士

　　卡拉库里湖畔的一部分已被圈占起来收取门票了。但这里地广人稀，圈占者无法把所有进入景区的道路都封锁，如果想节省50元的门票钱，可以从附近绕道进入。投宿湖畔柯尔克孜族牧民的毡包，也可免去门票钱。

如画，令人迷醉。

坐落在东面与慕士塔格峰遥遥相对的，分别是海拔7719米的公格尔峰和海拔7530米的公格尔九别峰，如擎天玉柱般屹立在帕米尔高原上，和美丽的卡拉库里湖组成最迷人的景观——"三峰一湖"，它们是旅行者登临帕米尔高原所能欣赏到的最美风景。

每年夏秋季节，卡拉库里湖成为帕米尔高原上最吸引人的游览胜地，是旅行者休闲度假的好地方。人们可以入住湖畔的毡房和木板房，可以在湖里轻舟荡漾，与美丽的雪山湖泊融为一体，入夜还可以兴致盎然地安坐篝火旁倾听柯尔克孜族人说唱他们的民族英雄玛纳斯，仰望灿烂的星河，不期然间一颗流星突然陨落，划亮了帕米尔的夜空。

与柔情的慕士塔格峰、亮丽的卡拉库里湖相拥相对，人世间还有什么烦心事不能暂时放下呢？

真正的旅行，是远离生活的虚假、现实的虚伪和心理的躁动，沉浸于溢满的自然之美、人文之美和真实之美；可以感知，可以抚摸，可以心灵相应。

美丽的湖光山色深深吸引前来的人们，但这时却传来不和谐的声音，原来"松鼠"和两个司机卯上了。"松鼠"以观赏卡拉库里湖美丽的日出日落为由，再次要求改变行程，夜宿湖畔的毡包里，遭到两个司机的反对，因而激烈地冲撞起来，并发展到无法调和的地步。从乌鲁木齐出发前我就叮嘱"有问题先内部解决"，但随性的"松鼠"再一次忘记我的叮咛，继喀什之后第二次和司机较上劲

了，并以退出这个团队相威胁。我们计划今天天黑前必须赶到塔什库尔干县城办妥明天前往红其拉甫的边防证，但如果满足"松鼠"的愿望，明天的行程就要泡汤了，两个司机不同意，我们其他队友也不可能同意。于是在帕米尔高原习性最温和的慕士塔格峰脚下和最美丽的卡拉库里湖畔上演一出闹剧：一方赌气要退出；另一方指责对方违反既定行程计划。

结伴长途旅行的强驴们，大都有很强的个性和见地，要改变他们，难上加难！虽然我们常说要相互尊重、相互理解，但真正要做到又谈何容易！多年的实践证明，最好的办法是出发前共同商量拟定好《计划路书》后，把"尊重约定为准则"写入到《自愿组团旅行协议书》内，即使是再要好的朋友，都必须在上面签名，并将全程租车、加油和食宿的费用交由专人管理。

第一次出门远行的"松鼠"其实需要好好反思任性的后果！留一女子单独夜宿卡湖，出了问题又由谁来担责？

经大半个小时的调解，"松鼠"在得到我"明天夜宿卡湖"的承诺后，一场闹剧才草草收场。大家急忙上车，赶赴127公里外的塔什库尔干县城。

当我们赶到县城时，已经是晚上6点半了，没想到迎接我们的是又一场挑战——艰难的办证过程。原来我们遇上塔什库尔干县60周年成立庆祝大会，办理前往红其拉甫口岸的边防证，必须持有塔县县委的介绍信。其实他们压根儿不让办理，因为我们打听到明天有中央领导要亲临红其拉甫口岸视察，中央电视台也将现场直播，作为普通游客只能靠边站了。

为了不耽搁接下来的行程，也为了见证祖国海拔最高的神秘哨所，于是一场

耗时很久的拉锯战开始了：由我代表同伴们直接跑进某机关同具体主管该事项的一位负责人交涉，狡猾的他把"皮球"踢给了该单位的另一位领导；好不容易找到那位领导，皮球又踢回了刚才这位负责人；回头再找他时，他又把皮球踢给了其他机关的领导；我在跑断腿之前只能像牛皮糖般追逐、粘贴着他们，说尽了好话，道尽了理由，抒发了太多爱国的情怀，大有不达目的绝不死心的架势，最终我最初接触的那位负责任人被逼无奈，从抽屉里掏出一张早就印制好的格式化介绍信，很不情愿地填写后交给了我。

明天，明天！我们终于有资格在明天上午到边防检查站办理前往红其拉甫哨所的边防证了，意味着我们有机会看到国门了。这是艰难奔走哀求之后一种心酸的幸福呀！两个多小时苦苦追逐和等待后，我们终于在帕米尔高原上获得办理边防证的资格了。不远万里来到帕米尔高原，我们就是奔红其拉甫来的。

回想起艰难的过程，体会出毫无背景的人办事成功的关键：笑脸、皮厚、耐磨……

幸福地拿到"通关文牒"后，我才定神打量身旁的这座小城：柏油马路两旁种植了大量的花花草草，好一座环境整洁、绿树成荫的高原边城。今天它又打扮得花枝招展，因为明天是它的60岁生日，这几天有许多庆祝活动。

来不及喘息，我们又马不停蹄地赶往位于城北的一座历史名胜——石头城，这可是帕米尔高原上最出名的人文景观。

塔什库尔干，突厥语意为"石头城"，就源自我脚下这座著名的古城遗址。塔什库尔干石头城是我国历史上最著名的三大石头城之一（另外两座为：南京石头

城、辽宁石头城）。关于石头城的记载最早见于《梁书》："羯盘陀国，所治在山谷中，城周回十余里，国有十二城，风俗与于阗相类，出好毡、金、玉。"汉代，石头城为西域三十六国之一的蒲犁国的王城；公元2世纪~3世纪的羯盘陀国时期，开始大规模建造城郭；唐代设葱岭守捉所，清代设立蒲犁厅。这里是扼守丝绸之路"南道"和"中道"的要地，通往帕米尔高原的几条峡谷通道的交会处，自古以来是兵家必争之地，当年法显、玄奘在这里留下足迹，马可·波罗也曾来过。

顺着长长的石阶往上爬，右手边竖立起一座大理石碑，上书"石头城遗址"等字样。登上高处，眼前是一片乱石岗，散乱堆放着数不清大小不一的石头。这些石头来自何处？难道"石头城"因此得名？这片周长大约1000米现已完全损毁的乱石岗大概就是石头城的外城吧，经历千百年的风风雨雨后，只剩下东面的一小段残破的城墙了。

外城的东北角百十米外，高高地耸立着一座不规则的方圆形城堡，在碧蓝天空的衬托下，在傍晚柔和阳光的照射下，显得黄灿灿的，格外醒目壮观，那就是石头城的内城吧。远远望去，城墙高约20米，底部周长应该不到500米，呈下宽上窄造型，城墙除西面一小段坍塌外，其余大体保存完好。

我们顺着羊肠小路往内城赶，从南面的一个入口爬上高高的内城，发现城内的建筑物都已坍塌，到处是岁月无情洗刷后遗落下的断壁残垣，遍地陈横着大小石头，它们在光和影的投射下，显得凄凉、落寞。曾经作为丝绸之路要隘上的古老王国，曾经是唐僧玄奘东归路上的繁华之地，最终难以逃脱岁月的宿命，淹没在漫漫的历史长河里了。

这是一座建筑在地势最高的台地上海拔3240米的城堡，除了四周高远处帕米尔的雪山险峰外，几乎所有的景致都在我们的俯瞰下一览无遗。伫立在城堡乱石

堆上东望，惊奇地发现城下竟然是一片广袤的水草丰美、牛羊遍地的大草原，它就是当地著名的阿拉尔草原（湿地）。

残阳下的阿拉尔草原是唯美的，它像一块铺盖在蓝天白云下色彩艳丽的锦缎。塔什库尔干河在草地上分离成许多支流，在低平的洼地上湍急着穿流而过，如一条条幽蓝色的绶带，萦绕缠绵在这广阔的碧绿色草原上；一条条曲线优美的浅白色木栈道又恰似镶嵌在锦缎上的美丽图案；一群群黑白牛羊游走在草地上，似一簇簇流动的或明或暗的色彩；零星散落的石头堆砌的牧民房屋、白色的毡包和一片片的小树林像塔吉克姑娘们绣出的一朵朵美丽小花，又恰似天上的星星点缀其间。这时，金色的阳光越来越温暖柔和地散射在这广阔的草地上，显得金灿灿的，连被薄雾笼罩的光秃嶙峋的远山也被映射成赭红色了。

阿拉尔草原开始热闹起来了，前来的游人越来越多，他们或在栈道上赏景拍摄，或在湍急的小河畔戏水，或在草地上追逐着美丽可爱的绵羊。这时，草原中央用木头搭盖的舞台上，一场文艺演出正急忙鸣锣开张呢……

此时此刻，沐浴在夕阳里、伫立在石头城居高临下顺光拍摄金色的阿拉尔草滩是最美好的时间、最美好的角度，又最令人陶醉不已。

不甘心做旁观者的我们也赶忙从石头城里冲了下来，汇入到这美丽"金草

新丝路之旅

重走玄奘西游路

滩"的游人当中，嬉戏在冰凉的雪山融水里，追逐着可爱的牛羊，并端起镜头捕捉一道道生动亮丽的画面，深深融入其中……

这里是帕米尔高原上最开阔的山间盆地，这里是"世界屋脊"上最美丽的草原，它有个靓丽的名字——"阿拉尔金草滩"。

面对如诗如画的风景，难怪当年的统治者会把石头城建筑在草原近旁高高的台地上，也难怪当年的马可·波罗途经此地后惊奇地写道："……这里风景秀美，是世界上最难得的牧场，消瘦的马匹在此放牧十日就会变得肥壮。其中还有种类繁多的水鸟和野生绵羊……"

今天是八一建军节，也是在南疆当过兵的闫师傅生日，晚上我们私人出资吃火锅为闫师傅"庆生"，啤酒喝了很多，但好像没有一点高原反应的迹象，可能是因为县城的海拔太低，区区3200米，也可能是因为这些年常远行在高原上，已经完全适应了吧。在极其干旱的新疆地区也不用担心喝啤酒会得风湿病，想喝就喝，哈哈。新疆也是我的福地！

在民风淳朴的帕米尔高原上，吃饭的费用不算贵，一顿丰盛的"晚宴"也不过五六百元。从职业上说，闫师傅是个很不错的司机兼向导，基本上能尽心尽职为我们提供服务，所以我们对他也很不错。

夜宿国际青旅，房间简陋得只摆放着两张双层铁架床，竟然连门锁都没有，更不用说卫生间了。同伴不在，害得我连厕所都不敢上，万一行李被人偷了怎么办？总不至于推着沉重的行李箱上厕所吧！一天的劳顿后，对于中年人来说最需要的是一张柔软舒适的大床和独立洁净的厕所。青旅，不适合我。

青旅的住宿费一般是按照床位付钱，对穷游的驴友有利，这里还能找到不少结伴旅行的信息，较容易临时拼凑到短期旅行的同伴。青旅，适合众多背包旅行的驴友。

◀ 第十七章 ▶

云彩上的民族——塔吉克族

时间 ◎ 8月2日

行程 ◎ 塔县—红旗拉甫—塔县—喀什　530公里

沿途景观 ◎ 红其拉甫、骑牦牛叼羊比赛、瓦罕走廊、公主堡、白沙湖

　　帕米尔高原是塔吉克族的家园，塔吉克族属于欧罗巴人种，高鼻深目碧睛，是中国境内唯一世居白色人种（俄罗斯族20世纪初才迁徙到中国境内），帕米尔高原上的太阳虽然没有把他们白皙的皮肤烤成藏区的"高原红"，但还是被强烈的紫外线晒得又红又黑。塔吉克族根据其居住环境又可以分为平原塔吉克（塔吉克斯坦共和国境内）、高原塔吉克（中国境内）。公元2世纪~3世纪，塔什库尔干一带建立起强大的羯盘陀国，羯盘陀人为中国塔吉克族的远祖。17世纪后期，帕米尔西部和南部的许多塔吉克人又相继迁来，他们共同组成现在的中国塔吉克族。

因为山川险峻，交通闭塞，世居帕米尔高原的塔吉克人无比仰慕自由翱翔于雪山之巅的雄鹰，崇拜它的迅疾和勇猛，希冀获取帕米尔高原恶劣环境中生存的力量。对雄鹰的崇拜形成了帕米尔高原上源远流长的鹰文化，深刻地影响着塔吉克人的生活和习俗。

塔吉克人的生活处处都有鹰的影子。劳作之余，他们喜欢在舞蹈中模仿雄鹰在蓝天自由翱翔和搏击长空的雄姿，时而振翅直上，时而展翅回旋，时而收翅降落，动作矫健优美，这种模仿雄鹰的"鹰舞"成为塔吉克民族的文化标签。

鹰舞的伴奏乐器——鹰笛，吹奏起来音色明亮高亢、凄厉激越，似长空鹰鸣。每逢节日、嫁娶、耕种或丰收的日子，特别是每年3月21日的"肖公巴哈尔节"（相当于汉族的春节），塔吉克人都会吹响美妙的鹰笛，模仿鹰的姿态翩翩起舞，尽情歌颂生活、抒发欢乐。

拥有一头猎鹰是每个塔吉克男人的梦想，但获得一头猎鹰并非易事，必须冒着生命危险爬上悬崖的鹰巢中挑选雏鹰，好不容易捉到雏鹰后还须经数年时间驯化，直到可以和主人一同外出打猎。一头鹰的寿命通常有40多岁，但塔吉克人一般都会在猎鹰长到10岁左右就将其放归自然，因为这时正值鹰生育后代的年龄。

塔吉克族又是一个非常重视礼俗的民族，他们的民族礼俗奇特而有趣，一般两个男子相见，先是握手，然后同时举起握着的手互吻对方手背；不同辈分的人见面，长辈亲吻小辈的额头，小辈亲吻长辈的手心；妇女们见面时，长辈吻小辈的眼睛或额头，小辈吻长辈手心，与长辈行贴面礼并抚摸对方面颊，平辈女子相见，互吻面颊，近亲则互吻嘴唇；成年女性与男性相见，女性要吻男性手掌，男性回报以抚摸对方面颊。若年龄相近，女子对男子行吻手礼后，男子以手触女子头部行相见礼。

塔吉克男子每天必做的事：走访每一户老人之家，送上自己的问候与祝福。

塔吉克族妇女都喜欢穿红色的服装，头戴华丽精美的帽冠——"库勒塔"。这种花帽圆顶笋形，额边用白布做底，其上刺绣精美图案，以黑色和红色等重彩纹为主。虽然环境艰苦，但塔吉克族妇女内心是丰富的，她们都是心灵手巧的编织和刺绣能手，常在衣领、被褥、围裙，甚至马鞍、马鞭、腰带等日常生活用品上绣出各种美丽图案，尤以妇女帽子前沿的刺绣最为精致华丽。

塔吉克族男子都头戴一顶"吐玛克"，里子用黑羔皮做成，皮帽的顶部和四周为绒布，帽顶用红线绣出一圈一圈花纹；身穿"袷袢"，即一种无领、无口袋、无扣的长大衣，"袷袢"的腰间系一块三角形的腰巾，腰巾上也绣有花纹和图案；脚穿一双紫红色的乔鲁克靴。

塔吉克族实行一夫一妻制，他们通常在本民族内部通婚，尤其是女子不允许嫁给其他民族，但男子可以娶其他民族的女子为妻。塔吉克族还盛行近亲结婚，即除了兄弟姐妹间禁止通婚外，亲戚间通婚已成为一种风习。在塔吉克人的观念中，休妻或离开丈夫都是羞耻的。

大约在公元前5世纪，生活在帕米尔高原的塔吉克族信仰的是拜火教（又称琐罗亚斯德教或袄教）。11世纪以后，在喀喇汗王朝伊斯兰运动的影响下，塔吉克人被迫接受了伊斯兰教。相对于维吾尔族的全盘伊斯兰化，塔吉克人在保留对火的崇拜等古老宗教传统的基础上，和伊斯兰教相互融合形成自己的宗教特色。

塔吉克人信仰伊斯兰教的"伊斯玛仪勒教派"（主要流行于印度、阿富汗、巴基斯坦等国家，其中在阿富汗影响最大），该教派在宗教教义上与其他教派相同，都奉安拉为唯一至高无上的神，尊穆罕默德为安拉的使者等，但在宗教功课上有许多不同：其一，每日只做早、晚两时的拜功，并在礼拜时行跪礼；其二，主张礼拜的方向可以朝向四面八方；其三，不举行伊斯兰教历九月"日禁食"斋戒；其四，主张心、眼、嘴、耳、手、脚、忍之"七斋"（即心要公道、眼不斜视、嘴不搬弄是非、耳不听谗言恶语、手不拿别人财物、脚不到热闹场所、忍辱不记仇）。所以，塔吉克族同其他信仰伊斯兰教的民族相比较有自己的宗教特色：宗教活动较少，清真寺也很少；教徒们不封斋；不重视朝觐天房圣地；除部分老人在家做两次礼拜以外，一般群众仅在节日举行礼拜，等等。

信仰伊斯兰教的塔吉克人除了三大宗教节日（古尔邦节、肉孜节和圣纪节）以外，还保留了自己古老的民族传统节日："肖公巴哈尔节""迄脱乞迪尔节""皮里克节"（"灯节"）。

在中亚各游牧民族中，塔吉克人的草场位于垂直植被带的最顶端，加之恶劣的气候条件，单一的游牧方式很难支撑一个家庭的生活，所以塔吉克人除了畜牧业，还兼营农业，过着半定居半游牧的生活。又因为帕米尔高原上依靠个人的力量难以维持生存，人们之间必须互助互信。

艰苦的自然环境造就了塔吉克人像帕米尔高原般宽厚、大度的胸怀和朴实、豁达、知足、乐天的民族性格，以及敬老、礼让、淳朴、好客的民风民俗。

据称，帕米尔高原上的许多村落至今还普遍流行用羊骨头占卜，这是一个敬畏自然，相信命运的民族。

具有多姿多彩民风习俗的塔吉克族是喀什"中亚风情"不可或缺的重要组成部分。如今随着喀什至塔什库尔干道路的畅通，这个"云彩上的民族"将逐渐为世人所了解，吸引着越来越多的人们前来。

昨晚因为闫师傅"庆生"，还因做了"松鼠"大量思想工作，我们都睡得很迟。但为了拍摄阿拉尔草原日出时的美丽，闹钟还是早早把我和小蔡从床上挣扎着唤起，天刚蒙蒙亮，我们就出现在帕米尔高原最大湿地阿拉尔草原上的塔什库尔干河畔；四周尽是威岿黝黑的大山影子，我们静静地在晨风中，在薄雾里倾听着湍急的流水声，等待日出时的美好景致。渐渐地，霞光从东面高山的另一侧慢慢地透射了上来，天空渐渐变蓝变亮，云彩渐渐变白变红，这时微亮的草原上一顶顶塔吉克族牧民的白色毡包显得格外醒目。草原开始热闹起来了。牧民的毡包升起袅袅炊烟，羊群渐渐从栏圈里钻了出来，有白的、黑的、棕的、紫的，还有黑白相间的花牛和黑得发亮的毛驴。一夜饱睡后，它们格外来精神了，四处挑剔着寻找露水打湿后肥嫩的牧草，幼稚的小羊任性地钻入母羊的怀里，寻找熟悉的奶嘴，吮吸着滋味悠长的奶水，无忧无虑地开始快乐的新一天。

晨光中的阿拉尔草原是一幅别样美丽的高原画卷。

国际青旅不提供早饭，害得我们只能窜到街上到处找吃的，没找到我们南方人爱吃的清粥小菜，也没找到小花他们北方人喜爱的新疆拉面，最后只发现一家维吾尔族人的烤馕店。刚烤出炉的馕又香又酥，再喝上几口清凉的矿泉水，就算

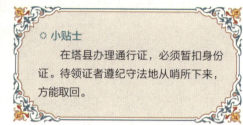

❀ 小贴士

在塔县办理通行证，必须暂扣身份证。待领证者遵纪守法地从哨所下来，方能取回。

是解决一顿早餐了。店主人是个名叫买买提江的维吾尔族小伙子，在我的恳求下，他热情洋溢地表演了一番烤馕手艺，让我幸福地拍到一组关于馕的好照片。

吃完早饭，我们急忙手持昨天好不容易到手的"通关文牒"来到边防检查站办理通行证。之后，我们又急忙动身，前往红其拉甫哨所。

县城距离红其拉甫约120公里，我们沿着中巴友谊公路（314国道线）曲曲弯弯地在山路上缓缓上升，喀喇昆仑山一座座形态各异的高大雪峰就伫立在路旁，有直刺天空的利刃，有卧地的骆驼，有白发苍苍的老翁，也有长袖飘飘的白衣仙子，它们正殷勤地迎候着我们这伙费尽心思前来瞻仰的行者；一会儿又迎面过来一伙骑牦牛的塔吉克族牧民，我们的同伴蒙古族姑娘小花禁不住下车拦住他们，爬上牛背展示女骑士的一番风采，萌态可掬；不远处的山坡上一头硕大的金色旱獭怯生生地探出头审视着冒昧前来的我们。

我们一路嬉戏打闹、卖萌逗乐，海拔慢慢地上升到4000多米，我也逐渐地感受到一阵阵高海拔缺氧的胸闷感，一股股冷意也开始穿透没有包裹内胆的冲锋衣。3个小时的走走停停后，我们终于爬升到海拔约4500米的红其拉甫前哨班时，再次被拦下等候。从前哨班到红其拉甫口岸尚有5公里山路。据说上面来了领导，电视台正在现场直播。

❀ 小贴士 红其拉甫山口

红其拉甫，意为"血谷"，据说，曾是昔日盗贼出没和战争频繁之地。红其拉甫山口是314国道的终点，海拔约4700米，距塔什库尔干县城126公里，正式开放于1982年8月27日，并竖立有中巴两国的7号界碑，有"红色国门"之美称，并成为一道亮丽的风景线。

有些资料宣称，当年的法显大师和唐僧玄奘从这里往来于印度，其实是错误的。千百年来，中国通往南亚、西亚的必经通道应该是在距离红其拉甫数十公里外的瓦罕走廊。

新丝路之旅

重走玄奘西游路

在寒风中苦苦等待近两个小时后，哨兵终于放行了。谢天谢地，领导终于走了，电视台也撤了！我们的车当仁不让地冲到最前面爬坡疾驶，车停后我们急不可耐地冲下车来，迎面看到的是一座建成于2009年的鼎状高大国门，一阵激动地拍照留念后，同伴们赶忙穿过高大的国门，只看到宽阔柏油路面的两侧竖立着两块醒目的白底红字的7号界碑。这里是一个雪山环绕的隘口，这里的海拔超过4700米，这里是国道314线的终点，这里又是中国国土的尽头，长久的期盼和经久的旅行后，我们终于能够踏上祖国最西部边陲海拔最高的神秘口岸——红其拉甫，并真真实实地站立在这块土地上，心中有一股难以抑制的激动：红其拉甫，我真实地拥有了你……

跨过界碑，是我们的友好邻居巴基斯坦，是中巴友谊公路的延伸。从这里出去，可以到达巴基斯坦的北部城市。在不久的将来，还有一条铁路行将穿越这个神秘的山口，到达巴基斯坦的卡拉奇，到达印度洋沿岸。

因为中巴友好，这里已经成为两国人民竞相前来旅游观光目的地。对没有出过国的人来说，怀抱着7号界碑，或大胆地"侵入"巴基斯坦国土，或邀请国境线上的巴基斯坦军警拍照留念的愿望极易实现，极具意义。这里没有"偷拍门"，尽管放胆拍摄，不用担心被人家扣留。因为友好，所以这里的一切都很美好，呵呵。

因为友好，巴基斯坦军警也经常"侵入"到中国境内。这不，一名巴基斯坦军人正手拿着本国产的玉石和玛瑙窜入中国境内，躲在高大"国门"的偏僻处向中国游客兜售。

该下山了，当我们从红其拉甫山口回撤到数十公里外海拔3000多米的大草原上时，一场精彩的盛会刚刚开始，原来塔吉克族用他们最热烈的独一无二的民族节目——"骑牦牛叼羊比赛"为塔什库尔干县成立60周年助兴。"骑牦牛叼羊比赛"本是"肖公巴哈尔节"才有机会欣赏到的，竟让我们幸运遇上了。

看来上天是公平的，虽然让我们吃尽苦头，但回报给我们更多的惊喜，让我们珍惜来之不易的欢乐。或许也是上天对我们百折不挠精神的犒赏。

激昂高亢的舞曲已经热烈地响起，爱美的塔吉克族妇女正穿着艳丽的民族盛装载歌载舞，舒展优雅风姿，也在帕米尔高原短暂而美丽的夏季以她们独特的民族风采欢迎我们这些意外的远方来客。红色是她们的主色调，彰显热烈奔放；每个成年妇女头戴华丽精美的帽冠——"库勒塔"，老年妇女顶披一条白色丝巾。塔吉克族的男人们大多围成一圈兴致勃勃地欣赏着他们的女人和孩子们的激情表演，或许这美好的舞曲结束时就是他们展示自己智慧和勇力的开始，成为叼羊比赛的最后勇者。

这正是欣赏和了解这个"云彩上民族"的最好机会，18～200mm镜头是在阳光下抓拍动感场景的最佳利器，不求最亮丽的色彩还原，但求最真实的瞬间写实。

当头戴礼帽的主持人宣布舞蹈结束时，一场真正的角逐——"骑牦牛叼羊比赛"如火如荼上演了。比赛规则很简单：场中央设立一个小小的圆圈，谁能抢到唯一一头羊羔并最终突出重围投入到圈内，他就是最后的胜者。叼羊比赛在很多少数民族（包括哈萨克族）都有开展，但唯独塔吉克族骑着牦牛叼羊，而且难度最大：其一，牦牛难以驾驭，较为危险；其二，牛笨，难以和通人性的骏马相提并论（说得也是，和善终善待的骏马相比，平时挨鞭又挨骂，最后还要挨刀，再聪明的牛也没有积极性吧）；其三，牦牛缺乏速度，驾驭者要突破数十人的围追堵截并非易事。这是一场消耗战、持久战，最终的胜者不仅需要勇力，更需要智慧。

赛场上已经烽烟四起，人仰牛翻，一个骑手被狠狠地撞落地下时，左脚还高高地挂在牛背上的脚蹬里拖行着，这时如果被笨重的牦牛踩上一脚，有生命危险哪，幸好牛群往另外一个方向运动。数十头气喘吁吁的笨牛在骑手的驱使下绕着

赛场四周不停息地追逐着，最早抢到羊羔的骑手或许是最早的失败者，因为他往往在众人的围堵下骑着笨牛四处奔走，根本不可能闯出包围圈闯入到场地中央，一番番拼抢拉拽后早已筋疲力尽，羊羔易手，或许一开始在外围冷眼旁观的蓄势待发者才是真正的赢家呢。这时场外的观众中，塔吉克族妇女们最焦心啦，担心着亲人们的安全，又祈祷着父亲、丈夫或儿子成为最后的胜利者。

一阵阵兴致盎然的呐喊助威和追拍后，我们一边继续观赏如火如荼的战尘，一边在不远的毡包旁美滋滋地享用美好的手抓羊肉饭，有点油腻有点咸。为什么浪子的那块羊肉特别大，而我碗里的羊肉骨头特别多……

这是一场没完没了、耗尽气力的厮杀，估计一两个小时难有结果。继续赶路吧，下一站是瓦罕走廊和公主堡。

司机曾以有部队守卫为由拒绝前往，但作为塔县的名胜古迹，拒绝游客前往似乎有点意外。经我据理力争后，司机只得答应，但提出一旦前方遇阻，立即返回。经一番打听，我们在GPS导航下顺着近旁的一条沙石路面在狭小的河谷里奔走约15公里后，眼尖的小蔡发现右手旁的高地上竖立着几块石碑，我们赶忙驱车跃上高地。开阔的平台上竖起三块巨大的石碑，分别书有"东行传法第一人安世高行经处""东晋高僧法显行经处"和"大唐高僧玄奘行经处"。哦，原来当年的法显大师、唐僧玄奘就是从这里往来于古印度的，那么对面两座高耸突兀的大山之间狭小的山谷应该就是通往阿富汗的瓦罕走廊吧，这里肯定是古代丝绸之路上通往南亚和中亚的必经之地，而不是红其拉甫山口！海拔近5000米的红其拉甫山口一年多数时间大雪封山，难以通行，中巴友谊公路为新中国修建，才有30年前红其拉甫口岸的开通。

既然史学家们引经据典地认定海拔3000多米的瓦罕走廊为法显、玄奘们往来的通道，并在此竖起历史丰碑，我们没理由不相信它的合理性。

我们从西安出发，紧随玄奘的脚步一路西

奔，一直追到阿克苏的温宿县。因为我们没有"通关文牒"，也没有继续西行的必要物资，只能眼睁睁地看着唐僧玄奘带着二十几个随从翻山越岭西去，虽然他们走了很多冤枉路。公元643年，游学10多年后载誉而归的玄奘就是从我们对面这个名叫瓦罕走廊的大峡谷里钻了出来，踏上东归故土之路的。今天，我终于再次追赶上唐僧玄奘的脚步了，内心深处喷涌出一股莫名的激动和幸福感，当然这或许是同伴们无法体会的思想感情吧。但也希望同伴们未来还会记得，我们曾站立在中阿边境附近的瓦罕走廊，我们真正抵达祖国的西部边陲。这里曾是历史上人头攒动的东西方大通道！

　　伫立在高高的台地上，远望着空寂的瓦罕走廊，一条沙石小道直通其中。据说，帕米尔高原另一著名人文景点——公主堡就在瓦罕走廊的入口处，这里曾留下"汉日天种"的美好传说。据唐玄奘《大唐西域记》记载：公元2世纪~3世纪，一位汉族公主远嫁波斯国王，队伍行至瓦罕走廊，波斯发生内乱，接送公主的两国使臣出于安全考虑，把公主暂时安置在瓦罕走廊入口一座孤立的高峰上（这公主肯定很任性），等待战乱平息。三个月后，战乱虽然结束，但尚未完婚的公主却有了身孕。侍女告诉众人，公主有孕乃是与太阳神相爱的结果，因为每天正午太阳神便从日轮中策马而下，来峰顶与公主相会。虽是骗人的鬼话，也不管是韦小宝抑或是他人所为，为保全身家性命，中外使臣们一致决定不再西行波斯或返回中原，而在山上修宫室、筑城池，等待公主分娩。后来公主产下一男婴，据称这男婴"容貌艳丽"，与众不同，于是众人拥戴这"汉日天种"为国王，建立羯盘陀国。这个具有"控驭风云"能力的国王长大后征服附近的大小邦国，扩大了疆域，成帕米尔高原的强国。

　　今天，塔吉克族也把"汉日天种"传说作为他们民族起源的依据。

　　据介绍，公主堡遗址尚存，面积有2000多平方米，依山体地形而筑，顺坡势

新丝路之旅

重走玄奘西游路

168

而建，由高渐低，呈西东走向，正面用石块砌筑墙体，西边的墙面则就地取材，用夹有一层层荆榛之类灌木枝条夯土而成。因为地处瓦罕走廊入口，公主堡战略位置十分重要，成为控制东西方交通的枢纽。

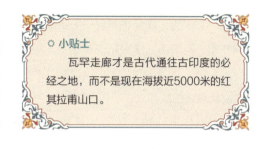

⊙ 小贴士

　　瓦罕走廊才是古代通往古印度的必经之地，而不是现在海拔近5000米的红其拉甫山口。

　　这里也曾留下唐代名将高仙芝的故事，据《旧唐书·高仙芝传》记载，唐玄宗天宝六年，吐蕃势力侵入葱岭以西，葱岭小国勃律国国王投降吐蕃，阻断丝绸之路。唐玄宗随即命令安西都护高仙芝从龟兹国出发，率领骑兵一万前来打通这条道路。据称，这支部队经历千难万险，历时八八六十四天，如神兵天降葱岭，与惊慌失措的吐蕃人展开了一场天昏地暗的厮杀，最终唐军杀伤俘虏吐蕃军无数，并活捉勃律国王，使得丝绸之路再次畅通无阻。察看一番县城青旅客栈的手绘地图后竟然发现，附近还有高仙芝将军纪念馆呢，看来这故事是真实的。

　　瓦罕走廊附近长年活动着一种奇特的动物——帕米尔盘羊，又称马可·波罗盘羊，属于盘羊的一个亚种，分布于中国、巴基斯坦、阿富汗和吉尔吉斯斯坦所在的帕米尔高原地区。这种动物有长距离活动的习惯，会在相邻各国之间来回迁徙。公元13世纪，马可·波罗翻越帕米尔高原时发现了这一独特的盘羊并最早介绍到欧洲，他在《马可·波罗游记》里描述道："这种羊体形硕大，角上长有六掌，牧人把这种羊角割下来当做食盘，用来盛放食物；还有用它来做羊群晚上休

▌知识锦囊

"驴鸣四国"的瓦罕走廊

　　瓦罕走廊是一个奇特的峡谷，形似楔子状。峡谷大多为中国所有，但四周却分别是巴基斯坦、阿富汗和塔吉克斯坦共和国领土。著名景点公主堡就在瓦罕走廊入口处，走廊内的明铁盖山口为古丝绸之路上的要隘，是通往南亚和中亚的必经之地。

　　13世纪，因为意大利人马可·波罗途经瓦罕走廊时发现一种珍贵的野生动物——帕米尔大头羊，所以后来的国际野生动物组织将其命名为"马可·波罗盘羊"。

　　从入口进去，是一条狭长的河谷，在两边高耸的雪山和黑色的嶙峋注视下，卡拉丘库尔河缓缓流过，沿河不大的草滩上偶尔能看到一两顶牧民的白色毡帐。

　　据称，任何一国驴子的嘶鸣，其他三个邻国都可以听到，所以有"驴鸣四国"之说。

息时的篱笆的，以保护羊群……"当时的欧洲人根本不相信这种动物存在，直到1838年，英国博物学家伍德在帕米尔地区再次发现帕米尔盘羊，并把它带回到欧洲，于是，英国博物学家们决定将这种羊命名为"马可·波罗盘羊"，以纪念首次发现该羊的欧洲人，马可·波罗盘羊随之成为被全世界公认的最大野羊。

因为体形独特、数量极其稀少，马可·波罗盘羊又被称作"帕米尔的精灵"，但欧洲随即兴起的盘羊头颅和羊角收藏热，又给它带来杀身之祸，欧洲市场上一头盘羊的价格为3万~10万美元，引来众多西方狩猎者铤而走险地追逐。

目前，在我国境内的马可·波罗盘羊主要活动在塔什库尔干自然保护区的瓦罕走廊和红其拉甫附近，但要欣赏到它硕大的体形和矫健的身姿，真的难哪！

神秘的瓦罕走廊内肯定有许多意外和惊喜，如果我们当时执意沿着小路继续往瓦罕走廊深处行走探索一番，或许马可·波罗盘羊正在那儿恭候我们光临呢！

人迹罕至的瓦罕走廊看似苍白，但了解到这么多有趣的故事后，您会认为值得一行吧！

短暂停留后，我们又不得不驱动匆忙的车轮赶路了。

刚过县城不久，我们来到一片大草原上时，又一场盛会正热情似火地开展起来，原来这里才是塔什库尔干县成立60周年庆祝的主会场呢，到处彩旗飘飘，人头攒动，美女如云，用强大行政资源主办的盛会比当地的民间传统节日热闹多了。塔吉克族帅哥美女们早已吹响激昂高亢的鹰笛，敲起欢快的手鼓，和着节拍跳起民族舞蹈——鹰舞。

欢乐的节日，塔吉克族妇女们必然穿起最心爱的礼服展示自己最美丽多情的一面，这里是个多彩的舞台，这里是一场塔吉克族妇女五彩缤纷的服饰秀、歌舞秀、节日秀，这里也是拍摄者们捕捉美好画面的摄影秀：绚丽、动感、真实。

中央大草场上，赛马会正进入高潮，四周观众响起一片片欢呼与喝彩声……

虽然时间是短暂的，但塔什库尔干县成立60周年的两场盛会都让我们幸运地遇上了，也让我们有机会领略塔吉克民族传统的精髓，如骑牦牛叼羊大赛、独具特色的鹰笛鹰舞、多姿多彩的服饰都详细地记录在镜头里了。

我们是幸运的，正因为上天的刻意刁难，才有机会在正确的时间，在正确的

地点，看到最令人感动的情景，也让我们十分珍惜来之不易的收获。

司机曾告诉我们，往前再走上一小段，右手边有一条至今尚能勉强通车的古代前往莎车县的羊肠小道，风景非常秀美。我翻阅唐僧玄奘的《大唐西域记》后，得知玄奘从瓦罕走廊归国后刚开始的一段行程：石头城——莎车县——英吉沙县——喀什。这样几乎可以肯定地说，这条小路就是古代丝绸之路往来南亚的必经之地，不管是唐僧玄奘们，还是高仙芝的大军，都是从这里上下帕米尔高原的。如果将来有机会重游"不周山"，我倒希望能在这条古道上走走看看。有心的读者们，您或许还能捡到一两颗唐僧玄奘不小心落下的价值连城、铁锤敲不烂的佛舍利哟！据资料介绍，当年玄奘竟带了整整一大盒佛舍利回国⋯⋯唐僧曾惊喜之余，在大漠里将救命的水袋打翻，如今在这条颠簸路上再落下一两颗舍利也情有可原吧，就怕有情众生不识货了。

已经是傍晚7点钟，我们又得出发了。闫师傅发誓说再晚也必须赶到300公里外的喀什市区！

如能在雄奇的慕士塔格峰注视下，在美丽多情的卡拉库里湖畔的毡包里住上一宿，欣赏雪山冰湖日出日落时的绚丽景色，是多么惬意的一件事情哪！我们出资人为了维护与车辆出租人后半程的和谐关系，只好妥协了。"松鼠"也终于离开我们独自留在塔什库尔干县城，希望她离去后，能平平安安地回到家里，否则大家都逃脱不了干系。

当汽车再次驶过白沙湖，已经是晚上9点了。昨天上午路过阳光灿烂时刻的白沙湖像个美丽温柔的仙子，平静如镜；而此时此刻的白沙湖却像一个可怕的罗刹，狂风大作，飞沙走石，卷起千层大浪，疯狂地撕咬着脆弱的湖岸，并不停歇地肆虐着对岸白沙山上如雪的细沙，愤怒地撒满天空。上天好不容易描绘出的绝世画面早已被糟蹋得面目全非。面对这奇异的景象，不顾司机的警告，强行下车拍照的我被铺天盖地而来的沙石拍打得头脸隐隐生痛，一阵阵强风又不断地使劲把我往白沙湖里推，这时最起码有8级以上风力。我只得拼命压低重心，速速拍上几张照片，速速离开，汽车速速窜入夜色即将来临面露獠牙的可怕盖孜大峡谷。心惊胆战地在魔鬼峡谷里行驶一个小时后，我们终于在天完全黑暗之前从帕尔

　　高原上窜了下来，到达广袤的叶尔羌平原上时，直呼"侥幸"！原以为可以顺利通达喀什了，可没走多远前面又堵车了，只得忍受着饥饿和疲惫，在黑暗中无奈地叹息着耐心等待。好不容易通车后，一路狂奔喀什，待我们进入市区找到艾提尕尔大清真寺旁的汉庭酒店时，已经是凌晨两点。这时街上的商店早已打烊了，哪里还能找到吃的？晚饭就算了，洗洗睡吧，就当减肥，明早再补一点。饿了，就扯下几块馕啃上几口吧，明天我们还要开始新的征程呢！

　　帕米尔高原是美丽的，这里到处是崴嵬的雪山冰川，这里有幽蓝亮丽的湖泊、神秘的石头城和瓦罕走廊、民风民俗多姿多彩，性格坚忍豁达的塔吉克族和柯尔克孜族人，这里还有为捍卫祖国安全而坚守的人们。帕米尔高原已经给我留下许多难以磨灭的欢乐印记。

　　我们在回到喀什的路上再次遭遇许多波折，或许可以唯心地解释为：上天回报我们精彩亮丽的自然人文景观后，对我们团队不和谐的警示吧。

　　如果您不相信上天，也可以理解为：人在旅途，即使做足功课，绝不可能一帆风顺，尽享欢乐和喜悦。我们还经常会遇到某些意外的矛盾和冲突，甚至意想不到的伤害。

　　能尽量按照合理的方式处理问题并坦然面对一切的人，才是真正的旅行者。

新丝路之旅

重走玄奘西游路

第十八章

唐僧玄奘回归之路——丝绸之路南道

时间 ◎ 8月3日

行程 ◎ 喀什—疏勒—英吉沙—莎车—叶城—墨玉县—和田　503公里

沿途景观 ◎ 乔戈里峰、新藏线起点、英吉沙小刀、刀郎木卡姆、十二木卡姆

　　昨晚我们入住喀什市唯独仅有的一家汉庭酒店（好像也只有一家如家快捷酒店），旅游旺季竟然没有几个客人，对于这个美丽的旅游城市来说是很奇怪的现象。不过也让我们这伙勇敢者真正享受到低价优质服务，优哉游哉地躺坐在大堂沙发上享受免费咖啡加羊肉包的美妙早餐。人少是客，人多是草呀！

　　但出于天道、人为等太多缘由，精彩的异域风情我们没能尽情地欣赏到，只是在喀什市的客床上先后睡过两晚，天亮后又得匆忙离去，所以我们充其量不过是喀什的匆匆过客，一个"没有真正来过新疆"的旅人，仅仅认识高台古城的导

游木拉提而已，留下了太多遗憾。

唐僧玄奘沿丝绸古道从帕米尔高原下来后，首先来到莎车县境内（《大唐西域记》称"乌铩国"），之后到达喀什（"佉沙国"），对当地的自然历史和民风民俗做了有趣描述"……稼穑殷盛，花果繁茂……工织细毡，人性犷暴，俗多诡诈……而其文字，取则印度……淳信佛法，珈蓝数百所，僧徒万余人，习学小乘教说……"玄奘在喀什做短暂休整后，又踏上前往丝绸之路南道重镇于阗（现在的和田市）的回归之路。

今天我们继续紧跟唐僧玄奘东归的脚步，自喀什向东进发，行走在古丝绸之路南线。其实，古丝绸之路南线并不是一条平直的东西走向路线，它更像一口弧形状的大铁锅，"铁锅"两端分别在喀什和若羌，"锅底"位于和田市与民丰县之间。

因为必须经过的莎车县几天前刚发生过骇人听闻的"7·28"暴徒袭击行旅事件，所以修正后的计划是走在吐和高速（国道315线）上，经过疏勒县、英吉沙县和莎车县路口时不做停留，直奔历史文化名胜之地叶城县，到新藏公路起点的"0公里"处瞻仰一番后，前往和田市。出于安全考虑，直接入住酒店后闭门不出。

从喀什出发，又是一场突如其来的细雨一扫南疆的燥热，天气变得异常清凉，但却难以抚平我们的深深忧虑。出门旅行，本应赏心悦目，放松心情，流连于山水之间，但今天我们却变得忐忑不安、心事重重，因为新闻报道，因为家人的千叮万嘱……我们和司机约定，路上一旦"有事"，汽车毫不犹豫地"杀出一

新丝路之旅

重走玄奘西游路

◇ 小贴士

　　按玄奘原来的计划，循来路东归，经高昌回国，因为他和恩人高昌王麴文泰尚有再会之约，但这时的玄奘却决定沿丝绸之路南道东行，经和田（于阗）回国。看来玄奘在喀什已经得知麴文泰的死讯，高昌国为大唐所灭，已经没有履行约定的意义了。

条血路"往前奔。

来到南疆旅行，看点太多，特别是历史人文景观，喀什、英吉沙、叶城、莎车和麦盖提作为南疆地区最大最繁华的绿洲叶尔羌平原上的重要城市，在漫漫历史长河中几度辉煌，为西域文化的繁荣扮演过重要角色，留下丰硕的遗产。

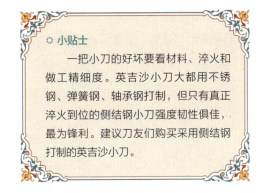

✿ 小贴士

　　一把小刀的好坏要看材料、淬火和做工精细度。英吉沙小刀大都用不锈钢、弹簧钢、轴承钢打制，但只有真正淬火到位的侧结钢小刀强度韧性俱佳，最为锋利。建议刀友们购买采用侧结钢打制的英吉沙小刀。

新疆有四大名刀，即英吉沙小刀、伊犁沙木萨克折刀、焉耆陈正套刀和莎车买买提折刀，其中英吉沙小刀以其精美的造型、秀丽的纹饰和锋利的刃口最为出名。

关于英吉沙小刀的制作历史，据说可以追溯到四百多年前，仁慈的真主路过英吉沙，看到当地干旱缺水，土地瘦瘠，民不聊生，于是暗中指点一位刀匠制作精巧的刀具，从此许多英吉沙人代代相习，以制刀手艺为生。

英吉沙小刀由当地工匠精心挑选的钢材制成粗胚和细胚，再经锉刀打磨光亮后，进行淬火、锻打、开刃、保养等多项工艺制作而成。据称，极品英吉沙小刀锋刃锐利，削铁如泥。

英吉沙小刀种类繁多，主要有维吾尔族喜爱的凤尾式、百灵鸟式、黄鹂式、喜鹊式，哈萨克族喜爱的红嘴山鸦式，汉族喜爱的龙泉剑式、蒙古族喜爱的兽角式等20余种，它们既是人们的日常生活用品，又是具有较高观赏价值的工艺品。

旧时代的官僚富豪，常专门订制诸如佩剑之类的特种英吉沙小刀以显示身份，有钱的巴依（地主）、寺院主持阿訇赴麦加朝觐时，也会特意订制精工细作的英吉沙小刀。

现在英吉沙小刀的名气越来越大，和田、莎车、喀什、库车和乌鲁木齐等许多地方专营刀具的商店和民族用品商店都出售英吉沙小刀，琳琅满柜，让人眼花缭乱。

因为英吉沙小刀历史悠久，选料精良，做工考究，造型纹饰美观秀丽，成为人们的馈赠佳品或珍藏品。

英吉沙县不仅是著名的"中国小刀之乡"，还是"中国达瓦孜之乡"，创造多项吉尼斯世界纪录的高空王子阿地力就是英吉沙人。

麦盖提县的"刀郎木卡姆"是集歌、舞、乐于一体的大型综合艺术，为"十二木卡姆"的源头和根基，它与新疆境内的各种维吾尔族"木卡姆"有着千丝万缕的联系，又具有相对独立的艺术特色。2006年，刀郎木卡姆作为一种民俗被列入国家非物质文化遗产。

刀郎木卡姆的显著特征：自由奔放的个性和纯朴有力的音乐节奏及舞蹈步伐。主要伴奏乐器为：拉弦乐器刀郎艾捷克、拨弦乐器卡龙、刀郎热瓦甫，以多面达普击节相伴，上述拉弦、拨弦乐器在伴奏中，经常不做跟腔，而奏出各种各样的枝生复调或节奏，从而与声乐形成复杂的多声部效果。

刀朗木卡姆现有9套，每套都由"木凯迪满""且克脱曼""赛乃姆""赛勒凯斯""色利尔玛"五部分组成，为前缀有散板序唱的不同节拍、节奏的歌舞套曲。每部刀郎木卡姆的长度为6分钟到9分钟，9套总长度约一个半小时。

刀朗木卡姆的唱词全都为刀郎地区广为流传的维吾尔民谣，充分表达了刀郎维吾尔人的喜怒哀乐，同时反映出维吾尔族社会生活的各个方面，内容丰富多彩，曲调高亢粗犷，感情纯朴真挚。

西域地处欧亚大陆的中部，在众多民族文化的碰撞和交融中，衍生出纷繁多彩的音乐舞蹈，如龟兹乐、疏勒乐、高昌乐、于阗乐，并在汉唐之后对中原地区影响深远。古代西域是中国的歌舞之乡、音乐之乡。

哈喇汗王朝解体后，16世纪的南疆地区建立起以莎车县为中心的叶尔羌汗国。叶尔羌汗国的苏丹（国王）阿不都热西提汗的王妃阿曼尼莎罕对古代西域的地方音乐进行重大改革：其一，根据当地维吾尔族传统的民族音乐调式特点，按照7个主音和5个副音调式，规范维吾尔族木卡姆，使之成为"十二木卡姆"；其二，维吾尔十二木卡姆包括拉克、且比亚特、木夏吾莱克、恰尔尕、潘吉尕、乌孜哈勒、艾介姆、乌夏克、巴雅提、纳瓦、斯尕、伊拉克；每一个木卡姆又均分为"穷乃合曼（大曲）""达斯坦""麦西热普"三大部分；每部分又由四个主

新丝路之旅 重走玄奘西游路

旋律和若干变奏曲组成。每一首乐曲既是木卡姆主旋律的有机组成部分，又是具有和声特色的独立乐曲。其三，统一改用流畅、文雅的回鹘——突厥诗词为木卡姆的歌词，其中以纳瓦伊的抒情诗为主，并创作出许多新的诗词。

木卡姆，"音乐史诗"或"音乐调式"之意。16世纪，经过阿曼尼莎罕王妃整理规范与定型后的维吾尔族音乐"十二木卡姆"，集传统音乐、演奏音乐、文学艺术、戏剧、舞蹈于一体，又具有抒情性和叙事性相结合的特点，这种音乐形式在世界艺术史上独树一帜，堪称一绝，也成为古代中亚音乐之集大成者。

经历近400年漫长岁月的检验，维吾尔族音乐"十二木卡姆"最终成为当代不朽音乐和维吾尔族的骄傲，它像蒙古族的《江格尔》、柯尔克孜族的《玛纳斯》、藏族的《格萨尔王》一样，具有世界性影响，是东方音乐文化的无价之宝。

每个真正热爱新疆的旅行者或许都读过以发现楼兰古城遗址闻名于世的瑞典旅行家斯文·赫定的《亚洲腹地行纪》。1895年4月10日这一天，斯文·赫定从麦盖提县的拉吉里克村出发，尝试从叶尔羌河流域穿越塔克拉玛干的广袤沙漠前往和田河流域。斯文·赫定的队伍出发时带足了粮食、武器和科学仪器，唯独没有带上足够的饮水！他们在沙海中耗尽了所带饮用水后，开始喝人尿、骆驼尿、羊血……最后不得不杀鸡止渴。当他们最终挣扎着爬到和田河时，却发现这只是一条干涸的季节河，几乎令斯文·赫定崩溃。这次探险使得他最终失去全部骆驼和两个驼夫，丢弃绝大部分辎重，遗失两架相机和1800张珍贵底片，从此塔克拉玛干沙漠在西方人眼里多了一个特别的名字——"死亡之海"。

在大漠中一番绝望地搏斗后，九死一生的斯文·赫定侥幸发现了和田河中游一口没有干涸的救命水潭。后来他在《亚洲腹地行记》里回忆道："……我喝个不停，干瘪的身体像一块海绵一样吸收水分。顿时所有的关节都软化了，动作也自如了许多。皮肤原来粗硬如羊皮纸，而今也变得柔软了。额头上也有了些湿气。脉搏加快了跳动，几分钟后就上升到56下。血管里的血液流动得更畅快了……心中有了幸福舒畅的感觉……后来我给这面池塘取名为天赐之池……"斯文·赫定因此死里逃生。

后来，英国人斯坦因、瑞典人安博特根据斯文·赫定的记录都找到过这个斯文·赫定救命的水潭。如今，这口"天赐之池"到底在哪里呢？我们还能找到吗？

叶城县，是一个以维吾尔族为主体的多民族聚居县，地处315国道和219国道交会处，是古丝绸之路南道重镇。西藏的阿里地区在建国后长期由新疆地区托管，叶城便是通往阿里地区最大的物资集散地。所以，如果您去过阿里的狮泉河镇，一定会发现那里早已烙上深深的新疆味儿！连阿里地区早期发现的许多文物，现在还收藏在新疆历史博物馆里呢！

因为叶城是新藏公路的起点，也因为新藏公路曾是最艰险的进藏公路，所以成为许多喜山乐水、勇于探索的强驴们梦寐以求的旅游胜地。来吧，到新藏线"0公里"处拍照留念！

叶城境内还有一享誉中外的世界第二高峰——乔戈里峰，为喀喇昆仑山脉主峰，海拔8611米，国外又称K2峰。喀喇昆仑山脉呈西北—东南走向，绵延数千公里，高峰密集，全世界14座8000米以上的高峰在这里有4座，它们分别是乔戈里峰、海拔8051米的布洛阿特峰、海拔8068米的加舒尔布鲁木山和海拔8035米的加舒尔布鲁木II峰，另外，喀喇昆仑山脉7000米以上的高峰有20多座，因此这里成为全世界登山家们瞩目的第二大登山中心。人类尝试征服乔戈里峰开始于20世纪初，但直到半个世纪后的1954年7月31日，才由意大利登山队从巴基斯坦一侧沿东脊首次登顶；1982年8月4日，日本登山队沿北山脊登顶。

乔戈里峰的进山路途漫长，从叶城乘坐汽车沿新藏公路到麻扎后，再沿简易公路行驶25公里到达麻扎达拉，接下来还须骑3天骆驼方能到达90公里外的乔戈

知识锦囊

新藏公路（叶城—狮泉河）

新藏线全长1455公里，是世界上海拔最高的公路，途中须要翻越5座5000米以上的山口，其中最高的界山达坂海拔5248米。行走在新藏线，短短的3天时间里从海拔900多米的叶城翻过5200多米的山口后，须长时间停留在4500多米的阿里，往往超越了很多人身体正常承受的极限。

新藏线又因路况极差、环境恶劣、人烟稀少，成为所有进藏路线中最危险的一条，也是众多热爱骑行的驴友心目中最艰苦、最考验毅力的极限骑行路线。

走别人走不到的路，看别人不曾看过的风景，又道出选择新藏线的驴友的心声。当下有一段顺口溜："骑行新藏线，堪比蜀道难；库地达坂险，犹似鬼门关；麻扎达坂尖，陡升五千三；黑卡达坂旋，九十九道弯；界山达坂弯，伸手可摸天"。

与川藏南线绚丽多彩的自然风光相比较，新藏线以壮阔之美著称。这条线路须要翻越昆仑山、冈底斯山，沿喜马拉雅山脉北麓南下，途中还可以欣赏到喀喇昆仑山、古格王朝遗址、神山冈仁波齐、圣湖玛旁雍措、鬼湖拉昂措、班公措等壮丽的自然人文景观，还经常能看到成群结队的藏野驴、藏原羚等野生动物。

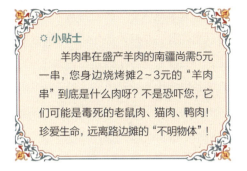

☼ 小贴士

　　羊肉串在盛产羊肉的南疆尚需5元一串，您身边烧烤摊2~3元的"羊肉串"到底是什么肉呀？不是恐吓您，它们可能是毒死的老鼠肉、猫肉、鸭肉！珍爱生命，远离路边摊的"不明物体"！

里峰登山大本营（海拔3924米的音红滩），途中须要翻越海拔4800米的阿格勒达板进入克勒青河谷，还得小心避开每年7月、8月暴涨的河水。

　　2012年见证过珠峰的伟岸后，来到南疆真的也很想见识见识世界第二高峰的风貌，但听完闫师傅的介绍，最终决定放弃这一计划，因为我们没有那么多时间，只好把乔戈里峰放在梦里了！

　　县城中心高高地竖起一座石碑，四面分别书有"核桃之乡""石榴之乡""玉石之乡"和"歌舞之乡"字样，原来叶城真的不一般。栽满街边的核桃树正挂着青涩的果子，特别诱人哟！铺着红色地毯的驴车是叶城重要的交通工具，正载着游客们欢快地撒开步伐满街跑呢！盛装的妙龄女郎呀，又是一道亮丽风景线！

　　午饭在市区一家维吾尔族清真餐厅吃的，每人一碗新疆拉面，馋嘴的老山羊又吃了5根原汁原味的碳烤羊肉串，每根5元，但绝不是我们沿海地区街边烧烤摊兜售3元一根的"羊肉串"。

　　叶城过后，绿树碧草渐逝，取而代之的是灰茫茫的戈壁滩。虽然一场难得的小雨让空气变得清爽凉快，但还是不断刮开阵阵沙尘。司机告诉我们，这里的沙尘暴为家常便饭，经常只有百十米视线。四周都是灰蒙蒙的，想在大漠边缘见到碧蓝如洗的晴空估计有点难，我们似乎被包围在晦暗的沙尘中。突然前面又迎来一个绿树繁花的小镇，我们进入一片绿洲地区，道路两旁绿树成林，一排排高大修长的白杨、一片片碧翠的核桃树和玉米地让人备感意外，原来这里有一条昆仑山雪水融化的小河流过。一条河流能滋润和改良一大片沙化的土地，形成一个个绿洲，带来粮食、瓜果和牛羊。在南疆，水是一切生命维系的血液，也是当地最为稀缺的资源，难怪维吾尔族人的洗手礼节是那么特殊，原来水源对于他们太重要了。

傍晚，我们终于赶到和田市区，入住市中心的玉府快捷酒店。当我询问前台的女服务员和田市区安全情况、晚上是否可以出门时，小妹不屑地说，她都不害怕，你们这些男人还怕什么？听得汗颜，于是一致决定集体上街游荡一番。华灯初亮，到处是热闹的情景，忙碌一天后的人们纷纷上街散步来了；小贩在街头巷尾摆起一个个小摊点迎候客人的光顾；宽阔的市中心广场上，"中国大妈"们在悠扬的旋律中自在地跳着欢乐的广场舞，表达出她们的无畏、坚忍、乐观。

　　一尊库尔班大叔和毛主席握手相拥的巨大雕像就竖立在广场上，述说着一个脍炙人口的真实故事——库尔班大叔骑毛驴上北京感谢毛主席。故事的主人公库尔班·吐鲁木是和田地区于田县农民，自幼失去父母，在巴依（地主）家的羊圈里度过童年。为了挣脱被奴役的生活，他带着妻子逃到荒漠里，靠吃野果生存。后来妻离子散，他独自度过17年的野人生活。

　　新疆和平解放后，当库尔班·吐鲁木得知毛主席实行土地改革，使得他家分得田地，从此过上幸福生活，便执意要去北京拜见恩人毛主席。用他的话说："能让我亲眼见见毛主席，这辈子也就心满意足了。"就这样，库尔班·吐鲁木老人骑着小毛驴上路了……

　　1958年6月28日下午，历经坎坷来到北京，75岁的库尔班大叔同其他全国劳动模范一起喜气洋洋地来到中南海，受到毛主席的亲切接见。他紧紧握住毛主席的手，久久舍不得松开的珍贵照片永远地凝固在历史的记忆里。

　　如今库尔班大叔一家的生活发生天翻地覆的变化，他的曾孙女还成为我国第一艘航母"辽宁号"上的第一代少数民族女兵呢。

　　库尔班大叔骑毛驴上北京的故事后来还被拍成电影，虽然带有浓烈偶像崇拜的时代色彩，但无论如何，库尔班大叔的故事实实在在地发生过。或许现代人看过后才会懂得祖辈、父辈们在那个时代真实的生活写照，也或许通过这部电影，人们才会对建国初实行土地改革的历史作用有更深刻的感性认识，它曾使多少农民从中受益呀！

　　真正深入过藏区的人们或许还会发现，许多藏民家里一直张挂着毛主席画像，知道为什么吗？我希望年轻的读者们能用好奇的心灵、探索的眼睛去寻找、去发现……

　　脱离时代背景，简单评判任何一个历史或现实问题，都是任性的、不负责任

新丝路之旅

重走玄奘西游路

的，产生的后果或许比放大的"雾霾"造成的社会不满和恐慌更为可怕，如果还开着排量4.0的吉普车到处炫耀环保意识，是可耻的。

"泉州"带着我们在大街小巷里转悠大半天后，竟然选择在全世界各个角落都能找到的川菜馆里吃饭哟，真的没有品位！直勾勾地盯着街边夜市的维吾尔族摊点上散发出沁人心脾香味的金黄色烤全羊，哈喇子都快流下来了。

和田，古称"于阗"，地处塔里木盆地南沿，东通且末、鄯善，西通莎车、疏勒，全盛时期的领地包括今天的和田、皮山、墨玉、洛浦、策勒、于田、民丰等地，都城位于今天和田市的约特干遗址。和田古代居民为操印欧语系的吐火罗人，属雅利安人的一支，唐僧玄奘《大唐西域记》曾记载，于阗王国与古印度阿育王太子有深刻的历史渊源。

于阗，古代西域两大佛国之一（另一个为龟兹），主要信仰佛教大乘教派，是中原佛教的源头之一。法显在《佛国记》里记载，公元401年初到于阗，"其国丰乐，人民殷盛，尽皆奉法，以法乐相娱，僧众数万人，多学大乘……"后来唐僧玄奘途经于阗，也为当地的佛教盛况感染，并在《大唐西域记》里写道："……崇尚佛法，珈蓝百余所，僧徒五千余人，并多习学大乘法教。王甚骁武，敬重佛法……"

公元前2世纪（西汉时代），尉迟氏建立于阗王国，因位居丝绸之路要道和东西文化之冲要而繁荣一时，成为古代著名的西域强国，并与中原王朝长期保持密切的经济、文化联系。两汉时期，于阗成为最早获得中原养蚕技术的西域国家，故至今仍以丝织业发达闻名；唐代，于阗成为安西都护府所辖四镇之一；9世纪末，于阗与沙州（敦煌）交往密切；北宋初，于阗还多次派使臣、僧人向中原王朝进贡；10世纪早期，于阗国王李圣天自称唐朝宗属，他"衣冠如中国，其殿向东"，穿汉式服装，戴汉式王冠，住汉式宫殿，连年号"同庆"也与中原王朝相同。

于阗人民喜爱音乐、戏剧，最著名的是于阗乐舞，汉代传入中原；南北朝时，于阗乐舞风靡中原，唐朝国乐《十部乐》就收入有《于阗乐》，唐代于阗筚篥演奏家尉迟青誉满长安，"万方乐奏有于阗"一直被传为佳话。于阗的绘画具有印度、伊朗的混合风格，唐代与阎立本、吴道子齐名的著名画家尉迟乙僧就来自于阗王国，并在许多寺庙里绘有大量佛教内容的壁画。

于阗王国先后历经了中原地区汉、魏、晋、南北朝、隋、唐、五代、北宋等众多朝代，跨越了13个世纪，拥有惊人的生命力和延续性，在世界历史上相当罕见，应该是史上存在时间最长久的王国。

但世间没有永恒的东西，任何事物都有"曲终人散"的时候，11世纪初的于阗王国在哈喇汗王朝发动的宗教战争中灭国了。

哈喇汗王朝是西迁回鹘的一支，于9世纪中期在喀什葛尔建立政权，也是第一个信奉伊斯兰教的突厥王朝。国王布拉格汗为取得中亚伊斯兰势力支持，成为改信伊斯兰教第一人，并从他的叔叔手里夺取政权，进而在南疆地区发动大规模的伊斯兰化运动。布拉格汗死后，他的儿子木萨汗进一步推行伊斯兰教，并发动了旨在征服佛国于阗的旷日持久宗教战争。木萨汗及其继承人花费24年时间，最终在11世纪初征服于阗王国。当地的人种和语言逐渐回鹘化，并陆续皈依了伊斯兰教。

其实，哈喇汗王朝和于阗王国的长期战争中，胜少败多，于阗王国还多次兵临城下呢。为什么哈喇汗王朝最终能够反败为胜？究其原因，哈喇汗王朝的优势在于它拥有广阔的中亚地区为战略腹地，有较为雄厚的经济基础和众多的人口（兵源），且得到中亚和西亚广大伊斯兰势力的支持；于阗王国人口少、底子薄，无法承受长期战争和重大失败，加上中原地区恰逢北宋、辽、西夏的严重对峙，所以缺乏中原王朝的支持，孤立无援。

吞并于阗王国后，哈喇汗王朝大肆修建伊斯兰寺院，开办宗教学校，培养传教骨干。这样，伊斯兰教在新疆地区的影响力越来越大。元代，伊斯兰教又在蒙古人支持下，将其他宗教势力从吐鲁番盆地排挤出去，最终实现整个新疆地区的伊斯兰化。

由于伊斯兰运动的长期打击，由于宗教的偏见，曾一直占据统治地位的佛教文化艺术在新疆地区遭到毁灭性打击和破坏，新疆的佛家寺院最终也像佛教的发源地古代印度一样，剩下的都是断壁残垣。

新丝路之旅

重走玄奘西游路

◀第十九章▶

昔日的于阗王国——美玉之乡和田见闻

时间 ◎ 8月4日

行程 ◎ 和田—洛浦县—策勒县—于田县—民丰，共291公里

沿途景观 ◎ 玉龙喀什河、约特干遗址、"丝绸之乡"吉亚、尼雅遗址、达里雅布依人

    有人说，到了北京看城头，到了西安看坟头，到了桂林看山头，来到新疆应该看看石头。新疆幅员辽阔，资源丰富，地质地貌多种多样，到处都是稀奇古怪的石头，当中还有许多了不起的宝贝呢，戈壁玉、彩泥石、托帕石、玛瑙石、宝石光、鸡血石等奇石或许在无意中被你拾起，当然还有幸运者捡到极其珍贵的狗头金的经历呢。据称，新疆有多达18处捡珍奇异石的地方，其中又以和田这块宝地为最，因为8000年前这里就以玉龙喀什河里的"和田美玉"闻名天下了。

    今天我们来到"和田玉"的故乡，不到著名的玉石市场淘上一块自己心仪的

美玉是不是很遗憾哪？另外，我们还有机会下到著名的玉龙喀什河里寻玉，试试自己的运气，能否捡到一块宝贝？河床虽然早已被许许多多人翻过无数遍，但或许还会有"漏网之玉"吧。

玉龙喀什河亦称白玉河，自古因出产"和田白玉"而得名。玉龙喀什河出产的宝玉主要有青玉、青白玉、黄玉、碧玉、白玉等36种，其中最为名贵的当属数量极为稀少的羊脂白玉，据称，羊脂白玉经过一轮轮炒作后，价格已经上涨到每克10000元以上，贵比黄金呢。

一大早我们就兴冲冲地下到玉龙喀什河里，在湍急的水流里翻动起一块块经千万年冲刷磨砺成圆滚滚的乱石，希冀能捡到一块上好的石头。不一会儿工夫，我就捡到好几块色彩艳丽的石头，很美很特别！捡来的石头虽然不一定是玉，但作为奇石来收藏其实是个不错的主意。河里寻玉良久，贪心的我捡回一堆五颜六色大小不一的石头，其中有三块透白的石头特别大，电筒照上去又有点通透，包皮的里面是不是美玉呢？经验丰富的闫师傅检验为普通石头后，我又不舍得丢掉，先扔到汽车后备箱里放着吧，回乌鲁木齐以后再做打算，闫师傅心疼得嗷嗷叫，气嘟嘟地说我捡来的破石头快要把他的车给压坏了。不就是增加些许重量嘛，你这个人咋这么小气呀？又不要你出油钱。

据称为了寻宝，2006年在玉龙喀什河不到100公里的河床上聚集了30万做发财梦的人们和3000台张牙舞爪的大型挖掘机，掘地"三丈"。但宝玉是挖不尽、捡不完的，因为昆仑山的洪水每年都会冲刷下来大量玉石。

我们在河滩捡石头的时候，一些贩卖玉石的维吾尔族小贩纷纷上前搭讪。这些维吾尔族小贩兜售的玉石，肯定是平时在玉龙喀什河里捡来的，简单切割加工后卖给游客谋利。如果是游客如鲫的往年，他们兜售的和田玉价格肯定高得离谱。但今年像我们这样胆大包天敢来南疆旅行的人屈指可数呀。或许对做玉石生意的人来说也是个前所未有的好机会，再坏的事情都有受益者吧！这些维吾尔族小贩为了维持

生计，再低的价格都可能舍得出售，应该是我等捡便宜的天赐良机，从百无聊赖、尾随不舍和焦灼的眼神就可以看出他们对成交的迫切愿望。这不，维吾尔族小贩脖子上挂的这块非常漂亮的原石成了试金石，也是我认为此行最值得购买的东西。开价上万元被我恶狠狠地砍到50元，维吾尔族小贩闻罢怒气冲冲地离去，一会儿又不死心地转悠着回来；当我还到250元时，维吾尔族小贩好像也很忌讳这个不吉利数字，忙说"不好听"；一番讨价还价后以1000元价格成交，维吾尔族小贩把自己心爱的佩玉都卖了。其实，第一眼瞄见挂在他胸口的这块美玉时，根本不懂玉的我就打心眼里喜欢上它了，看来这块玉真的跟我很有缘。

据司机介绍，真正的和田玉价值不菲，随便一块不大的玉石到了沿海地区都成倍成倍地升值。不过，这块美丽的宝玉我是绝对不会卖的，因为最美好的东西是留给自己的。

从此以后，我们这些根本不懂玉石的菜鸟们憧憬着捡玉的发财梦，每路过一条小河，恨不得都能下到河里折腾一番，淘上几块好石头，或许我们捡到的其中一块石头就是上好的美玉呢，本次的旅行费用是不是就赚回来啦？

和田名产众多，除了闻名世界的美玉，"和田大枣"也特别出名，个大肉多甜香。闫师傅告诉我们，特别是和田地区新疆建设兵团二二四团生产的"和田玉枣"，个头有香烟盒大，有"天下第一大枣"的美誉。

和田还是古代西域三大"丝都"之一，其著名的"丝绸之乡"位于"和阿沙漠公路"起点处的洛浦县吉亚乡，这里是新疆最有名的"艾德莱斯绸"最古老的原产地。据称吉亚乡现有艾德莱斯绸生产专业户1560户、织机1850台，2011年全乡艾德莱斯绸产量高达35万匹，是名副其实的"丝绸之乡"。

艾德莱斯绸以色彩艳丽、图案古雅、历史悠久著称。它常用翠绿、宝蓝、黄、青、桃红、紫红、橘黄、金黄、艳绿、黑、白等色调，对比强烈；图案结构细腻、

⚙ 小贴士 "和氏璧"为何方玉石

　　一些书籍妄称，战国时期的"和氏璧"为和田玉。笔者查阅《史记》后得知，"和氏璧"产自"楚山"，而楚国地处广大的长江流域，所以"和氏璧"为"和田玉说"是没有依据的。"和氏璧"到底为何方玉石呢？笔者认为，与长江上游云南省相邻的缅甸盛产翡翠，距离楚国也近，所以"和氏璧为缅甸翡翠"的可能性更具广阔的想象空间。

紧凑、严谨；色彩强烈、透明、逼真，再现大自然光和色的美感；艾德莱斯绸图案还富于变化，样式多，有植物、饰物、工具、乐器等各种具有强烈和田地方特色的图案，并规则地呈二方连或三方连交错排列，两侧再配以流苏等纹样。

还因艾德莱斯绸至今仍传承了古代严格的植物扎染技术，所以织出来的彩色丝绸质地优良，富有弹性，轻薄柔韧，美观华丽，且久洗不褪色，深受维吾尔族妇女的青睐。现在的人们不仅把艾德莱斯绸视为衣料，更有人把它作为工艺品买回去制作成室内装饰呢。艾得莱斯绸极富民族特色。

史书记载："胡人见锦，不信有虫食树吐丝所成。"长期以来，丝绸在西域人眼里是一种神奇的东西。2000多年前的于阗王国原本不种桑养蚕，却在后来成为西域地区的著名"丝都"，据称，和一位远嫁于阗的汉族公主有关。唐僧玄奘在《大唐西域记》里写道："东国"（中原王朝）严禁将养蚕种桑技术外传，但于阗国王向"东国"求亲成功后，密令下嫁的公主必须将蚕种带来。公主为讨得夫君欢心，将蚕种偷藏在帽子的发髻内，躲过了严格的检查，带到于阗国，并教会当地人养蚕种桑织丝技术，从此丝织业逐渐在于阗乃至整个西域发展起来，于阗国成为著名"丝都"。于阗人为感激"传丝公主"的恩德，把她的人像刻在木版画里，并供奉在都城附近一个叫"麻射"的佛家寺庙内。

后人本以为这是唐僧道听途说后编出的乌托邦式美丽传说，但没想到1900年英国人斯坦因竟然在盗掘丹丹乌里克古城时意外获得这块木刻版画，现摆放在大英博物馆。

和田的桑皮造纸已有2000多年历史，据称比东汉蔡伦造纸还要早100多年呢！桑皮纸的制作工艺和内地的造纸工艺相当，不同之处是桑皮纸只是用桑树枝的嫩皮为原料，反映了和田地区古代建立在种桑养蚕基础上发达的丝织业。直到20世纪70年代，和田地区还在使用桑皮纸。

历史悠久的和田地区名胜众多，其中尼雅遗址、阿克斯皮力古城、买力克阿

新丝路之旅

重走玄奘西游路

/ 知识锦囊

和田"三宝"

和田玉、地毯、艾德莱斯绸被称为和田"三宝"。

瓦提古城、喀拉墩古城、安迪尔古城、赞木寺、策勒小佛寺、库克玛日木石窟以及约特干遗址等都是世界知名的风景名胜。

市区西南方向15公里处的巴格其镇境内还有一棵"核桃王"树，据考证种植于公元644年，距今1300余年历史，堪称果树中的老寿星。该树树高近17米，大致呈"Y"字形，整棵大树主干五人合抱有余。由于年代久远，主树干中间已空，形成一个上下连通的"仙人洞"，游人可从洞口进入，顺着主干从树丫上端出口处爬出。距离树王12米处也长出一棵两人合抱大的核桃树，形状酷似老树王，有人比喻为"一对情深意浓的人间母子"。核桃树王虽老，却枝繁叶茂，苍劲挺拔，年产核桃6000余颗，且个大皮薄、果仁饱满。

关于它的来历，据传还与唐僧玄奘有关。玄奘取经归唐途中饥渴难忍，发现荒芜的戈壁上竟长有一棵挂满坚果的大树，取而食之顿觉神清气爽、精力充沛，于是玄奘摘取许多果子置于行囊中，每日取食一枚。行至和田，将剩下的三枚果子赠予当地人做种子，经数十代人培育长成如今的参天大树。核桃树王与唐僧"联姻"的传说虽然离奇，缺乏证据，但不失为美好故事。

据称，当地寿星众多，仅核桃树王所在的恰勒瓦西村80岁以上老人就多达八九十人。当地人认为，肯定与吸收了天地之精华的树王有关。

更有人认为，中国四大文学巨著之一的《西游记》里吃了长生不老的人参果树原型就是这棵老核桃树！

核桃树王厉害吧，还不赶紧前来参拜一番？

更传神的是，1877年清朝大将军左宗棠西征见此树后，立即绕马三周，回京途中奇顺无比，在朝中深受重用。但笔者查阅资料后，却发现左宗棠当年根本没来过此地！

万万不可当真！不过有机会前去摘上一颗"人参果"回家做纪念，比远渡东瀛费钱买个马桶盖回来划算吧？

和田又一著名历史名胜为约特干古城，这是一个值得人们追寻和缅怀的地方——世界历史上存在时间最长的古于阗王国都城遗址！

出了市区，我们闪进一条幽深的迷宫般蜿蜒曲折、遮天蔽日的丛林小道，两旁都是笔直修长的白杨林、茂密的核桃树、绿油油的玉米地和若隐若现的维吾尔族院落，该死的卫星导航一次次把我们诱入死胡同，还好，它能告诉我们回走的路，不然真的出不去了，万一遇上躲闪在丛林里的歹徒怎么办？心里有些许紧张的我们最后只好沿路返回。

约特干古城，你到底在哪呀？出于安全考量，我们最终悻悻地放弃今天上午追寻的目标。也因为功课准备不足，路况不明，法显和玄奘曾经弘法过的历史名胜赞木寺我们也决定不去了。

公元644年，唐僧玄奘来到佛国于阗，得到国王的热情款待，宣讲佛法3月有余，并给唐太宗修书一封，表达出17年离家后浓浓的思乡之情，没想到唐太宗并无责备和追究玄奘当年偷渡出国之意，很快就给他回了一封热情洋溢的信件，并派使者前来热烈欢迎玄奘快快回家。

今天的计划，是继续紧随唐僧的脚步东行，奔驰在国道315线上，过洛浦县、

沿和田河古道穿越塔克拉玛干大沙漠

早在汉唐之际，沿和田河穿越塔克拉玛干大沙漠是丝绸之路的一条重要支线，更是塔里木盆地南缘到北缘的捷径，所以曾在沿途设立过担负守望警戒作用的"亭障"。途中要经过著名的麻扎塔格山，据称，因哈喇汗王朝和佛国于阗的军队曾在此发生过"圣战"，并埋葬许多圣战者尸体得名。麻扎塔格山南边有个红色的山嘴，北边有个白色的山嘴，所以又叫"红白山"，其中红山嘴上有一座汉唐时期的古戍堡。

和田河原是汇入塔里木河的一条支流，中下游现已断流，留下干涸的故道。相对于其他穿越塔克拉玛干沙漠的旅行路线来说，顺着和田河故道穿越塔克拉玛干沙漠到阿拉尔成为一条颇具吸引力的旅行探险路线，沿途有大片胡杨林相伴，胡杨林之间的戈壁滩上散落着各种颜色的玛瑙，幸运的话您还能在干涸的和田河道里捡到价值不菲的美玉呢！据称，每年都有不少强驴奔走这条路上。

策勒县、于田县，天黑前赶到民丰县。

国道315线一路经过许多居民小镇，常看见维吾尔族大爷驾着驴（马）车在公路上转悠，所以驾车行驶需要特别小心，谨防对面或从路边突然窜来的驴车或漫不经心的人群。出了小镇，失去绿色防护林庇护的我们又很快被风沙包围，又是满眼灰茫茫的黄沙。

作为历史上著名的丝绸之路南道，它曾是个熙熙攘攘的地方，汉代西域许多大小国家，如鄯善国、且末国、小宛国、精绝国、扞弥国、于阗国、皮山国、蒲犁国、乌莎国、疏勒国、若羌国、渠勒国、戎卢国就点缀在这条路上，记载了它曾经的繁荣。一直到13世纪，丝绸之路南道还非常热闹，马可·波罗越过葱岭途经于阗，后来在他的游记里写道："境内城镇和塞堡不计其数……"

但我们今天行走的国道315线并不是当年唐僧玄奘们所走过的道路，2000多年来因为战火、森林砍伐和气候变化等诸多因素，引来塔克拉玛干大沙漠的愤怒咆哮和肆虐，沙漠大约向南移动了100公里，沙进人退，许许多多的国家、城市、村庄和道路早被吞没在厚厚的沙丘中，与国道315线平行的丝绸之路南道早已被大漠吞噬。看起来无比荒凉和惊悚的绵延不绝的沙丘下面深深浅浅地埋藏着太多秘密，或许经一场突如其来的沙漠风暴搬运后，流动沙丘下的一座古城遗址会突然暴露在幸运者面前呢。

难怪在19世纪末20世纪初，南疆深深吸引俄国人普尔热瓦尔斯基、瑞典人斯文·赫定、英国人斯坦因等冒险家们前来，他们以不平等条约为护身符，肆意踏践中国领土，经常深入大漠探险寻宝，许多古老王国的遗址在他们的发掘下重见天日，使"西域"这块神奇的土地再次展示在世人面前，也给他们带来巨大的荣誉和财富，招徕更多的国际探险家、盗墓贼，广袤无边的"死亡之海"——塔克拉玛干沙漠地区从此成为全世界冒险家的乐园。

尼雅古城遗址，地处民丰县城以北120公里外的大漠深处，南北向25公里长，东西向7公里宽，散布在尼雅河下游古河道沿线，为汉代西域36国之一"精绝国"王城所在地，唐僧玄奘回家路上称此地为"尼壤城"。1600年前，这里还曾是树木繁茂、水量充足、美丽富饶的绿洲王国呢。后来，精绝王城因不明原因早早被岁月的流沙淹没在大漠腹地。1901年为英国人斯坦因探险发现后，尼雅古城遗址及尼雅文化立即轰动全世界，被誉为"东方的庞贝古城"，斯坦因从这里盗走700多件佉卢文简牍。

据资料介绍，尼雅遗址文物遍地，古墓房舍至今保存完好，出土的文物有汉文木简、木器、印章 铜铁器、货币、陶器、丝织品残片以及其他生产生活工具等，历次出土的文书主要为诏书、公文、私人契约、书信、寺院文字和诗抄等，其中佉卢文和"延年益寿大宜子孙锦"是其精华所在。

尼雅遗址最大的发掘成就为1995年出土的绣有"五星出东方利中国"的神秘

知识锦囊

相关卦辞解说

"五星出东方利中国"，为中国古代占星用词，是古代先民观察五大行星运行变化而归纳总结出来的占辞术语。"五星"指水、火、木、金、土五大行星；"东方"是中国古代星占术中特定的天穹位置，"中国"作为地理概念，特指黄河中下游的京畿地区及中原一带；"五星出东方利中国"意为五颗行星在同一时期内出现于东方之天象，则于中国之军国大事有利。

由于五大行星围绕太阳公转时间各不相同，五星聚合一处的天象出现几率极低，所以占星家们赋以它重要的星占学意义：关系到战争胜负、王位安危、年成丰歉、水旱灾害等军国大事。因此，《史记·天官书》里写道："五星分天之中，积于东方，中国利；积于西方，外国用（兵）者利。五星皆从辰星而聚于一舍，其所舍之国可以法致天下。"

☀ 小贴士

　　因为尼雅遗址不对外开放，对于许
多旅行者来说是一大遗憾。不过，民丰
县城有一座日本人援建的尼雅文化博物
馆，馆藏尼雅遗址文物500多件，据称，
还是和田地区最好的博物馆呢。前去看
看吧，或许是一种补偿呢。

　　织锦，据介绍，该织锦为五色平纹经锦，长18.5米，宽12.5米，圆角长方形，用白绢包边，长边各缝缀三条黄绢系带，图案为变形云纹、星纹以及孔雀、仙鹤、辟邪、老虎等瑞兽祥纹，花纹间织出星占祈瑞"五星出东方利中国"等篆文字样。织锦质地优良，图案瑰丽流畅，为汉式织锦最高技术的代表，同时说明中原和西域广大地区之间经济文化交流的频繁。

　　这些文物对研究古代西域政治、经济、文化和社会发展具有极高价值。尼雅遗址成为塔克拉玛干沙漠现存最重要的古代遗址之一。

　　人们在考古中惊奇地发现，作为精绝国王城的尼雅遗址没有战争、杀戮或其他人为的严重毁坏痕迹，一些房门至今还是敞开或半敞开的，房内散落着不少碎铜片、刀子、戒指、耳环、汉五铢钱等遗物；房里的纺车还挂着丝线，用佉卢文撰写的木简函牍整齐地排放着，甚至还没来得及打开封泥，粮仓里还堆放着许多麦粟……

　　精绝国居民为什么一夜之间突然消失得无影无踪，留下一个在当时保存完好的空城呢？精绝国灭亡的原因又是什么呢？尼雅遗址引来了无数人好奇的目光和众说纷纭，有人认为它毁于日趋恶化的自然环境；也有人认为受到来自南方苏毗人的入侵后，精绝国的居民在夜色掩护下被迫撤离。但这些观点都没有充分的文字和文物证据。

　　尼雅遗址留下许多千古之谜，等待有心人和幸运者前去解读、破译。

　　为一睹被世人鼓吹得如此特别的绝世风貌，我们决定前去一探究竟。出县城后我们顺着世界最长的塔里木沙漠公路北行数十公里后，在GPS导航下岔入左边的一条柏油小道继续往大漠深处行驶，四周黄沙遍地，甚至漫过路面，稀稀疏疏地长着些红柳和梭梭，越往里越荒凉，越有一种空旷和死寂的恐惧感，行驶半个小时后，眼前突然出现一片葱绿的小树林，里面依稀隐藏着一个小小村落，一条小溪从沙漠的低洼处潺潺流出，洁净清凉，灌溉和滋养了世代生活在这里几乎与世隔绝的人们。真没想到，"死亡之海"深处竟会有这样一个草木繁盛的小村落。

　　继续往村子里走，突然，一座小木屋前的横杆挡住我们前行的路，一个维吾尔族村干部从木屋里钻出来告诉我们，再往前不远处就是著名的尼雅遗址所在地，当局出于文物保护考虑，不对外开放，只允许少数专家学者入内考察，一般游客如果没有得到民丰县委主要领导的同意是不能入内参观的。我们不远万里而来，已经来到"东方庞贝古城"的家门口，竟然还被拒之门外，只得使出浑身解数，找遍自治区所有能够帮忙的人，好不容易得到主管古城遗址的民丰县委领导的电话，好不容易挂通后，对方不耐烦地听完来意，说了一句"正在开会"就急忙挂断了（后来我们才得知，有11个莎车"7·28"恶性事件的暴恐分子和我们同日流窜到民丰县。那时他们应该正在召开紧急会议，哪来空闲理会我们这些来自远方的普通游客）。被逼无奈，为了实现一睹世界著名文化遗址的愿望，我们向维吾尔族村干部提出私下交易的请求。没想到，我们得到的答复是："我是共产党员，不能私下收你们的钱！"多么崇高的理由，多么值得崇敬的灵魂，多少年没有听过这样真正感人肺腑的话语呀！它竟然来自大漠深处一个淳朴的共产党人之口！这或许是本次旅行能够见到、能够听到的最感人一幕，我一下子想到方志敏，想到了刘胡兰……

　　还有什么理由再纠缠下去呢？算了吧，虽然没有亲眼见证传说中神奇的"东方庞贝古城"，但我收获了好久没有过的心灵深处的感动和涤荡，或许还是我本次旅行中最大的收获呢。

点赞大漠的宏阔和包容，点赞这朴质的共产党人。

　　广袤的塔克拉玛干沙漠对当地人来说是个可怕的"死亡之海"，但令人吃惊的是，大漠中心区域竟神奇地生活着这么一个族群——达里雅布依人。

　　2000年前，源于昆仑山的克里雅河穿越塔克拉玛干沙漠，最后汇入到塔里木河，达

里雅布依人世代生活在克里雅河下游两岸繁衍生息。克里雅河断流后，达里雅布依人若要前往现在的于田县，须骑骆驼沿克里雅河干涸的古河道和穿越一座座不断堆积起来的高耸沙丘，行走300多公里的艰苦路程。从此达里雅布依人与世隔绝了，他们生活在被称作世界上最孤寂、最偏僻的地方，并逐渐被外面的世界遗忘不知多少年，直到1982年才被一支石油地质勘探队发现。

为什么达里雅布依人能够在茫茫大漠的重重包围中长期生存？一切都是因为有水的缘故。克里雅河流出于田县后，在大漠的吞噬下断流了，但河水并没有完全被极其高温干旱的天气蒸发，其中一部分水源在松软的沙丘下化成地下潜流，最后又在大漠腹地地势低洼的克里雅河下游地区流出地表，灌溉了附近人们赖以生存的绿洲，成为达里雅布依人的生命之水。于是，这些地处大漠中心的人们忘却时光的流转，过着自给自足的世外桃源生活。他们躲避了乱世，错过了新中国的建立，也"错过"了灾难性的"文革"十年，但赶上了改革开放的美好时光。

如今，这里设立了达里雅布依乡，并修筑通往外界的公路，但前往达里雅布依人的家乡并不容易。据资料介绍，进入达里雅布依乡只能租车，预计来回的行程需要八天：第一天从于田县出发经尧干托格拉克到艾沙克阿訇麻扎，即琼麻扎；第二天从琼麻扎到野营地；第三天从野营地经克孜勒克到达目的地。人们在达里雅布依乡玩转两天天后，须按原路返回。

大漠中心达里雅布依人的家乡有什么值得人们前去探索的呢？这里有圆沙古城遗址、大河沿民俗村两大景点；这里仍保留着达里雅布依人淳朴的民风民俗，对外来的客人充满善意；这里还散落着9万多公顷生机勃勃的胡杨林呢。

作为目前所知塔克拉玛干沙漠中心唯一一个绿洲，达里雅布依是不是南疆又一个值得好奇者前来探索的神奇地方呢？

今天收获是巨大的，除了尼雅遗址门外的深深感动，还在玉龙喀什河畔买到一块赏心悦目的真正产自和田的美玉；又在于田县吃午饭时见识了重达350克的馕坑烤羊肉串，并品尝到它的美好滋味。黄沙遍地的南疆可是一个令人难忘的好地方哟！

民丰县，一个十字星结构人口稀少的小县城，一个被外围的大漠风沙团团包围的绿洲。县城交通便利，街边散布了许多宾馆酒店，如西域宾馆、尼雅宾馆、华都宾馆，人们根本不需担心吃住问题。还因为前来的游客稀少，宾馆的房价便宜，甚至还有许多讨价还价的余地。

第二十章

穿越"死亡之海"——
行走在世界最长的沙漠公路上

时间 ⊙ 8月5日

行程 ⊙ 民丰—塔中—且末，约500公里

沿途景观 ⊙ 塔里木沙漠公路、大漠风光、水井房、牙通古斯村、塔中油田

　　今天行程的计划，从民丰县城出发行走在世界最长的塔里木沙漠公路上，深入到沙漠中心的石油重镇塔中；感受大自然鬼斧神工的壮丽后，从塔中走"塔且沙漠公路"到达且末县。今天的行程其实是一次穿越大漠的深刻体验，用"泉州"的话说，来到南疆怎能不来一番大漠体验呢？

　　塔里木盆地大型油气田相继发现后，为了解决运输问题，经过长达两年时间

的可行性研究后，国务院最终决定建设一条贯通塔克拉玛干的沙漠公路，并于1995年国庆前全线建成通车。塔里木沙漠公路北接314国道，南与315国道相通，全长522公里，其中流动沙漠路段北起肖塘，南至民丰县城以东23公里的恰安，约466公里。塔里木沙漠公路是目前世界上流动沙漠中修建的最长公路，也是世界第一条长距离贯穿流动沙漠的高等级公路。2002年，又修建起从塔中到且末县全长156公里的一条支线"塔且沙漠公路"。至此，纵贯大漠南北的塔里木沙漠公路形成"人"字形结构，沟通轮南、塔里木河、肖塘和塔中四大油田。

塔里木沙漠公路的路基宽10米，黑色路面为7米，采用"强基薄面""路基振动干压实"和"土工布稳固沙基"施工工艺，达到国际领先水平。

为了防止沙漠将公路掩埋，又先后采用"芦苇方格"和"芦苇栅栏"防沙治沙手段，并在公路沿线大量种植红柳、梭梭等沙生植物，形成宽度为20～100米不等的绿色防护带。为了保证植被成活，又引进以色列艾森贝克公司的"滴灌"技术，沿途每隔4公里设一个"水井房"，共设立108个（一说114个），雇用专职人员管理这些植被的浇灌工作。由于地处沙漠腹地，生活比较枯燥单调，所以被雇请人员要求必须都是夫妻身份。

沙漠公路的风景是独特的，有塔里木河、沙漠公路0公里碑、轮台胡杨森林公园、一望无际的茫茫沙海、公路两旁让人眼前一亮的绿色长廊和散落一地蓝墙红瓦的"水井房"，它们都是好奇者翘首期盼的美好景致。还有，林立在沙漠中心那些长相奇异的抽油怪兽们不知道算不算沙漠一景？

当然，8天前我们自北向南驶入这条沙漠公路时早已见识过塔里木河、轮台胡杨森林公园的旖旎风姿。今天我们由南向北再次杀入沙海，更想体验一种穿越时刻的快感，探究沙漠腹地曾与世隔绝的神秘牙通古斯人。

刚驶入沙漠公路，两旁长满一片片芦苇，原来这里仍是尼雅河的恩泽之地。很快，我们告别了湿润的芦苇和稀疏的胡杨，一头扎入灰茫茫的沙海，往沙漠公路深处驶去。眼前的塔里木沙漠公路特别醒目，它是那样地笔直、修长、宽阔，像一条游弋在无边无际黄色沙海上的黑色长龙，在高低起伏的沙丘间向前蜿蜒延伸，硬生生地把桀骜不驯的大漠劈为两半。公路两旁熙熙攘攘地伫立着的红柳、梭梭和骆驼刺们，深深扎根于沙土中，用它们柔弱轻摆的身姿挽起一道坚韧的防护林，送来满眼绿意，送来无限温情，守护着这条长长的绿色走廊，让人意外，促人振奋。绿色长廊外是一望无垠的沙海，数千年来它堆积起一座又一座高大游移的沙丘向四周扩张，挑战着高大的昆仑，驱赶着世居的人们，吞噬了无数的城市和绿洲。沙丘表面的沙浪好似它的年轮，记录着沙海的变迁，炫耀着它无坚不摧的强大、暴虐和喜怒无常。今天，由一簇簇柔弱绿植组成的绿色长廊竟然把它一分为二，蛮横的霸王愤怒了，他咆哮着舞动法力无边的衣袖，卷起狂暴的沙浪，遮天蔽日，企图轻松将沙漠公路掩埋于地，教训人类的胆大妄为。但一次次疯狂的攻击后，顽强的沙漠公路都在柔软但勇敢的芦苇、红柳和梭梭们的保护下岿然不动，霸王最后都疲惫而难堪地铩羽而归。这是人类和大自然之间一场主动的较量，这是人类在大自然恶势力千万年追杀后的一次勇敢反抗，可能代表正义和勇力，可能代表进步和智慧。这是否也昭示着人类从此不再听命由天，任凭摆布呢？

人类在现代科技的支持下，竟能在黄色暴君的心腹之地植起一道绿色长廊。难怪多情善感的诗人曾激动地写道："满目青葱揽翠屏，飞车尽在画中行。蓝天下面田畴阔，碧树当中道路平……"我想，任何一个穿越在沙漠公路上的旅行者，都会有许多深深的感动。

沙漠公路的路面夯实平直，车辆又少，我们的汽车时速轻松达到100多公里，如果沿途没有监控，这条长达500公里的沙漠公路可是任性飙车的好地方。

我们停车歇息时，走访了负责看护098号水井房的一对来自山东的中年夫妻，他们每天早上起床后的第一件事是启动柴油机抽取地下水，清冽甘甜的地下水会自动顺着一条条早已铺设在沙堆上细小的黑色管子滴灌到沙漠公路两旁绿化带植被的根系里，夫妻俩只须骑自行车来回巡视4公里责任区内的植被浇灌情况，并及时向相关管理部门汇报。他们每年的工作时间为3月—11月，夫妻俩每月工资相加不足5000元，12月到来年2月回老家休息的3个月时间里是没有收入的。公司每周给他们运送一次生活必需品，但必须自己出钱购买。他们的收入其实并不高，还必须忍受每天12个小时没有电和每年长达9个月在沙漠里度过的漫长生活，但从他们的话语和神态里看到的却是那份坦然和知足。对他们来说，最惦记的是山东老家还在读高中的女儿，再熬两个多月就可以回家看望女儿了。108个水井房，意味着有108对夫妻日夜守护着这条世界最长最昂贵的沙漠公路，他们是默默坚守岗位的无名英雄，他们值得所有人敬佩！

非常幸福地喝着塔克拉玛干大沙漠深深的地底下抽出的地下水，是那么的清

洌甘甜，这可能是世界上最纯净的矿泉水了。我也非常奢侈地在这世界最干旱的沙漠腹地用如此珍贵的矿泉水清洗自己臭烘烘的脚丫。

据资料介绍，距离民丰县不到100公里的沙漠深处有一个曾经与世隔绝的沙漠绿洲——被誉为"沙漠第一村"的"牙通古斯"。牙通古斯，意为"野猪出没的地方"，沙漠公路修建前，它和沙漠中心的达里雅布依一样，为新疆最偏远、最封闭的地方，从民丰县城骑骆驼前往须要在沙漠里艰难跋涉3天3夜才能到达。

据专家考察，牙通古斯村出现于近代，仅100多年历史，早期的居民多为逃避赋税或债务临时躲藏到这里的，所以他们历来只搭草棚，不建房屋，以便随时返回家园。1901年，英国人斯坦因前来考察时当地仅有居民4户，后来为躲避乱世，前来的人越来越多，发展到今天已经有85户400多口人。

由于沙漠公路在村子附近经过，牙通古斯终于揭开了神秘的面纱，吸引越来越多外面世界好奇的目光。村里的居民主要以放羊、挖掘大芸和种植瓜果为生，大芸是一种生长在沙漠中红柳、梭梭根部的寄生植物，学名"肉苁蓉"，被誉为沙漠人参，具有滋阴壮阳之功效。这里种出来的瓜果因为日照时间长，昼夜温差大，也特别香甜。

村民的主食是一种叫"魁麦其"的面饼，做法是先把沙子烧红，再把和好的面饼放进去烤熟；如果是烧烤羊肉，先把羊肚子清洗干净，再往里面装上羊肉后，埋在烧红的沙子里烤熟了吃。

虽然牙通古斯村开始走出封闭的世界，前来的游客日益增多，但这里的居民依然保留着浓浓的原始气息，他们过着夜不闭户、路不拾遗的无忧无虑生活，对外面的世界毫无防备之心。

这个沙漠腹地的绿洲据说还散落着3万多公顷的胡杨林，每到金秋十月，当胡杨变得金黄时刻，这里是一片绚丽多彩的世界。

据资料介绍，牙通古斯村位于塔里木沙漠公路474公里标示处（即自南向北行驶约50公里），路旁竖立着一座高大醒目的门楼式建筑，上书有"沙漠公路第一

村"字样，顺着一条羊肠小道往东行驶18公里就到了。

相信许多好奇者了解到沙漠腹地竟有这么一个神秘的维吾尔族村落后，定会跃跃欲试。

中午12点30分左右，我们终于抵达塔里木沙漠公路的中心——塔中镇。据资料介绍，这是一座热闹的石油小镇，镇里有招待所和餐馆，还有一个曾被过往行旅称颂的"塔中食宿城"和殷勤大方的老板娘，听说还有机会去塔中油田炼油厂找热情的石油工人蹭饭吃呢，塔中的三岔口据称设有沙漠公路上唯一一座加油站。

我们顶着大漠正午的烈日，饥肠辘辘，焦头烂额地并排站立在三岔口四处张望，传说中的"塔中食宿城"在哪呢？不是说附近还有加油站吗？除了路上先后发现的一家大型汽修厂、一个停满汽车和石油器械的停车场外，远处的荒野里还零星散落着几幢红色建筑，我们赶忙疾驰前去，却发现栏杆挡住去路，禁止入内。我们寻找良久，并没发现最向往的餐馆、酒店，连个人影都没见到，估计这时红色建筑里的人们早已藏在阴凉处躲闪正午的热浪去了，有谁还会出来理会我们这些冒失前来的好奇者？酷热的太阳下唯有公路两旁沙漠里伫立着的许多抽油机正不停歇地"一抬一叩"，抽取地下的油气。据闫师傅介绍，一台"磕头机"每天的利润高达8000元，整个新疆地区不计其数的"磕头机"源源不断地为中石油带来不尽财富，难怪乎中石油的大款们曾豪称"几千万都不是钱"。

哪一年中国没油可挖了，中石油们也可顺势改行为"荒漠戈壁治理改造发展无限公司"，相信他们定能为中华民族做出更伟大的贡献！

一阵阵无果的搜索后，我们决定不再停留，顶着悬挂在头上的烈日继续往前行驶，争取找一阴凉处伴着矿泉水吃点干粮喂饱早已干瘪的肚皮，一周前在阿克苏购买的馕没吃完，还堆在车上呢！

塔中过后，我们飞奔在前往且末县的沙漠公路支线156公里的"塔且公路"

新丝路之旅

重走玄奘西游路

上。可能是因为沙漠绿化的代价昂贵，这条后来才修筑的支线公路两旁不再建设长长的绿色走廊和鲜亮耀眼的水井房，取而代之的是一道道芦苇制成的草方格、纵横交错的高立式防沙障。远远望去，防沙的芦苇栅栏和草方格随着绵延起伏的沙丘不断地向远方伸展，犹如长长的链条牢牢锁住黄色巨蟒，令其动弹不得，又是一道气势磅礴的壮丽风景线。

再也找不到绿树丛林的我们驶上一座高大的沙丘时决定停车，在午后太阳炙烤下滚烫的沙地里来一顿热烈的午饭。一屁股坐在公路旁高高的沙地上，下半身立即感受到一股涌起的热浪，惊吓得赶忙起身，这时的地表温度估计早已超过60℃。为防止屁股被烤熟，只得垫着凉鞋坐在沙堆里啃着我们存放多日干巴巴的"扯皮馕"喂饱自己干瘪的肚子，突然想起电影《上甘岭》张连长拼着干渴冒火的喉咙艰难咽下半块饼干时的情景。当然，我们的条件比张连长他们好多了，毕竟车里储备有足够的矿泉水，这时女汉子小花又意外地给我们递来私藏多时的火腿肠，并声称每人仅限量一根，让我们一下子感激涕零地发现小花姑娘是那样美丽、那样可爱，像荒漠里的绿洲，像干渴的旅人久久寻找的清泉，更像开胃的火腿肠。谢谢小花，谢谢小花的火腿肠！

从苦难美的角度看，这是一次难忘的忆苦思甜式沙漠体验。这次南疆行，我很幸运地与一群生性乐观友善的年轻朋友们结伴旅行，大家没有抱怨，只有默契配合、分工协作和共同分担，也能充分享受旅行的乐趣。

一路奔来，我们有幸先后两次在这条世界最长的沙漠公路上旅行，除轮台胡杨森林公园到塔中这一段约100公里路程没走外，其他路段我们都丈量过了，如果再计算上我们从塔中镇来到且末县156公里的支线公路，行程已经远超500公里了。所以，我可以欣慰地告诉自己，这是一次比较完美的穿越塔克拉玛干沙漠的旅行。

✿ 小贴士

对于渴望穿越塔克拉玛干沙漠的游客来说，塔里木沙漠公路无疑提供了最好的条件，自驾穿越整个沙漠，仅需5小时左右，沿途可看见奇异的沙漠景观和千年胡杨。

现在，越来越多自行车爱好者骑行在这条沙漠公路上，相信不久的将来，沙漠公路会和川藏南线一样热闹起来，每天穿梭着数不清的骑行者！

如今，穿越塔克拉玛干大沙漠不再令人生畏，它又是一条非常理想的徒步路线，沿途的水井房和热情的守护者会为疲惫的旅行者送上清凉甘甜的饮水。

塔克拉玛干大沙漠

位于南疆塔里木盆地，被称为"死亡之海"，面积33.76万平方公里，是仅次于撒哈拉大沙漠的世界第二大流动沙漠。

世界各大沙漠中，塔克拉玛干沙漠最神秘、最具诱惑力。沙漠中心为典型的大陆性气候，风沙强烈，温度变化大，降水量少；塔克拉玛干沙漠流动沙丘的面积很大，沙丘高度一般在100～200米，最高达300米左右；沙丘类型复杂多样，复合型沙山和沙垄宛若蛰伏在大地上的一条条巨龙，塔形沙丘群呈各种蜂窝状、羽毛状、鱼鳞状，变幻莫测。沙漠有两座红白分明的高大沙丘，名为"圣墓山"，"圣墓山"上的风蚀蘑菇奇特壮观，高约5米，巨大的伞盖下可容纳10余人。白天，塔克拉玛干烈日炎炎，沙面温度有时高达70℃~80℃，旺盛的蒸发使地表景物飘忽不定，沙漠行旅因此常常会看到远方出现朦朦胧胧的"海市蜃楼"。沙漠四周，沿叶尔羌河、塔里木河、和田河和车尔臣河两岸，生长着密集的胡杨林和红柳灌木，形成"沙海绿岛"；特别是纵贯沙漠的和田河两岸，生长着芦苇、胡杨等多种沙生植物，构成沙漠中的"绿色走廊"，"走廊"内流水潺潺、绿洲相连。经长期考察，人们又发现沙层下藏有丰富的地下水和石油等资源，且利于开发，进而推翻了"生命禁区论"，纵贯大漠南北的两条沙漠公路建成就是很好的证明。

塔克拉玛干曾有过辉煌的历史文化，古丝绸之路南道和中道就从它的南北两端经过，并承载过太多的繁荣，如今它们大都淹没在黄沙之中。

有品位的旅行者大都会关注旅途中的人文内涵，关注相关的社会话题。穿越塔克拉玛干有必要了解古丝绸之路文化，而欲了解古丝绸之路文化就不能不了解与之密切相关的西域古国历史，以及千百年来各方面的变迁。为什么一系列的古国遗址今天大多远离人类社会，沉默干没有生命的大漠中？这又是一个与自然环境及环境保护密切联系的话题。

下午4时许，我们终于从沙漠公路窜出，赶到昆仑山脚下的又一玉石之乡——且末县。听闫师傅介绍，且末是新疆和田玉山料的主产地，以玉料色白、质润闻名。且末玉主要有糖羊脂白玉、糖玉、羊脂白玉、白玉、青玉、青白玉、黄玉等，也有少量品质很好的戈壁玉。据称，且末县出产的和田玉山料约占整个新疆和田玉总产量的70%。

闫师傅的一番介绍，又害得我们这些菜鸟们蠢蠢欲动，赶忙扔下行李，打听到玉石市场的位置后，奔发财梦去了。

虽然太阳还高高地悬挂在天上，但这时的玉石市场几乎是空荡荡的，除了摊位上眼巴巴地恭候顾客光临的维吾尔族摊主，就剩我们一伙客人了。我们东瞧瞧西看看，也难窥其中名堂。一个两鬓斑白的维吾尔族老汉在靠墙的一张破旧木桌上摆放了两块没有规则的大石头，其中一块约有15公斤的分量，内里隐约透出一股碧绿，揣摩了半天，会不会是一块好山料呢？赌一把不？假如又走狗屎运淘得一块宝玉，不就赚翻了！即便日后剖开发现成色欠缺也不要紧，大可留作旅行纪念，订制木质托盘，把石头供奉起来欣赏把玩。想着想着，心头开始蠢蠢欲动起来。

生意冷清，准备收拾回家的维吾尔族老汉见我喜欢，赶忙开价3000元，企盼我能够买去。看天色尚早，还打算在市场里闲逛一番的我，决定等会儿回来时再买，并叮嘱老汉不要离开。没想到，等我们9点半回头寻找时，维吾尔族老汉早已离去，看来他不大相信我会再次光顾，所以早早收摊回家去了。太可惜了，在老汉眼里我们不是太有诚意的人！太遗憾了，原来这块石头竟然和我没有缘分！

闲逛到一个玉镯摊位时，我们和摊主的女儿——一个漂亮的维吾尔族姑娘聊起天来，当她告诉我们她在北京石油大学读书，并利用暑假给父母亲帮忙时，一下子拉近了彼此的距离，她也给出极其优惠的价格，于是我们大伙儿没有防范、没有节制地买下许多玉镯。除了"沐"没动心，老山羊心痒痒地买下两只，小蔡在目不转睛地盯着可爱维吾尔族姑娘的不经意间也买下两只，平时一毛不拔的"浪子"也贸然出手了，老谋深算的"泉州"买得最多，回酒店的路上还得意洋洋地吹嘘着自己的英明，打算明天再来肆意抢购一番呢。

我们一回到旅馆，就被旅馆的老板娘和闫师傅一顿奚落："仔细听听，玉石手镯哪来这般清脆悦耳的声音？肯定是玻璃和树脂制品，真正玉石手镯的价格高出十倍以上……有没有发现这个小小水泡——玻璃制品的最显著特征，傻子。"难道玉石之乡也盛产假货？我们这些"傻子"以每只150元价格购入的手镯真的是玻璃制品吗？

我们这些根本没有玉石常识的菜鸟们色迷心窍，在可爱的维吾尔族姑娘诱惑下，早早入套而不自知。

美丽的罂粟花哟，她的毒性大着呢！一群贪婪好色的主哟，活该被骗的！

第二十一章

"最早的安琪儿"——米兰古城见闻

时间 ◎ 8月6日

行程 ◎ 且末—瓦石峡—若羌，约280公里

沿途景观 ◎ 沙漠胡杨、阿尔金山自然保护区、米兰古城

　　今天的计划，是直奔若羌县。因为沿途景点较少，路途也不长，仅277公里，所以我们吃饱喝足后，近10点钟才出发，继续追随唐僧玄奘的脚步东行。

　　刚出城不久，我们又遇路旁多姿多彩的沙漠胡杨林，浓密的芦苇丛里横七竖八地躺着、坐着或立着许多造型各异、神态万千的胡杨：有的仍青翠碧绿、生机盎然；有的虽然已经死去千年，但还倔强地挺立在天地之间；有的不知何年轰然倒下，但那扭曲的躯体仍不情愿地卧伏在土地上，不愿被风沙淹没。

　　与生活在"江南水乡"的轮台县塔里木河畔身材高大魁梧的"长须胡杨"相比较，这里的胡杨长得矮墩，枝条短小，当属"短须胡杨"，应该是干旱、风大等恶劣气候原因，它们不敢冒昧往上冲。

　　今天，且末至若羌这段国道上的风景看似平淡无奇，其实对于户外探险者而言，国道往南的百十公里藏有一处中国境内最精彩刺激的自然景观，它就是面积达45000平方公里的中国最大的高山自然保护区——阿尔金山自然保护区，这里保留着以野牦牛、藏野驴、藏羚羊三大高原有蹄类野生动物为主要种群、保存完好的原始高原生态类型。这里还栖息着许许多多野骆驼、野狼、雪豹、昆仑棕熊、藏原羚、鹅喉羚、盘羊、岩羊、青羊、黑颈鹤、长嘴白灵、藏雪鸡、金雕、猎隼、黑秃鹫等50余种珍稀野生动物，数量之多，品种之全，冠绝全国，其中野牦牛达10000多头，藏野驴40000头以上，每年冬季和春季前往鲸鱼湖、阿雅克库木湖、木孜塔格峰脚下交配、产羔的藏羚羊多达40000~50000万头，场面极其壮观。

　　据不完全统计，阿尔金山自然保护区野生动物数量超过15万头（只），堪称"中国的马赛马拉国家公园"。如果不是盗猎分子的骚扰，阿尔金山自然保护区是野生动物们宁静的家园。

　　资料介绍，阿尔金山自然保护区还有散布着众多诡异的高山湖泊、世界海拔最高的荒漠、神奇的岩溶地貌、千古冰川和神秘莫测的魔鬼谷。这里还有一条翻越昆仑山口通往西藏的古代驿道，当年的瑞典探险家斯文·赫定应该就在这里装扮成喇嘛后企图前往拉萨的。

　　阿尔金山自然保护区的众多高山湖泊中，较出名的有阿亚克库木湖、阿克其库勒湖、鲸鱼湖、贝勒克勒克湖、依协克帕勒湖，它们都独具特色，个性十足。

　　阿亚克库木湖位于祁漫塔格山下，被包围在大漠之中，为保护区内面积最大的湖泊，达536平方公里。傍晚的阿亚克库木湖非常美，这时幽蓝的湖水、金色的沙海和祁漫塔格山黑色的岩石，构成一幅梦幻般的亮丽画卷。

　　阿克其库勒湖位于保护区西部，它的矿化度高达到82%，面积352平方公里，为保护区第二大湖泊。湖中有两个小岛，栖息着数万只各类候鸟。伫立湖畔，还可以欣赏到不远处海拔7723米银光闪烁的木孜塔格冰山的璀璨风姿。

　　鲸鱼湖位于昆仑山腹地海拔6004米的巍巍雪山下，面积约250平方公里，因其形似抹香鲸而得名。其湖面海拔4708米，水深10米，为典型的冰蚀湖。现存12级

湖岸阶梯见证了鲸鱼湖缩小变迁的过程，在世界高山湖泊中极为罕见。鲸鱼湖东段有一处自然形成、高出湖面2～4米的金色砂砾堤。最令人惊奇的是，湖堤以东为淡水，湖堤以西是咸水。由于水质的明显差异，形成湖东水鸟成群，生机勃勃，湖西一片死寂，毫无生机的自然奇观。

依协克帕勒湖是水质最好的湖泊，四周是绿色的草地，所以这里是唯一有居民的地方，也是探险者良好的宿营地。

最奇特的当数积沙滩上小湖群，在海拔4900米的沙漠中，竟呈月牙状散布着145个小湖泊。人们站立在湖畔，或许会惊诧于松软的沙海如何能承载它们的存在！当然，这些小湖群成了众多珍稀哺乳类野生动物赖以生存的水源。

阿尔金山自然保护区的沙漠，以库木库里沙漠和鲸鱼湖东部的积沙滩新月形沙丘最为著名。库木库里沙漠面积2500平方公里，横卧于祁漫塔格山南麓，海拔在3900米~4700米之间，主要由高大的金字塔沙丘和新月形沙丘组成，沙漠平均厚度达300米。积沙滩新月形沙丘海拔高达5000米，面积120平方公里，为世界海拔最高的沙漠，比自称世界第一高度的南美洲海拔3000米的阿塔卡玛沙漠高出2000米。沙丘掩埋了近代河床和冰积物，活动性较大，至今仍在堆积上升中。沙丘底部丰富的潜水依新月形沙丘汇集成众多美丽的月牙形水泊。

魔鬼谷位于若羌和青海省交界的昆仑山中，西起库木库里沙漠，东至布伦台，长100公里，宽30公里，海拔3000米~4000米，其南有高耸入云的东昆仑，北有祁漫塔格山，它们阻挡了柴达木盆地夏季干燥炎热的空气。两山夹峙，雨量充沛，那棱格勒河穿越其间，大小湖泊星罗棋布。峡谷虽然海拔较高，却冬暖夏凉，一到夏季沟内便鲜花盛开，绿草如茵，好似一条绿色长廊。然而，这景色迷人的峡谷却充满着恐怖气氛，被视为人类的禁区、魔鬼的乐园。当地流传着许多关于"魔鬼谷"的神秘传说："当黑云笼罩着山谷，伴随着电闪雷鸣，即可看到蓝莹莹的鬼火，听到猎人求救的枪声和牧民及挖金者绝望而悲惨的号哭声。几乎每次暴雨过后，山坡上和沟谷里到处是羚羊、野驴和飞禽的尸体，尸体旁还伴有一些黄色的枯草和焦土，场面惨不忍睹。"听了令人毛骨悚然，因而当地牧民都很畏惧靠近这可怕地方，也绝不敢让羊群跑进这美丽峡谷里吃草，并取名为"魔鬼谷"。前去考察的科研人员发现，他们携带的GPS定位设备即便在晴天也会发生失灵、指南针"神经错乱"的反常现象。

但再可怕的地方都难以阻止人类探索的脚步，经科考人员长期观察，最终解开了"魔鬼谷"之谜：原来魔鬼谷是一个雷场，潮湿的空气受昆仑山主脊的阻挡，常常沿着山脉向谷中汇集，形成雷电云，并携带大量电荷在空中构成强电场，特别遇到快速移动的"异物"时，往往会发生尖端放电，也就是"雷击"现象，造成人畜瞬间死亡。同时，这里的地层除了大面积火山喷发的强磁性玄武石外，还有30多个磁铁矿脉及石英岩体，这些岩体和磁铁矿产生了强大的地磁异常带，造成GPS定位设备和指南针等多种仪器的失灵。

阿尔金山自然保护区的阿尔喀山中，还有一片古老的岩溶地貌，它深藏于海拔4400米~5000米的崇

山峻岭中，东起海拔6860米的布喀达板峰，绵延350公里，西至阿牙克库木湖，面积约10000平方公里。这里的岩溶地貌由于受到第四纪冰川的影响，形成了无数尖锐的角峰。阿尔金山自然保护区被冰山雪岭环绕，它四周的高山上，分布着388条冰川，面积近900平方公里。这些岩溶地貌和冰川地形相互套叠，形成了阿尔金山最显著、最幽深和最罕见的自然景观。

野骆驼保护区，位于阿尔金山东段北麓山前倾斜的平原上，面积15100平方公里。这里的野骆驼为"双峰驼"，典型的沙漠动物，四肢细长，毛色土黄，驼峰矮小，头部狭小，耐旱能力极强，夏季可以数月不喝水。野骆驼顺风时能嗅到数十公里外"天敌"的味道而迅速逃离；遭遇人类或猛兽的攻击时，它能喷出一股奇臭无比的唾液，把敌人臭昏乃至窒息死亡；凭借不同凡响的记忆，它能在沙漠深处找到历代栖息时发现的水源，并世代传递下去。

野骆驼过着群居生活，一个驼群一般10头左右。公驼之间为了争夺族群领导权或讨得异性欢心，经常会打斗得鼻青脸肿、头破血流，看来自私和独占是动物们的天性。它们没有信仰，没有婚姻法的约束，没有自由平等、公平公正的维权意识，也像人类的蒙昧时代一样，依靠武力来解决所有的问题，呵呵。

阅读过堪比非洲肯尼亚马赛马拉国家公园的中国阿尔金山自然保护区的资料介绍后，您心动了吗？

阿尔金山是野生动物的家园，也是探险家们的乐园。阿尔金山探险活动的精彩刺激程度或许毫不逊色于藏北高原无人区，是许多户外强驴们圆梦的地方。但要前去探险，须办理许多严格手续。再加上保护区周围被高山隔阻，气候寒冷缺氧，人迹罕至，风险较大，所以，阿尔金山自然保护区是可能目前国内旅行最难到达的地方。

困难，阻挡的总是畏惧者的脚步，但挡不住勇敢者和有心人为实现梦想百折不挠的勇气。1500年前，唐僧玄奘为圆"西天取经"的梦想，就是这样一路走来的。2012年我和"老虎"豪情满怀地穿越过"世界屋脊"的"屋脊"——藏北高原之后，中国土地上还有哪些畏途呢？世上再困难的事情有时也阻挡不了意志坚定的有心人，假以时日……

前往阿尔金山自然保护区，可以从且末县出发，顺着一条县道曲折南行数百公里方可到达，约200公里处有一"国际狩猎区"，这里可是富贵人士度假猎奇的

新丝路之旅

重走玄奘西游路

好地方！如果从若羌县出发前往阿尔金山自然保护区，距离会相对近了许多。

一路不停地听到"叮叮当当"悦耳的伴奏声，原来后排的小蔡正不断地对敲着昨天买来的两只手镯。失落的他是想验证昨天买来手镯货色的真假，还是想证明闫师傅"假货"观点是错误的？是被欺骗后的心痛，还是因为终于认识到美丽花朵的"剧毒"特性？年轻的小蔡一路摇头叹气。希望他能看开点，可爱的维吾尔族美眉想不来了，但钱嘛，还是可以赚回来的。

终于，敲击声戛然而止，原来两只坚硬的疑似假玉镯被小蔡长时间相互折磨后断了一只，或许从此了断小蔡对可爱的维吾尔族美眉绵绵的思念。

上午11时许，我们到达瓦石峡，资料里介绍的古城遗址在哪儿呢？问过许多当地人后，仍无法知晓，只得在邮筒里塞进一张明信片给远方的朋友寄上一份问候，继续赶路。正午时分，我们终于到达若羌县城，这是一个规划整齐街道开阔的城市，绿化得很好，走在街上可能没人会想到它就建在荒滩和戈壁之上。人类的伟大力量呀！

吃饱喝足，并在温州宾馆里稍作休息后，闲着无事的我们又顶着烈日在若羌县城郊干涸的河床上寻找宝玉。下午三四点钟正是当地一天当中最晒时刻，但早已膨胀的发财梦给我们前所未有的勇力，早被南疆毒辣的太阳晒得皮肤黝黑的我们好像也已经无所畏惧，连平时爱白怕晒的待嫁姑娘小花也冲进河道里找宝石来了，是否想着为自己的嫁妆增添些彩头？只是被晒黑后，会不会影响到她年底去厦门鼓浪屿拍婚纱照？或许帅气的情郎更爱她特别的"黑珍珠"风味呢，不是有"萝卜青菜，各有所爱"的说法吗？要不然就只能猛地往脸上多抹些粉底增白了。

精通玉石的闫师傅告诉我们，要在别人翻过百十遍的乱石堆里拾到一块有价值的宝玉很难，能寻来些造型有趣的奇石就很不错了。我们不死心地弯下腰身在乱石岗里到处翻，一会儿寻得一堆大小石头，唤来闫师傅鉴定，被一一认定为普通石头后又往别处翻；再寻来几块石头后，赶忙呼唤"老闫"，又被认定为破石头后，颓丧地往别处寻找。闫师傅可是个大忙人，被大家呼来唤去，忙不迭地应

付着我们这些财迷。石河里连根野草都长不出来，周围哪来树荫供我等躲闪？只得焦头烂额地忍受太阳的灼烤，在乱石成堆的河滩上做白日梦。寻玉近两个小时，都快要被太阳烤熟了，只得赶紧奔回远处的车上找水喝。大家满头冒着"狼烟"，躲在吉普车一侧的阴凉处开始相互晒起战利品来了，最后还是被闫师傅贬得一文不值，有点丧气，但也开心。

有意义的旅行本身就是对生活乃至生命的采撷、体验和感悟过程。虽然一无所获，但我们在距离家乡万里之遥的昆仑山北麓真正体验了一番古人采玉的劳动经历，虽是辛苦，真的快乐！何况这次旅行本身就不是为玉石前来的，捡不到玉石也在情理之中。

当然，不小心捡到或买到一块宝玉会给自己旅行增添些意外惊喜，带来更多快乐，虽然费时费力费钱，就像在玉龙喀什河畔买下维吾尔族小贩脖子上自戴的佩玉时，开心地发现玉石真的跟我很有缘分。

我又把一些颇有"姿色"的大小石头倒进后备箱，回头看见闫师傅咧着嘴好像又在嘟哝着什么，肯定在心疼他的吉普车被我的破石头压坏，呵呵。费这么大心思捡来，留几块回家做纪念嘛！

女汉子小花被晒黑的嫩脸更焦了！

米兰古城当属若羌县最著名的人文景观，它位于距离县城70公里外的罗布泊古湖南岸，是历史上古楼兰王国的后时代鄯善国的都城伊循所在地，也是自敦煌沿疏勒河通往楼兰或沿昆仑山北麓西行的丝绸之路南道咽喉和重要的佛教中心，法显和玄奘都先后在这里弘法礼佛。据史书记载，汉昭帝元凤四年（公元前77年），应鄯善王尉屠耆请求，汉王朝派一司马和吏士40人来此屯田积谷；唐代为松赞干布建立的吐蕃所占，并修建一座军事堡垒——古戍堡。

米兰古城遗址是由吐蕃古戍堡和周围分布的魏晋时期的古建筑群遗址，以及

新丝路之旅

重走玄奘西游路

汉代屯田水利工程设施和鄯善国伊循城遗址组成的，其中保存比较完整的有东大寺、西大寺和古戍堡。

吐蕃古戍堡是一座较有代表性的遗迹，呈不规则的正方形。城垣为夯土筑，曾发掘出吐蕃文木简和文书300多件，是一批涉及小麦种植、分占耕地、丝绸服饰等吐蕃人经济生活的珍贵资料。此外，还出土有兵器、漆皮甲片、织物及工具，用木、陶、石制作的生产生活用具，这些文物从各个方面反映了当时社会发展的状况。

东大寺分上下两层，寺内建有一个高大佛龛，还残存有泥塑佛和菩萨像。西大寺据称残存有一座年代稍早的佛塔，它以长方形须弥式基座为中心，基座上建有直径3米左右的圆形建筑物。这些佛寺遗址，具有西域早期佛教文化的典型特征：佛像姿态生动，花纹、图案线条优美、简练，为研究中西文化艺术史提供了珍贵的实物资料。

1907年，英国人斯坦因在西大寺周围的回廊盗掘时发现并切割盗走具有古希腊文化特征的"有翼天使"壁画8幅，震惊整个欧洲，米兰古城从此被人们所熟知。东西合璧的"有翼天使"出土，说明早在2000多年前，西方文明就已东来中国，并和东方文化擦出灿烂的火花。作为丝绸之路的咽喉，烟波浩渺的罗布泊古湖岸边的米兰曾是东西方文化交流的中心。

"有翼天使"壁画或许是20世纪初最重大的考古发现之一，斯坦因盗得这稀世珍宝后在他的《西域考古记》中得意洋洋地写道："这真是伟大的发现，世界上最早的安琪儿在这里找到了。她们大概早在2000多年前就飞到中国……"并断言带走了米兰古城所有的"有翼天使"壁画。1989年，我国考古工作者又在当地幸运地发现了两幅有翼天使壁画。

闫师傅告诉我们，米兰古城遗址像尼雅遗址一样不对公众开放，专家学者进入参观必须得到古城附近新疆建设兵团36团团场（米兰农场）的同意，并交纳一笔费用。待我们一路狂奔米兰镇，好不容易找到36团团场时，工作人员却告知，古城遗址的管理权归属若羌县相关部门，这意味着我们须返回若羌县城办理参观手续，再来一个耗时3小时近140公里的折返跑……闫师傅呀，这怎么回事？

回头办理手续已经没时间了，踌躇之后我们决定直闯景区，碰碰运气。没想到意外再次发生，因为司机不识路，我们在GPS的误导下走在一条狭长松软的田埂路上，经验丰富的闫师傅竟阴差阳错地把车开到大枣地里去了，只见吉普车呈

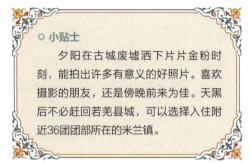

45度夹角向右斜靠在田埂和大枣地之间的泥泞里动弹不得，几乎倾覆。谢天谢地，因为右边座位上的我和"浪子"提早下车前去察看路况，因而减轻了车身右侧的重量，否则肯定四脚朝天地翻在大枣地里了，产生的伤害还不自知。不幸中的万幸呀，我和"浪子"竟躲过一劫！

　　幸亏得到附近景区管理站河南籍大姐的热心帮助，好不容易联系上当地的"铁牛"（高大威猛马力强大的农用翻土机），大家齐心协力，折腾一个小时后终于把吉普车从地里拖了出来，人车安然无恙，就是地里好几棵正挂着果子等待成熟的若羌小枣树被我等糟蹋了。

　　景区本不对外开放，说尽好话后，管理站的大姐终于同意门票从200元直降到50元，没想到同伴们仍不满意。天下没有免费的大餐，今天的这顿"午餐"价格已经足够优惠了，同伴们竟不知珍惜呀！哎，毕竟每个人的追求不同，生活观点也不同，看来有些东西是不能强求的，那我就不再理会他们，独自行动了。

　　聂师傅的吉普车载着我缓缓地往古城深处开去。今天老山羊独自一人站立在车里，探出天窗，在南疆最热烈艳阳的欢迎下，抬起相机居高临下肆意纵情地检阅了这座城市的废墟，或许这正是上天对勇敢者的鼓励，对执着精神的褒奖。

　　眼前的米兰古城，是一座被大漠风沙深深掩埋的古老王国，古城地表经2000年的堆积，形成厚厚软软细细的黑色砂砾层，从远处看去像个巨大平坦的高台，高台上凸出地面的仅剩下纷纷落落的古老建筑的残破顶部，我们的汽车其实是在古城屋顶的断壁残垣间行驶的。为防止陷车，聂师傅小心翼翼地尾随着以前的车辙在这个巨大古城遗址上开行。不久，我们远远望见一根长长的圆形柱体倔强地傲立在废墟中，酷似男性生殖器，那应该就是资料里介绍的西大寺佛塔吧，赶紧

新丝路之旅

重走玄奘西游路

唤聂师傅驱车靠近。近观佛塔，原来的长方形须弥式基座经风沙剥蚀后已经化为神奇的"人面狮身像"，牢牢地托住身上造型怪异的佛塔，分明是生殖崇拜的意味，这是羞于外露的中原文化所没有的，具有至今依然存在男性生殖器崇拜的古印度文化特征。相比斯坦因掠走的"有翼天使"壁画，这佛塔更能说明广大的西域地区是中华文明、古印度文明、古希腊文明和伊斯兰文明的碰撞和交融之地。

这座直径约3米的东西文化交融的佛塔应该是米兰古城最醒目、最令人难忘的建筑遗迹吧。相信回家以后，每每提到西域就会回味起这座男性生殖崇拜的佛塔。

汽车又缓缓地顺着车辙在古城里不断地绕行，奔向散落各处的感兴趣建筑。汽车无法到达的建筑遗址，干脆弃车奔去，来个零距离触摸，再端起相机一顿"扫射"。这些古老建筑经千百年大漠风沙的打磨，剥蚀成形态各异的雅丹状，像狮子，像犀牛，像老鹰，像乌龟，像老人，像蒙古包。这时的老山羊早已忘了疲惫，忘了口渴，忘了在景区门口久候的同伴们，顶着西域热辣的太阳在松软的沙石地上深一脚浅一脚地不断移动，以寻求最好的角度，渴望能拍出最满意的照片。

虽然有人笑称，真正的摄影者忌讳在烈日当空时刻拍摄"肚脐"以上的照片，因为强烈光线下拍出来的照片存在严重缺陷。或许我还不是真正的摄影者吧，此时此刻我所拍摄的都是古城"脖子"以上的景物，但这一切都足够了！

错过尼雅古城之后，今天我终于有如当年的斯坦因、斯文·赫定般幸运地闯入到米兰古城（当然我并没像他们一样觊觎古城里的一草一木），或许哪一天同伴们真正知晓米兰古城丰富的人文底蕴后，会为自己今天的"主动弃权"后悔不迭。

今天，我拍下许多今生都难以忘记的照片，有些许自得，有些许孤独，或许佛说"人生而孤独"是对的。追求生命极致的人，注定是孤独的；追求丰富内心

❀ 小贴士

暴晒一天后，黑着脸在凉风习习的大漠深处吃烧烤喝啤酒，是不是有冰火两重天的快感？当然，您也不必担心啤酒喝多了会得风湿病，在无比干旱的新疆，想得这病真的也难哪！据称痛风的人，来新疆住上两个月就痊愈了，您信吗？

世界的人，必须与众不同。

今天，他们只是旁观者，而我才是剧中人。

突然想起前人的一句话"读万卷书，不如行万里路"，古人应该是反对我们后人死读书，鼓励多出门长见识吧。读书和旅行哪个重要？一个不读书的人，即使走得再远，他跟一个没文化的长途司机有什么区别呢？

米兰镇另一看点是罗布人民族连。米兰的罗布人是因罗布泊自然环境的恶化失去家园后流落到当地，被生产建设兵团36团编为民族连。尉犁县的罗布人村寨因为旅游开发，生存境况和生活方式早已发生巨大的变化，但这里的罗布人仍保持着原始、自然的生活状态。在这里，您可以近距离参观他们的居所，也有机会聆听他们的民族歌谣和失去家园的故事。或许您能从这里挖掘到这个神秘族群来源的更真实答案呢。

大漠的昼夜温差真的很大，当快乐的老山羊和同伴们从70公里外的米兰古城回到被荒漠包围中的绿洲若羌县城时，傍晚的气温已经下降很多，这时街上开始吹来阵阵凉风，人们也走出家门逛街来了。我们决定在入住酒店附近一家维吾尔族人开设的清真餐厅吃晚饭，因为店门口烧烤架上的羊肉串儿散发出的香味太诱人了。出门在外的一大乐事，便是尝尽当地的名特小吃；被逼无奈，才上热辣的川菜馆；如果啥都没得吃，那只好啃上几口馕来充饥了。

伊斯兰教规定穆斯林不能喝酒，还包括在清真餐厅就餐的他族食客，但老板为了留住我们这些客人，特意把我们的餐桌搬到店门外的开阔过道上，这样就不算在他的清真餐厅里喝酒，啤酒又是我们自己在杂货店里购买来的，也就不算违反教规了。这是深谙经营之道的维吾尔族老板的聪明变通。

南疆的羊都是在草地上养大的，肯定没有吃过饲料，所以羊肉串儿味好又实料，让我们今晚痛并快乐地享受了一顿滋味悠长的羊肉串大餐，我一人啃了近20串，也不知喝了多少瓶啤酒后，腆着肚皮心满意足地"飘"回酒店睡觉，惬意无比。

第二十二章

梦回楼兰——穿越"生命禁区"罗布泊

时间 ○ 8月7日、8日、9日

行程 ○ 若羌—罗布泊湖心—罗中镇—哈密—鄯善—乌鲁木齐，约1400公里

沿途景观 ○ 罗布泊湖心、楼兰古城、余纯顺墓、彭加木纪念碑、雅丹地貌

把我降落在罗布泊，

然后，都离开，别管我。

在此体验对生命的敏感，

荒漠，令人窒息的宁静，

除了风的吼叫，其他杳无声息。

有生命存在更是一种奇迹，

这是一个什么样的地方？

除了石砾，就是朗朗的天空，

连棵小草都没有。

……

就把我放在这个空旷的地方，

寂寞孤独，渴望有生命的声音，

此刻，友情友爱，

最能刻骨铭心，

还能体会生命的意义。

……

站在罗布泊，

听风哭诉曾经的辉煌。

……

一位诗人曾如此动情地道出他对罗布泊刻骨铭心的爱恋和怀念。

罗布泊，一个熟悉而又陌生的名字；罗布泊，一个消逝的仙湖；罗布泊，已经干涸，变成一望无际的戈壁滩；罗布泊，古丝路的必经之地，曾留下张骞、傅介子、法显、玄奘、马可·波罗们深深的脚印。

穿越罗布泊之前，还是先给各位读者介绍一番它的前世今生吧。

罗布泊又名罗布淖尔，意为"多水汇集之湖"，《山海经》称之为"幼泽"，位于若羌县境东北部，曾是我国第二大内陆湖，海拔780米，面积2400~3000平方公里（历史上曾达到5350平方公里），是塔里木盆地最低、最大的一个洼地，古代发源于天山、昆仑山和阿尔金山的孔雀河、塔里木河、车尔臣河和米兰河等源源注入罗布洼地形成湖泊，源自祁连山的疏勒河也从东南流入湖中。

罗布泊，还因地处塔里木盆地东部的古丝绸之路要冲而著称于世。

汉代，罗布泊"广袤三百里，其水亭居，冬夏不增减"，沿岸牛羊遍地、绿树成荫。由于罗布泊湖水丰盈，古人便猜测它"潜行地下，南也积石为中国河也"，进而认定罗布泊为黄河的真正源头，这一错误观点由先秦至清末，传承了2000多年。

据郦道元《水经注》记载，东汉以后，由于塔里木河中游的注滨河改道，导致楼兰严重缺水，敦煌的索勒率兵1000人来到楼兰，又召集鄯善、焉耆、龟兹三国兵士3000人，不分昼夜横断注滨河，引水进入楼兰，才缓解楼兰缺水困境。

公元4世纪，罗布泊环境已经达到极其恶劣的地步，守备罗布泊西北岸边楼兰古城的行政长官不得已颁布限制用水的命令。或许也正是因为缺水，最终弃守这座历史名城。

清末，罗布泊已经缩小为仅有"东西长八九十里，南北宽二三里或一二里不等"面积的小湖泊。

20世纪20年代至50年代，塔里木河改道东流，重新注入罗布泊，湖泊面积又达到2000多平方公里。1958年，罗布泊测得面积为2570平方公里。60年代，由于人口剧增、工农业用水需求增加和大量水库修建，塔里木河下游逐渐断流。1972年底，罗布泊彻底干涸成一片盐泽。

近代，神秘的罗布泊吸引来许多西方探险家，俄国人普尔热瓦尔斯基、瑞典人斯文·赫定、美国人亨庭顿、英国人斯坦因、日本人桔瑞超和法国人邦瓦洛等都曾考察过罗布泊，并留下许多精彩论著。

1876年，普尔热瓦尔斯基在塔里木河下游考察后，认定卡拉河和顺湖为中国古代所记载的罗布泊。他的观点得到斯坦因支持，但遭到德国地理学家范李希霍芬的反对。

斯文·赫定系统地提出一套关于罗布泊为"游移湖"理论，认为是湖底周期性沉积、抬升和风蚀降低的结果，南北游移的周期为1500年。"游移湖说"曾长期为中外学者接受。

后来，亨庭顿提出"盈亏湖"理论，中国学者陈宗器也发表"交替湖"观点，苏联地质学家西尼村还提出"构造运动说"。全世界著名学者围绕着罗布泊游移问题的争论，持续了一个世纪。

近年来，我国科学家经长期实地考察，证明罗布泊为塔里木盆地的最低点和集流区，湖水不会倒流；入湖泥沙很少（3600年间湖底沉积物仅为1.5厘米），干涸后变成坚硬的盐壳，短期内湖底地形不可能发生剧烈变化。后来又通过对湖底沉积物的年代测定和孢粉分析，证明罗布泊长期以来为塔里木盆地的汇水中心。

最终，长期占据主流地位的"游移说"被后人推翻。

古丝绸之路"南道"和"中道"就从罗布泊地区穿越，这里留下遍地的枯骨和到处游荡的野鬼孤魂。4世纪，西行求法的法显和尚在《佛国记》里写道："沙河中多有恶鬼烈风，遇者全死，无一全者。上无飞鸟，下无走兽。遍目极望，欲求度处，则莫知所拟，唯以死人枯骨为帜耳。"

13世纪，马可·波罗从若羌穿越罗布泊来到敦煌时也吃尽了苦头，后怕不已的他在游记里写道："人们必须要准备能够支持一个月的食物，这30天的路程中，不是经过沙地，就是经过不毛的山峰……这一带没有任何禽兽，因为没有足够的食物可以养活它们……这个荒原是许多可恶幽灵的住所，它们戏弄商旅，使他们产生可怕的幻觉，陷入毁灭的深渊，这是一个众所周知的事实。有些商旅如果落在后面，他们就会突然听见有人在呼唤自己的名字，误以为是同伴的呼叫，就会跟着呼声走下去，而这恰恰误入歧途，最后悲惨地饿死……这些幽灵，有时会在空中发出乐器的响声、鼓声和刀枪声……"

后人把罗布泊这片广袤的荒原称为亚洲大陆上神秘的"魔鬼三角区"或"生命禁区"。

为揭开罗布泊的真面目，无数探险者舍生忘死深入其中，不可思议的事情时有发生，更为罗布泊披上神秘的面纱。

1949年，一架从重庆飞往乌鲁木齐的飞机在鄯善县上空失踪，九年后却在罗布泊东部被发现，机上人员全部死亡。

1950年，解放军剿匪部队一名警卫员失踪。30余年后，地质队在远离出事地点百余公里的罗布泊南岸红柳沟附近发现他的

遗体。

1980年6月17日，著名科学家彭加木在罗布泊考察时失踪。国家出动飞机、军队，耗费大量人力物力进行地毯式搜索，却一无所获。

1990年，哈密有七人乘坐一辆客货小汽车深入罗布泊找水晶矿，一去不返。两年后，人们在一陡坡下发现三具干尸，其他四人下落不明。

1995年夏天，米兰农场职工三人乘一辆北京吉普车进入罗布泊探宝失踪。后来的探险家在距楼兰古城17公里处发现其中两人的尸体，死因不明。最令人不可思议的是，他们的汽车竟完好无损，饮水和汽油都不缺。

1996年，有"当代徐霞客"之称的上海籍探险家余纯顺在罗布泊徒步孤身探险，最后因干渴全身衰竭而亡，他死时距离自己亲手填埋的水和食品供给点不到2公里，人们发现余纯顺时，他的头部朝着家乡的上海方向。经法医鉴定，人们还惊讶地发现余纯顺的死亡时间和他的前辈上海市全国人大代表彭加木在罗布泊失踪的时间同为6月17日，于是迷信的中国人把这一天视为上海人的忌日，罗布泊为上海人的不祥之地。后人为纪念中华壮士余纯顺，在距离罗布泊湖心约30公里处竖起一座墓碑。

这一个个发生在罗布泊的离奇诡异故事一次次吸引外界的目光，但最牵动人们心弦的应该是中国科学家彭加木探险和失踪之谜。

1980年6月16日，彭加木率领的10人科考队在罗布泊东南的库木库都克因缺油、缺水、缺少食物和高达60℃的气温而深陷绝境，他们被迫向新疆某部队发去电报，请求紧急救援。同时，派助手到附近寻水未果。

6月17日，彭加木又决定亲自出去寻水，并给队友留下"我向东去找水井"纸条后，于上午10点30分，身背水壶、相机、地质锤、小罗盘、美制匕首、打火机和一个内装重要考察资料的黄挎包独自往东找水，再也没有回来。下午3点，不见彭加木踪影的科考队员们沿着脚印朝东寻找到天黑，又在夜里每隔一小时发一次信号弹，并点燃篝火打开车灯，仍无彭加木的消息。6月18日，其余科考队员在部队直升机的帮助下成功脱险，但彭加木却永远消失了。不久，各大新闻媒体报道了彭加木在罗布泊神秘失踪这一特大新闻，国人震惊。

为寻找失踪的彭加木，罗布泊地区迅速开展了旷日持久的大规模行动，天上出动100多架次飞机，地上出动众多军民和许多警犬，采用点线面结合、步步为营

的"拉网式"搜寻方式，搜索面积达4000多平方公里。相关部门耗费大量人力物力，先后组织过四次大搜寻，均无下落，甚至连一件遗物都没有找到。

彭加木为何没有回来？他到底去哪儿啦？

许多人不由得心生疑问：一个人光天化日下出走，搜寻者沿着脚印寻找，居然没能找到！罗布泊真的有这么神秘吗？彭加木会不会因为高达60℃的气温导致头脑不清醒，难辨东西南北，迷失方向？彭加木会不会因体力严重透支晕倒过去后，被风沙掩埋？罗布泊的风沙真的有这么大威力，顷刻之间就能将一个人活活地掩埋吗？彭加木究竟遇到什么样不为人知的突发事情呢？……

多年以后，彭加木的失踪已成了跨世纪之谜，好事者也因而杜撰出许多有趣的答案。

彭加木永远地走了，但他和唐僧玄奘一样留给我们后人的最大财富，是敢于探索和勇于奉献的精神。这种精神，被海洋文明的国度长期推崇和称颂，因而造就了哥伦布、麦哲伦和斯文·赫定这样的西方人眼里的大英雄。这种精神，曾是作为传统农耕文明的古老中国长期匮乏的，也肯定会被一些老成世故的人说事："父母在，不远游，他们太想出名了，才独闯无人区，葬身罗布泊的……"

如今，时代的发展，向现代文明过渡的中国逐渐融入世界文化发展的潮流，需要法显、玄奘、彭加木和余纯顺们勇于探索、敢为人先的精神力量。

公元7世纪的唐僧玄奘，历经19年的亡命之旅后，满载着喜悦，满载着沉重的行囊，满载着丰硕的果实，途经环境已经恶化的罗布泊时已经不再是孤身一人了，他在唐太宗的使者和军队护卫下，轻松溯疏勒河而上，经玉门关抵达大唐境内的重要城市敦煌，奔长安去了。他再也不是当年那个藏头缩尾偷渡出国的逃犯，而是一位令人敬仰的凯旋的勇士和饱读经书的佛学大师。前方迎接他的是浩荡的皇恩。

知识锦囊

罗布泊八大景点

1. 汉代烽火台：距离库尔勒60公里处一座保存较好的古烽火台遗址。有学者根据修建长城的防御意义，认为古长城的西端应包括尉犁县的古烽火台，该烽火台应是西长城的起始。

2. 营盘汉代遗址：罗布泊地区保存较完好的古代遗址，为古代屯兵驿站。营盘遗址有一圆形城墙，直径300米，墙残高近6米，城西有一佛塔遗址，碎土坯形成金字塔形。古城北边两公里处高高的台地上，存有佛塔基座，佛塔基座西边则是著名的古墓群，为罗布泊地区最大的墓葬群。

3. 太阳墓：位于孔雀河古河道北岸。古墓数十座，每座墓中间都是一个用一圆形木桩围成的墓穴，外面用一尺多高的木桩围成7个圆圈，并组成若干条射线，呈太阳放射光芒状。经碳14测定，太阳墓已经有3800年历史。它到底属于哪个族群的墓地？为何埋葬在这里？他们把太阳当做图腾建造墓地是否还有别的意义？太阳墓和罗布泊文明、楼兰文明存在哪些必然的内在联系？……

4. 罗布泊古胡杨林：位于太阳墓地西侧的古河道北岸一片台地上，有成片株距相等、行距相同、树干尺余粗的枯死的胡杨林。这成排成行的枯树，带有明显的人工营造特征。

5. 罗布泊湖心标志：1997年底，一工程师根据地图经纬度测量出湖心位置，并埋下一个空汽油桶。后人在此基础上竖起数座石碑，成为罗布泊一景。

6. 楼兰古城：古楼兰国都。遗址内民居遗址、佛塔、古墓群等至今还清晰可辨。

7. 米兰古城遗址：丝绸之路南道重镇，曾为鄯善国都。现保存最为完好的是唐代吐蕃古戍堡，斯坦因盗走的著名"有翼飞天"壁画就是在米兰古城寺院遗址中挖掘的。

8. 罗布人：新疆最古老的一个族群，没人知道他们属于哪个民族。罗布人生活在塔里木下游河畔的小海子边，"不种五谷，不牧牲畜，唯以小舟捕鱼为食"，其语言为新疆三大方言之一，其民俗、民歌、故事具有独特的艺术价值。这是一个单一食鱼的族群，丰富的营养使许多人长生不老，据称八九十岁还都身强体壮。罗布人结婚的陪嫁是一个小海子，这在世界上恐怕绝无仅有。所以，罗布人亦是一景。

　　曾经烟波浩渺、绿树成荫、熙熙攘攘的罗布泊，在千百年后的今天留下一片渺无人烟的戈壁滩和盐碱地。这里再也看不到一棵绿草，见不到一头牧羊，连生存能力极强的野狼也害怕进入。闫师傅给我们讲了一个故事：野骆驼母子俩为躲避野狼的追杀，逃入到罗布泊荒原。野骆驼凭着强硬的蹄子仍健步如飞，但锐利的盐碱地却给紧追不舍的野狼带来灭顶之灾，快速奔跑的爪子很快被盐碱地划破磨烂，野狼再也跑不动了，最后渴死饿死在罗布泊里。或许除了野骆驼，罗布泊是地球上任何生物都害怕的地方。

罗布泊，一直是许多户外探险者梦想的猎场。几个月前，我曾找过若干个新疆司机，但他们都因为没有穿越罗布泊的经历被我一一否决，最后找到闫师傅时，听说他前几年还进入过罗布泊湖心，我马上决定聘请这位师傅陪伴我们一路旅行。在茫茫戈壁荒原上行走，必须有一匹唐僧玄奘的"枣红马"护驾。

今天，我们穿越罗布泊的目的，不仅仅是招摇过市般从罗布泊腹地穿过，更希望能够找到罗布泊湖心，并在彭加木纪念碑和余纯顺的墓地前献上一份沉痛的祭奠和无限的敬意。当然，如果有机会前往楼兰古城、龙城雅丹和太阳墓地一探究竟就更加美满了。

穿越罗布泊腹地在过去曾经是一项挑战生命极限的冒险活动，如今已经成为很轻松的事情了。因为丰富资源的发现，国家在罗布泊干涸的古湖盆上修建了公路，我们今天行走的这条省道235线通达罗布泊腹地的罗中镇，并沟通若羌和哈密两地。又经多年建设，一条从哈密直达罗中镇的铁路已经开通。

只是，想深入到罗布泊的湖心还相当困难，因为湖心远离已经修好的戈壁公路，探险者只能在没有道路的坚硬锐利的盐碛地上不断深入，面对茫茫无边的戈壁荒漠，极易迷失方向，带来极大风险；没有向导，没有湖心的经纬度数据，不可能找到目的地；没有熟路的司机和良好的车况，没有卫星电话，在突如其来的沙尘暴面前极有可能重蹈彭加木悲剧的覆辙；罗布泊又是我国早期原子弹、氢弹试验基地，一旦巧遇"重污染区"标示，探险者须速速离开。

从若羌出发，再次从罗布泊古湖岸边的米兰古城附近经过，之后我们一头扎进罗布泊的古湖盆里，行驶在省道235线上向梦想的天堂——罗布泊腹地奔去。公路两旁是望不到边际的"酥软"土地，其实它们就是罗布泊非常出名的盐碛地（有人称"盐壳"），为泥土和钾盐混合物，经历了千百年的风化、盐碱化后坚硬锐利无比。听过闫师傅讲述的野狼追赶骆驼丧命的故事后一直很想体验一番。停车休息时，我好奇地冲进了路旁的盐碛地里，脱下鞋子一脚踏在看似酥松的泥地上，足底立即传来一阵刺痛，像被针扎了似的，赶忙回头寻找凉鞋，却发现鞋子已经被恶作剧的闫师傅一脚踢得老远，只得忍着剧痛走钢丝般深一脚浅一脚小心翼翼地往公路上赶，可恶的闫大头！光脚在这盐碛地上行走，相信不需20米距

新丝路之旅

重走玄奘西游路

☀ 小贴士

　　目前从哈密直通罗中镇的铁路只开通货运列车，旅行者前往罗布泊仍须从公路进入，而且必须淡然面对沿途野战部队的检查，证件必须备齐。

罗布泊探险经典线路之一

第1天：乌鲁木齐—吐鲁番

第2天：吐鲁番—迪坎儿—山口营地

第3天：山口营地—龙城

第4天：龙城—土垠—湖心

第5天：湖心—楼兰—洛瓦寨—36团（米兰农场）

第6天：36团（米兰农场）—罗布人村寨—库尔勒

第7天：库尔勒—乌鲁木齐

离，脚底准被戳破。难怪野狼也把罗布泊视为禁地，不敢涉足，肯定吃过大亏。或许也正是这些蛰伏的坚硬盐碛地，罗布泊才没有被大漠的风暴一次次翻起，堆积成更为可怕的沙丘。

　　我们沿途还经常看到路旁洼地上还残留着一片片湖水干涸后尚未被黄沙掩埋的不规则裂纹和深深的水渍痕迹，像这古老湖泊留下的不灭泪痕，哭诉着她的不幸遭遇，倾诉着貌美年华时她曾经多么风光。2000年前的罗布泊浩瀚无边，远超现在被誉为内陆第一大湖的青海湖，千年后的她却变成了渺无人烟寸草不生的戈壁荒滩！

　　在戈壁公路上开行约200公里后，发现左边有一条羊肠小道，路口竖立着"军事禁区，禁止入内"的告示牌。闫师傅告诉我们再往里行驶数十公里就是罗布泊的湖心所在地，彭加木纪念碑距离湖心也仅咫尺之遥，听得我们一阵阵激动。

　　其实这条小路不过是大小车辆的轮胎在盐碛地上长年硬生生"踩踏"出来的深浅不一的车辙，还因风沙掩盖，经常变得忽隐忽现。跟着车辙直往里开行了一个多小时，一路上小土包不断，应该是一些罹难的罗布泊探险者的墓地吧。闫师傅告诉我们，后来的探险者如果在罗布泊发现先行者的遗体，一般都就地掩埋，因为他们没有时间也没有能力搬运回去。

　　汽车突然停了下来，因为我们惊奇地发现车辙旁的盐碛地上被人为挖出的小坑里竟存放有5瓶矿泉水，其中3瓶原封无损，剩下的2瓶已经被咬破。闫师傅告诉我们，前往罗布泊的探险者在即将安全回到营地时，一般都会把身上多余的饮水藏在

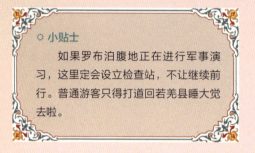

✿ 小贴士

　　如果罗布泊腹地正在进行军事演习，这里定会设立检查站，不让继续前行。普通游客只得打道回若羌县睡大觉去啦。

路边比较显眼的坑里，为有可能遇到困难的后来者提供便利。但我们很快又奇异地发现不远处一个深深的鼠洞，洞口竟横着一具早已毙命的老鼠尸体。可眼前这头死鼠却让我们大伙儿迷惑了：盐碛遍地的罗布泊怎会有鼠辈活动的痕迹？这老鼠从哪里来的？它真能够在如此坚硬的盐碛地里挖出遮挡太阳的深深的地洞吗？难道它还能在这种寸草不生的地方找到水和食物吗？有人猜测，最大的可能是一头原本爬到汽车车厢里偷吃的硕鼠，吃饱喝足后来不及逃跑就被汽车载到这个地方来了，利用司机休息的时候乘机溜下车去，没想到它所面对的竟是一片死寂的荒原。为了生存，倒霉的老鼠只得拼尽全力挖洞，躲避罗布泊的风沙和热浪，好不容易挖成了，饥渴无比的老鼠也终于倒毙于地。

　　仔细观察后，发现不远处矿泉水的其中两瓶肯定是被这只老鼠咬破的。只是有个疑问，这些水到底是探险者留给谁喝的？我倒觉得，这里应该是某些好事者的实验场，他们想验证鼠类在罗布泊荒原上到底有多强大的生存能力！既然找不到其他水源和食物，可怜的老鼠就只能在人类的玩弄下在五瓶矿泉水附近不停地转悠着寻找活路，最后被累死、饿死！

　　这是一件有心人玩得很有意思，但没有实际价值的游戏！也不知我的推断有没道理呢？

　　汽车继续往前行驶，但一直望不见闫师傅所说的竖立于地面的湖心标志物——大理石碑。闫师傅也只来过一次，这次前来他竟没随身携带GPS湖心参数！

　　最后我们在一个大土堆前停车，这原本是一座知名的遇难者墓地，后来者为了纪念他堆起高高的土包，并插上一个十字木架，这是我们一路进来看到的最大最特别的土包。如今这深插的十字木架早已被大风吹得七零八落，仅剩下一块竖直的木板了，所以我们根本无法知晓木质碑文上的信息，也不想太多地打扰长眠的逝者。

　　这里应该就在罗布泊湖心的附近，只是前面的车辙早已被风沙淹没，四处是灰茫茫的沙浪，毫无目的地往前搜寻会有很大风险。

　　就在这时，意外突然发生，同伴的车熄火了！难道是因为我们的冒昧打扰，惹恼了四周众多逝去的灵魂，要给我们一些教训？聂师傅赶紧打开引擎盖，给发动机降温良久后，一次次地尝试着发动汽车，都没能成功。闫师傅也把自己的车开来帮忙，并从车里找出牵引绳系上，命令我们其他所有乘客都在后面推车助力，希望能把熄火多时并陷在沙堆里的车带动起来，但牵引绳一次次崩落，最后断成两截。一直在后面使劲推车的我们，希望一下子全没了。

我们这时已经深入到罗布泊最危险的湖心地区呀！天很快就要黑了，但距离今天的目的地罗中镇尚有100多公里路程，其中最艰苦的当属撤回到省道235线的40多公里，徒步行走在这坚硬的盐碛地上每小时不会超过4公里的，这意味着我们最起码须要走到明天天亮，万一不小心在黑暗中有谁走失了，怎么办？我盘算着，最好的办法是用闫师傅的车载着大家晚上先到罗中镇休息，明天再找来维修工和车辆援救，但遭到聂师傅的反对，看来他宁愿在这里过夜也不想离开自己的爱车。如果任由他单独夜宿湖心，一旦发生什么意外怎么办？彭加木就是这样失踪的。

一直在锲而不舍想办法的闫师傅突然想到聂师傅车里还有一根牵引绳，两根系在一起的承重力不是可以增加一倍吗？赶紧唤聂师傅把另外一根牵引绳找来，紧紧地绞在一起后又系紧在两车之间，我们赶忙使出吃奶的力气在后面狠命推车，前车一加力拉拽，绳子又脱落了。不死心的闫师傅再次把两根牵引绳牢牢地系在两车上，前车冒着黑烟嘶嚎着往前猛地拉，我们拼尽全力在后面推，终于把后车带出沙地，在坚硬的盐碛地上不断地加速往前，往前，再往前，突然听到"轰"的一声，被牵引的车终于启动了！我们终于摆脱困境了，今晚再没有人须要睡在这可怕的罗布泊湖心观星星赏月亮，陪伴那些孤魂野鬼说话了。我想大家此时的心情肯定是无比地激动，但好像都没有多余的话语，大家都迅捷地跳上汽车赶紧离去，逃离这个阴魂不散的可怕地方。今天能够脱困真的要感谢临危不乱、野外经验丰富的闫师傅。

磨难或许是人生阅历的堆积和丰富过程，虽然我们不可能每一次出发都能够达到自己预定的旅行目标，但在探索过程中的付出和艰苦历程或许给我们留下更大的价值，虽然我们今天没能发现湖心的那块大理石碑，没有找到彭加木纪念碑。但经历的这惊险的一幕，也足够我们感叹了。

急急行驶一个小时后，终于在"军事禁区"的告示牌前停下车来拍照留念，我们终于脱离险境了。接下来，即使汽车再出大的毛病，我们或可在公路旁召唤过往车辆帮助，或顺着公路往前徒步60公里也能安全到达罗布泊腹地的罗中镇。

迎着绚丽的晚霞，我们向前奔去；目送掉落到地平线下那颗硕大的红日，我们摸黑赶到罗中镇，入宿南疆旅行以来最舒服的酒店，也是罗布泊唯一一家酒店。

华灯初上，镇上已经热闹起来了，饭店里人满为患，餐桌旁已经坐满了身穿工服的年轻人，下班后无所事事的年轻人消费来了。原来这里已经建设起一个巨大的拥有三四千员工的钾盐工厂。据称，随着规模的扩大还会很快增加到一万人左右，未来的罗布泊腹地将会屹立起一个不小的城市呢！

今天，我们从若羌县城到罗中镇的直线距离为323公里，再加上为寻找罗布泊湖心的来回80多公里路程，将近410公里。

......

早早起床，为的是拍摄罗布泊日出，但太阳还没出来。昨晚我们就住在眼前这栋长长的"罗布泊商贸城"里，这应该是罗中镇为钾盐公司员工和家属服务的唯一配套设施吧，我们属于冒昧前来的不速之客。商贸城四周是朦朦胧胧望不到边际的空寂大地。这里是罗布泊腹地。这里没有树木，没有飞鸟，只有望不到尽头的盐碛地和凌乱的电线杆。

终于，太阳从遥远的地平下探出头来，越来越大，越来越红艳，但没有参照物，也拍不出什么好照片，只得放下相机到处转悠。远处，几幢高大的蓝白色建筑在朝霞的"打量"下分外醒目，那里就是钾盐公司吧，最中间的一栋建筑上方隐约书有黑色的"国投罗钾"字样。因为罗布泊腹地蕴藏有非常丰富的钾盐资源，所以这里建立起有着世界上最大的钾盐生产基地之一的钾盐厂。建筑群后面高高伫立着的许多吊塔应该正忙碌着建设更多厂房和生产设备吧。听酒店老板说，厂房后面还藏了许多巨大的钾盐盐池，其中最大的一个盐池面积达37公顷之

新丝路之旅

重走玄奘西游路

巨，有十个足球场大，站在巨大的盐池岸边，是一片片碧波荡漾诱人的盐湖水，为罗布泊一景，那才是拍日出的好去处呢！

　　罗布泊腹地，最吸引人的应该是2000多年前坐落在罗布泊西北岸边的神秘古城——楼兰。楼兰地处西域的枢纽，在古代丝绸之路上占有极为重要的地位，内地的丝绸、茶叶和西域的宝马、葡萄、珠宝，最早都是通过楼兰进行交易的。

　　建立于公元前176年的楼兰王国，是西域三十六国之一，与敦煌接邻，公元前后与汉朝关系密切。楼兰王国因地处汉朝和匈奴两大强邻之间，巧妙地玩弄骑墙政策，维系其政治生命。汉和匈奴都须要利用楼兰国重要的地理位置来牵制对手，所以都尽力实行怀柔政策。

　　从汉武帝一直到汉昭帝年间，因为杀戮汉使、质子王位继承、虐待楼兰向导等问题，汉朝和楼兰之间关系时有恶化。楼兰外交政策的摇摆不定，最终成为大汉王朝拓展西域广阔空间的障碍，并带来杀身灭国之祸。

　　汉昭帝时期，勇士傅介子奉命暗杀了楼兰国王，并为长期在汉廷做人质的王子尉屠耆婚配一位汉族美姬后送回楼兰国继承王位。心胆欲裂的楼兰新王再也不敢使用前人屡试不爽的左右逢源政策了，又赶忙将国都由罗布泊西北岸迁往南岸的伊循（即现在的米兰古城），并改国号"鄯善"。

　　作为大国纵横捭阖牺牲品的楼兰王国从此走向没落。公元7世纪以后，罗布泊西北岸边的楼兰古城消失得无影无踪，再没有见诸中国史籍。

　　直到公元1900年3月29日，一个戏剧性的故事情节又使楼兰古城重见天日。瑞典人斯文·赫定一路探险至罗布泊北岸决定掘井取水时，才发现携带的唯一铁铲遗失，赶忙派罗布人向导奥尔德克沿路返回寻找。奥尔德克返回路上遇到的强大沙暴竟把他附近的一个个沙丘移走，并奇迹般显露出一座古城的高大泥塔和层层叠叠的房屋遗址。斯文·赫定得到消息后立刻回赶，根据捡来的几件精美木雕，惊喜地断定为重要的古城遗址。斯文·赫定后来回忆道："铲子是何等幸运，不然我决不会回到那古城，实现这好像有定数似的重要发现，使亚洲中部的古代史得到不曾预料的新光明。"但因为缺乏工具，斯文·赫定没有立即进行发掘。

　　第二年3月，卷土重来的斯文·赫定才真正开始对这座古城的发掘，先后出土小块毛毡、红布、棕色发辫、钱币、陶片、汉文木简、佉卢文木简、纸文书、粟特文书、别具风格的木雕饰件以及精美绝伦的丝、毛织品等大批文物，斯文·赫定还调查了古城的寺院遗址和居住遗址。根据古城出土的佉卢文简牍上多次出现的"Kroraina"一词和汉文简牍记载的内容，斯文·赫定大胆推断此城的名称为"楼兰"。

1901年，斯文·赫定向全世界宣布：罗布泊西北湖岸边发现2000年前著名的楼兰王国都城，并出土大量珍贵文物。于是消失1200年后，楼兰古国再次进入世人的视线。

斯文·赫定也从此扬名立万，被称颂为史上最伟大的探险家之一。连后来的战争狂人希特勒都成了斯文·赫定的崇拜者，30年代竟不介意斯文·赫定的犹太人血统，亲自接见了他，并共进晚餐。

一场旷日持久的"西域热"接踵而来，罗布泊和整个西域地区成为世界各国探险家、旅行家、史学家、盗墓贼和文物贩子的天堂，先后发掘出小河墓地、楼兰美女、楼兰古墓、楼兰彩棺、米兰古城和汉代烽燧等深深吸引世人眼球的文物和遗址……一直到现在，罗布泊文明、楼兰文明仍是人们研究考察的热点。

如果您有幸进入楼兰古城，能观赏到什么呢？可以观看到楼兰古城四周剩下的断断续续的墙垣；面积约12万平方米呈正方形的城区；民居遗址、佛塔和古墓群。

丝绸古道上风光无限的楼兰古城被历史的风尘掩埋了一千多年，当它再次从沙丘下翻涌出来重见天日时，剩下的只有尘封已久和了无生机的景象。惊喜的只是斯文·赫定这样的意外发现者们，他们为自己的好运气得意洋洋；悲伤的是后来的瞻仰者们，他们为生命的短暂、世事无常而唏嘘感慨。

是呀，再美的颜容都终归腐朽，再亮丽的风景最后都将逝去，再宏大的光轮都会变得暗淡，这是亘古不变的定律。

知识锦囊

傅介子

汉族，北地（今甘肃庆阳西北）人，西汉勇士和著名外交家。汉昭帝时，西域龟兹、楼兰均联合匈奴，杀汉使、掠财物。傅介子出使大宛，以汉帝诏令责问楼兰、龟兹，并杀死匈奴使者，返奏升任平乐监。公元前77年（元凤四年）又奉命以赏赐为名，携带黄金锦缎至楼兰，于宴席中斩杀楼兰王，另立生活在长安的楼兰质子为王，因功封义阳侯。

汉代，张骞、傅介子成为出身贫寒但立志有为者仰慕的英雄形象。后人班超曰："大丈夫无它志略，犹当效傅介子、张骞立功异域，以取封侯，安能久事笔砚间乎？"于是，愤然弃笔从戎。

　　楼兰，真的很想见到你，不管是喜悦还是悲伤！但我们真的还有机会吗？昨天我们的一辆车已经出了状况，再次进入湖心还经得起折腾吗？我们没有向导，会不会迷失方向？没有携带导航数据的司机还有没有胆量第二次进入湖心，并翻越到罗布泊西北湖岸寻找楼兰古城？参观楼兰古城每人3000元的门票，同伴们愿意出吗？酒店老板告诉我们，只有隔壁的"稻香园川菜"老板识得楼兰古城路线，这时他还在睡懒觉呢！听说前往楼兰的路上还被文物保护单位撒下许多阻拦车辆前去探险的钢钉路障。

　　其实，昨天我们的车出故障后，我就开始担忧了，再次进入湖心是很危险的，更不要说穿越湖心到达北岸的楼兰古城。今天一大早我试探着向闫师傅提出完成既定的旅行计划时，被他一口回绝。闫师傅又告诉我们附近的唯一加油站已经没油可加了，油箱里剩下的汽油也只能勉强跑到距离罗中镇约380公里的哈密市区。

　　算了吧，我们昨天其实已经进入到罗布泊的湖心地区，有过一番不凡经历了，为了大家的安全，还是算了吧。从厦门出发至今，我已经在路上奔走一个月了；就转向吧，这趟旅行也该留下些美丽的缺憾。

　　告别了，彭加木；告别了，我的楼兰。

　　今天的行程是直奔380公里外的哈密市，休息一宿后，明天直奔乌鲁木齐，之后大家就地解散。

　　为了省油，闫师傅只得把车开到最节约的90码时速，并狠心关闭了空调。还好，我们已经习惯西域太阳的暴晒。聂师傅的车每次启动时我们都得在后面拼命推车。还好，在坚硬的公路上不再须要前车的牵引了。从罗中镇到哈密的去路已经铺成非常平坦的柏油路，比昨天从若羌的来路好走多了。

　　不到一个小时，当我们到达235省道331公里标志处时，发现路旁不远处伫立着一座气势宏伟的古城遗址，赶忙呼唤司机停车后，徒步涉过厚厚的盐碱地去看

魔鬼出没的地方——罗布泊三大雅丹地貌群

1. 白龙堆雅丹——最神秘的雅丹，位于罗布泊东北部，为一片盐碱地土台群，在新疆雅丹地貌中最难到达。据称，目前为止，真正见过其庐山真面目的人极少。

2. 龙城雅丹，位于罗布泊北岸。土台群皆东西走向，成长条土台状，远看似游龙，故称"龙城"。

3. 三垄沙雅丹，位于玉门关以西的戈壁中，约100平方公里，大多土台高15～20米，少数有200米高，所有的土台都呈长条状东西排列，犹如茫茫沙海中的一群巨鲸，气势宏伟。关于它的形成，大多认为是洪水和风蚀共同作用的结果。

个究竟。只见这块空旷的土地上林立着许多形态各异的高大土丘，因为风化严重，又疑似雅丹地貌，但从这些高高的土堆有规律的分布情况来看，更像一座城市的遗址，其中一些断壁残垣有明显的人为痕迹。我们时而爬上高高的土丘来一番探索者的审视，时而滑下土丘，寻得较好角度一番拍照，这时的太阳尚未爬上高空，还能利用柔和的光影拍摄出一些好照片。

闫师傅告诉我们，因为没有发掘到有力的证据，无法证明这座断壁残垣为何时何国的遗址，所以没有得到应有的保护。高高的斜坡上留下许多凌乱车辙印迹。

继续向前行驶不久，我们又发现路旁一个有趣的雅丹地貌群，赶紧上前来个近距离亲密接触。这里的雅丹群地势低矮，每个小土堆看似一头头蛰伏于地的老乌龟，在罗布泊强大的风沙面前深深地埋下了头不敢抬起。但仔细观察它们整齐有序的布列，很容易让人相信千百年前这里曾是一个规模宏大的城市。它到底是一个城市遗址还是奇异的雅丹地貌群呢？有待于考古学家们拿起锐利的镐子来一番细细发掘。

聂师傅告诉我们，前方罗布泊的戈壁上经常能捡到珍贵的戈壁宝玉时，又撬动起我们的发财梦，停车后大家赶紧冲到干涸河床的乱石堆里乱翻一气，找了半天都没有成果。寻到桥下时，我突然发现一块深埋地下的石头露出的尖尖角，呈浅黄色。凭手力根本无法从坚硬的沙地里抠出，只得捡来一块鹅卵石砸松石头附近的地面，再恶狠狠地在石头的尖角上砸了几下，终于拔出这块石头。整块石头有拳头大，非常通透，只是被埋在地里千万年后，已经沁上一层深浅不一的皮色，经闫师傅验证为一块不错的彩玉，勾得同伴们羡慕不已。

这或许算是上天对我没能找到罗布泊湖心，没能寻得彭加木纪念碑瞻仰前辈

的一种补偿。分别在即，权且赠送一块彩玉留给老山羊做纪念吧。

有一点洁癖的我，在家里总爱经常把手搓洗得干干净净。人在囧途，特别在严重干旱缺水的南疆地区，哪来奢侈的清水洗手呀？谁敢轻易动用后备箱里珍贵的矿泉水，会立即遭来同伴的严厉谴责！拾捡过罗布泊戈壁滩上的石头又刚抠完鼻屎的手，已经很习以为常地在饥饿时伸向袋子找吃的，"浪子"的手也伸过来讨要，我又习惯性地用脏手摸出几块饼干，递了过去。不干不净，吃了没病。为避免他们恶心，我剥夺了他们的知情权，相信他们也经常剥夺我的知情权！

天黑前，我们终于抵达哈密市区，丝绸之路的探索之旅基本结束了，因为20多天前我已经在哈密到乌鲁木齐的路上探索过一番。

到达乌鲁木齐前，去数十公里外的市郊柴窝堡美食一条街吃上一顿最正宗的辣子鸡大餐吧，这里是中国名菜"辣子鸡"的发源地呢，一对来自湖南的夫妻俩用他们的聪明才智发明了这道很快传遍大江南北好吃不贵的美好菜肴，也作为我们大家话别的丰盛午餐，回到乌鲁木齐后我们就各奔东西了。

感谢一个月来结伴同行在丝绸之路上的伙伴们，能够走在一起，不仅仅分摊了旅行费用，更能说明我们对前去道路的兴趣和认同。芸芸众生中就只有我们能够相遇相知相伴，这或许更是一种缘分吧。虽然我们又匆忙间分离了，但有缘还会再相聚，还会记得曾经结伴旅行路上的交流、碰撞和分享。

正因为一路相伴，我们才又书写了一段出彩的旅行之路、生命之路。

感谢，妻子和女儿的陪伴；感谢，老虎一家子的真情相见；感谢，浪子和小花们；小蔡，我还会记得你出口成章的本领；也感谢闫师傅和聂师傅，你们直爽的西北汉子个性我会深深记在心里，有机会再来新疆旅行还会找你们租车的。

一段旅程已经结束，是不是又一段新的旅程谋划着即将开始呢？

▌知识锦囊

罗布泊四大捡玉宝地

1. 哈密南湖戈壁滩：蛋白石，呈胶质状、温润、半透明，打磨后的精品有猫眼光感，可做精美的雕刻用料，备受玩石者推崇。

2. 哈罗公里302公里两侧：戈壁玉。

3. 罗布镇东南40公里戈壁滩：托帕石。

4. 哈密大南湖煤矿东戈壁（哈罗公路80公里处）：彩泥石。

后记
苦与甜

当最后一章的最后一个段落终于"尘埃落定"时，有一种如释重负的痛快。从拜读瑞典探险家斯文·赫定的《亚洲腹地行纪》和唐僧玄奘的《大唐西域记》时梦想启程，到谋划旅行路线，再到与志同道合的同伴们走在丝绸之路上，一直到书稿成形，付出太多辛劳。已经习惯于追求极致境界，又因丝路沿途厚重的自然人文胜景，所以写这本书我是非常谨慎的，不敢有任何马虎。2013年底到2014年6月一直都在读书、做攻略，2014年8月底旅行回来后又不停歇地阅读写作，至今折腾了一年半时间，现在还有海量的照片等待整理呢。

虽然辛苦，但抚摸起手边捡自罗布泊的这块温润的彩玉，幸福感油然而生，因为见证过大美河西走廊、大美南疆，品味到丝路上纷繁复杂的地质地貌、唯美的自然景观、极致的人文胜景和多姿多彩的民族文化后，这次旅行的收获太大了，张掖丹霞地貌、库车大峡谷、浩瀚的塔克拉玛干大沙漠、"世界屋脊"帕米尔高原、"冰山之父"慕士塔格峰、周公故里、敦煌莫高窟、玉门关、高昌故城、交河故城、克孜尔千佛洞、高台故城、塔吉克族的民风民俗等壮丽景观，还有千姿百态的沙漠死胡杨，它们至今仍如不断翻动的幻灯片，不时映现在我的脑海里，留下诸多难以磨灭的印记。

丝路上无数的自然之美和人文之美，扩大了我的视野，增长了我的见识。

写作虽苦，生活却甘，旅行是甜。

厦门山羊

2016年6月

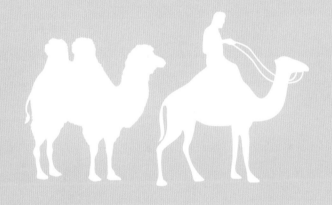